엽기의 끝

에도가와 란포 지음
박현석 옮김

玄人

엽기의 끝
猟奇の果

에도가와 란포

목   차

저자에 의한 작품해설 ... 7

전편 엽기의 끝

머리글 ... 13
시나가와 시로, 웅녀(熊女) 구경에 넋을 잃다 ... 17
과학잡지의 사장, 소매치기를 하다 ... 23
아오키 · 시나가와 두 사람, 변두리에서 영화를 보다 ... 31
이 세상에 2명의 시나가와 시로가 존재한다 ... 42
아이노스케, 이상한 호객꾼 신사를 만나다 ... 48
단층집에 2층 방이 있다 ... 55
아이노스케, 어두운 밀실에서 기묘한 발견을 하다 ... 62
아이노스케, 두 시나가와의 대면을 계획하다 ... 70
두 사람, 기괴한 곡마를 훔쳐보다 ... 76
자동차 안의 수상한 자, 연기처럼 사라지다 ... 83
시나가와 시로, 어둠 속 공원에서 밀회를 즐기다 ... 89
석간신문에 두 시나가와 시로의 사진이 나란히 실리다 ... 98
아오키 · 시나가와 두 사람, 실물환등에 몸서리치다 ... 106
지병인 무료함이 씻은 듯이 가시다 ... 114
기적의 브로커를 자칭하는 미청년 ... 121
피투성이 머리를 가지고 노는 사내 ... 129
아이노스케, 자신의 아내를 미행해 괴이한 집에 이르다 ... 142
아이노스케, 마침내 살인이라는 대죄를 범하다 ... 149
살인자, 자포자기해서 술을 마시며 돌아다니다 ... 155
아이노스케, 마침내 큰돈을 주고 기적을 구매하다 ... 164

후편 하얀 박쥐

173 ... 제3의 시나가와 시로
179 ... 사건은 본무대로
185 ... 현대식 한 손 미인
191 ... 명탐정 아케치 고고로
203 ... 마그네슘
211 ... 아카마쓰 경시총감
221 ... 현장 부재 증명
229 ... 하얀 박쥐
235 ... 무시무시한 아버지
242 ... 불가사의한 힘
252 ... 유령사내
261 ... 명탐정 유괴사건
267 ... 트렁크 속의 경시총감
278 ... 자선병 환자
290 ... 거지 아가씨
297 ... 마취제
305 ... 드러난 음모
312 ... 악마 제조공장
318 ... 구두를 신은 토끼
328 ... 인간 개조술
338 ... 대단원

§ 저자에 의한 작품해설

박문관의 『문예구락부』에 1930년 1월호부터 12월호까지 연재했다. 나는 내 작품의 줄거리를 분명히 기억하고 있는 것과 거의 잊어버린 것이 있다. 「엽기의 끝」은 잊어버린 것 가운데 하나로 교정을 위해서 30년 만에 통독해보고, 이런 작품을 썼었나 나중에야 알게 되었다는 의미에서 묘한 느낌이 들었다. 따라서 이 해설문은 조금 길어질 듯하다. 이 소설은 나의 수많은 장편 중에서도 기형아처럼 진묘한 작품이다. 전편과 후편으로 나뉘어 있는데, 그 분위기가 전혀 다른 이야기로 구성되어 있다. 당시 『문예구락부』의 편집장은 아마도 요코미조 세이시 군이었던 것으로 기억한다. 연재를 시작할 때 요코미조 군으로부터 의뢰를 받았는지 어땠는지는 기억이 나지 않지만, 도중에 제목을 바꿀 때에는 틀림없이 요코미조 군과 상의하여 절반은 요코미조 군의 권유에 따라서 분위기를 바꾸게 된 것으로 기억하고 있다.

전편 「엽기의 끝」은 「어둠에 꿈틀대는」이나 「호반정」 등과 같은 마음가짐으로 쓰기 시작했으나 제재가 충분히 발효되어 있지 않았기에 나도 모르게 허둥지둥하다 거의 효과를 거두지 못한 채 종국으로 다가가고 말았다. 완전히 똑같은 얼굴의 인간이 2명 존재했다는 것은 사실 과학잡지 사장이 엽기심을 발휘한 끝에 이런 복잡한 장난을 친 것에 지나지 않으며 마지막에 그 내막을 밝힌다는, 나의 단편 「붉은 방」과 비슷한 착상이었다. 포의 「윌리엄 윌슨」의 테마와 반대가 되는 테마를 트릭으로 사용한 탐정소설을 목표로 한 것이었다.

그런데 그걸 생각한 대로 쓸 수 없었기에 더는 내막을 밝히지 않고는 버틸 수 없게 되어버렸다. 게다가 이야기를 이끌어가는 방법이 서툴렀기에 그런 결말이라는 사실을 독자들이 눈치채고 말았다. 나는 어떻게 해야 좋을지 몰랐다. 무엇보다 1년 연재라는 약속이 반년 만에 끝나버릴 듯했기에 편집장인 요코미조 군에게도 폐를 끼치게 될 상황이니 난처하기 짝이 없었던 나는 요코미조 군에게 전화로 상의했다.

요코미조 군은 작가이기도 했기에 궁지에 몰린 나의 기분을 잘 이해하고 있었다. 그리고 이런 제안을 해주었다. 어쨌든 반년 만에 마무리 지으면 곤란하니 이쯤에서 생각을 고쳐 제목도 바꾸고, 조금 더 통이 큰 소설로 만들어보는 건 어떻겠는가, 즉 고단샤(講談社)의 잡지에 싣고 있는 것과 같은 뤼팽식의 모험담으로 해보는 것은 어떻겠느냐는 것이었다. 분위기는 일변하겠지만 나도 그렇게 하면 계속해서 쓰지 못할 것도 없겠다 싶었기에 결국 요코미조 군의 제안에 따라서 제목도 「하얀 박쥐」로 바꾸고, 처음 계획했던 '장난이었다'는 결말도 '인간 개조술'이라는 착상으로 바꾸어 황당무계한 동화 같은 작품으로 만들어버렸다.

나는 이 소설의, 특히 후반부는 완전히 잊고 있었기에 교정을 위해 30년 만에 자작을 읽으며, 내가 이렇게도 일찍부터 '인간 개조술'을 생각하고 있었나 쓴웃음을 짓지 않을 수 없었다. '인간 개조술'은 '1인 2역'이나 '투명인간 소망'의 가장 극단적인 형태다. 나를 평해 '그의 작품은 대부분 1인 2역이나 그 변형에 지나지 않는다.'고 한 사람의 말은 정확한 것이다. 나는 원래 '투명인간 소망'이 이상할 정도로 강한 사내다. 1인 2역의 여러 가지 트릭을 생각해낸 것도 그 때문이었고, '엿보기' 심리의 작품이 많은 것도 그 때문이었다. '투명인간 소망' 가운데서도 '인간 개조술'만큼 이상적인 것은 없다. 나는 이 인간 개조술에 강하게 끌렸기 때문에 「엽기의 끝」에서 그것을 썼다는 사실도 잊고, 그 후 2번이나 같은 기술에 대해서 상세하게 설명을 했다. 그 하나는 1937년 『강담구락부』에 연재했던 「유령탑」으로 이는 구로이와 루이코의 번역소설의 줄거리를 얼마간 바꾸어 내 나름대로의 문체로 쓴 것이다. 그 번역소설의 마지막 부분에 '용모개조술' 장면이 나오는데 나는 그것을 원작보다 조금 더 과학적으로 생각해서, 「엽기의 끝」에서처럼 정형외과 수술 장면으로 썼다. 또 하나는 패전 후인 1950년의 『보석』에 실은 「탐정소설에 묘사된 이상한 범죄동기」 가운데 '도피' 범죄의 예로 미국의 「대통령의 미스터리」의 줄거리를 자세히 소개했다(「속 환영성」에 수록). 이 합작소설에 이끌린 것 역시 정형외과 수술에 의한 '인간 개조술' 때문이었다. 앤서니 애벗이 그 부분을 너무나도 과학적으로 썼기에 나는 마침내 이 기술의 가능성을 믿게 되었다. 지금으로부터 25년도 전에 애벗은 콘택트렌즈에 의한 안구변장술을 썼는데 그런 것은 나도 전혀 생각하지 못했던 부분이었다.

이런 이유로 이 「엽기의 끝」에는 내가 좋아하는 '인간 개조술'이 일찌감치 등장했다는 사실, 또 실패하기는 했으나 포의 「윌리엄 윌슨」의 테마와 반대가 되는 테마를 쓰려 했다는 사실, 이 두 가지가 조합되어 이상한, 기형적인, 불구자와 같은 소설이 되었다는 사실이, 30년 후의 내게는 오히려 재미있게 느껴졌다.

전편 엽기의 끝

머리글

그는 이 세상이 너무나도 무료하게 느껴지는 사람이었고, 또 너무나도 엽기를 좋아하는 사람이었다.

한 탐정 소설가는 (그 역시 너무나도 무료한 나머지 이 세상에 남겨진 유일한 자극물로써 탐정소설을 쓰기 시작한 사람이었는데) 이처럼 피비린내 나는 범죄에서 범죄로 나아가다가 마침내 소설로는 만족할 수 없게 되어 실제의 범죄를, 예를 들자면 살인죄를 범하게 되지 않을까 두려워하게 되었는데, 이 이야기의 주인공은 그 탐정소설가가 두려워했던 일을 실제로 저질러버리고 말았다. 엽기가 도를 더해 결국에는 끔찍한 죄를 범하고 만 것이다.

엽기를 좋아하는 자들이여, 너희들은 너무나도 엽기적인 사람이 되어서는 안 된다. 이 이야기야말로 좋은 교훈이다. 엽기의 끝이 얼마나 무시무시한 것인지.

이 이야기의 주인공은 나고야 시에 사는 한 자산가의 차남으로 이름을 아오키 아이노스케라고 했으며, 당시 서른 살이 될까 말까 한 청년이었다.

빵을 위해서 일할 필요도 없고, 용돈과 정력은 남아돌았으며, 사랑은 마음에 품었던 아름다운 사람을 아내로 맞아들인 지 3년, 그 아름다움에조차 무감각해져버렸을 정도로, 다시 말하자면 무엇 하나 부족한 것이 없는 몸이었기에 그는 무료함을 느끼고 있는 것이었다. 그리고 이른바 엽기를 좋아하는 사람이 되어버린 것이었다.

그는 온갖 방면에서 별스러운 것을 좋아하는 취미를 갖게 되었다. 보는 것에서도, 듣는 것에서도, 먹는 것에서도, 그리고 여자에게서까지도. 하지만 그 어떤 것도 그의 뿌리 깊은 무료함을 달래줄 힘을 가지고 있지는 못했다.

그런 그였기에 당연히 탐정소설이라는, 문학 가운데서는 별스러운 것을 탐독했다. 범죄에 흥미를 갖고 있었다. 그리고 엽기를 좋아하는 사람들이 범죄보다 한 단계 전의 자극물로 즐겨 시도하는, 예의 엽기클럽이라는 이상한 유희까지도 시작했다. 그러나 이것 역시도 결국은 그의 무료함을 한층 더 달래기 어려운 것으로 만들었을 뿐이었다. 자극이 강해지면 강해질수록 한편으로는 그것을 느끼는 신경이 마비되어 가는 법이다.

그렇다고는 하지만 범죄 이외의 자극제로써는 이 엽기클럽이 최후의 것이었다.

거기서는 생각할 수 있는 모든 기괴한 유희가 행해졌다. 파리의 그랑기뇰[1])을 흉내 낸 피비린내 나고 외설스러운 소극, 각종 담력시험과도 같은 행사, 범죄담, etc, etc. 모임이 있을 때마다 당번이 정해졌고 당번이 된 자는 예를 들어서 '나는 지금 사람을 죽이고 왔다.'는 식의 말을 진담처럼 고백해서 회원들을 전율케 하고, 깜짝 놀라게 하고, 가슴이 덜컥 내려앉게 만들 만한 계획을 세우지 않으면 안 되었다.

소재가 점점 떨어져가자 마침내는 회원을 진짜로 전율케 한 사람에게 거액의 현상금을 걸겠다는 합의까지 이루어졌다. 아오키 아이노스케는 거의 혼자서 그 자금을 제공했다.

그러나 이러한 취향에는 한계가 있다. 아오키 아이노스케가 제아무리 자극에 굶주렸다 할지라도, 또 그가 아무리 많은 상금을 걸었다 할지라도, 돈 가지고 마음대로 할 수 있는 일이 아니었다.

---

1) 파리에 19세기 말에서 20세기 중반까지 존재했던 그랑기뇰 극장을 말한다. 혹은 그 극장이나 비슷한 극장에서 행해졌던, 살인·강간·유령 따위를 통하여 관객에게 공포와 전율을 느끼게 한 연극을 말하기도 한다.

엽기클럽도 흥이 떨어짐과 동시에 결국은 한 사람 빠지고 두 사람 빠지고, 언제 해산했는지도 모르게 해산해버리고 말았다. 그리고 그 뒤에는 전보다 한층 더 견디기 어려운 무료함만이 남았다.

내 생각에 이는 당연한 일이다. 엽기적인 사람이 엽기적인 사람인 동안은 그의 엽기적인 마음을 영원히 만족시킬 수 없는 법이다. 그는 어디까지나 제삼자이자 방관자이기 때문이다. 범죄에 대한 이야기를 하거나 듣는 것만으로는 참된 공포나 전율을 맛볼 수 없다. 만약 그것을 맛보고 싶다면 그 스스로 범죄자가 되는 것 외에 달리 방법이 없다. 극단적인 예로 말하자면, 타인에게 살해당하거나 타인을 죽일 수밖에 없는 것이다.

그것이 엽기의 끝이다. 그러나 제아무리 엽기를 좋아하는 자라 할지라도(우리의 아오키 아이노스케라 할지라도), 제아무리 자극에 굶주렸다 할지라도, 설마 스스로 정말 범죄자로 전락하여 '엽기의 끝'을 맛볼 만큼의 용기는 없는 법이다.

시나가와 시로, 웅녀(熊女) 구경에 넋을 잃다

아오키 아이노스케는 도쿄에 별장을 가지고 있어서 한 달에 한 번 정도씩 교우나 연극관람이나 경마를 위해서 도쿄로 나와 일주일이든 열흘이든 묵다 가곤 했다. 사랑하는 아내 기미에2)를 동반하는 경우도 있고 그렇지 않은 경우도 있었다.

우선은 도쿄에서의 일부터 이야기하겠다.

대학 때부터의 친구 가운데(아이노스케는 도쿄 대학을 나왔다) 시나가와 시로라는 남자가 있었다. 가난한 집안의 아들이었기에 대학을 나오자마자 바로 직장을 구했고, 한 통속 과학잡지사에 들어갔는데 어느 틈엔가 그 잡지사를 자신의 것으로 만들어 자신의 계산에 따라서 발행하게 되었다. 상당한 이익도 거두고

---

2) 이후 아오키 아이노스케의 아내는 요시에라는 이름으로 등장한다. 오자이거나 작가의 실수인 듯.

있는 듯했다.

그도 직업이 직업인만큼 엽기를 좋아하지 않는 것은 아니었으나 굳이 말하자면 정상적인 사내여서 아오키의 터무니없는 생활을 비난했다. 특히 엽기클럽과 같은 것에는 반대를 하는 입장이어서, 그런 한심한 짓을 아무리 해봐야 무료함을 달랠 수는 없을 것이라고 경멸하고 있었다. 그는 현실적인 사람이었다.

그의 엽기는 실제적인 것이었기에 아오키와 레스토랑에서 밥을 먹을 때면 자세하게 조사한 최근의 범죄에 관한 이야기를 들려주었다.

아이노스케는 시나가와의 그 실제적인 점을 경멸했다. 범죄 실화 같은 건 따분하니 그만두라고 말했다. 그리고는 자신이 좋아하는 황당무계하고 괴기스러운 꿈을 이야기했다.

다시 말해서 그들은 서로를 경멸하면서도 어딘가 맞는 부분이 있었기에 변함없이 우정을 나누고 있는 것이었다.

그런데 한번은 그런 성질을 가진 그들 모두가 크게 흥분해서 마음을 빼앗겨버린 괴사건이 일어났다. 아오키는 그 신비하고 기괴한 점이 마음에 들었다. 시나가와는 그것이 생생한 현실에서의 일이었기에 마음이 끌렸다. 참으로 신비하게도 그 사건은 매우 현실적이면서도 동시에 탐정 소설가조차 꿈에도 생각지 못할 만큼 기괴하기 짝이 없는 것이었다.

우선은 순서에 따라서 이야기하도록 하겠다.

가을, 초혼제가 열려 구단3)에 있는 야스쿠니 신사가 텐트를 친 흥행장으로 넘쳐나던 날 오후의 일이었다.

아오키 아이노스케는 예의 별스러운 것을 좋아하는 성격 때문에 초혼제가 열린다는 말을 듣고도 구단에 가지 않는다면 스스로를 용납할 수 없는 사내였기에(그는 이 구단에서의 흥행물 구경도, 상경 중의 스케줄 가운데 하나로 잡아놓았을 정도였다), 아직 후텁지근한 계절의 먼지가 풀풀 날리는 좋지 않은 날씨였으나 얇은 인버네스에 지팡이를 든 차림으로 전차에서 내리자마자 구단의 언덕길을 어슬렁어슬렁 올라갔다.

조금 다른 얘기가 될지 모르겠으나 그는 이 구단의 언덕길에 묘한 흥미를 가지고 있었다. 왜냐하면 이미 세상을 떠나기는 했지만 그가 아주 좋아하는 화가 가운데 무라야마 가이타4)라는 사람이 있는데 그 가이타는 3편 정도의 탐정소설을 썼고, 그중 한 탐정소설의 주인공이 육식동물처럼 혀가 까슬까슬한 이상한 사내로 그 사람이 유언장인지 뭔지를 이 구단의 언덕길에 있는 돌담 뒤에 숨겨놓고 그 장소를 암호로 적어서 누군가에게 건네주는 이야기가 있기 때문이었다.

---

3) 도쿄 지요다(千代田) 구 북서부에 위치한 지구.
4) 1896~1919. 실재했던 인물로 서양화가이자 시인.

이에 아오키는 구단의 언덕길을 오를 때마다 가이타의 소설이 떠올라, 지금은 당시와 모든 것이 바뀌었지만 도로 옆의 돌담을 묘한 기분으로 바라보지 않을 수 없었다.

'저 돌의 모양이 다른 돌과는 조금 다른 것 같은데. 혹시 지금도 저 아래에 뭔가가 숨겨져 있는 것 아닐까?'

아이노스케는 사실과 소설을 혼동해서 이런 망상을 즐기는 성격의 사내였다.

구단의 흥행물 풍경은 누구나 다 알고 있는 사실이니 자세한 이야기는 할 필요도 없을 테지만, 지금은 쇠락해서 어딘가 시골 한구석에서 근근이 여명을 보존하고 있는 것 같은 오래전의 흥행물을 일본 전국 구석구석을 뒤지며 돌아다녀 한데 끌어모은 듯한 느낌이었다.

지옥극락 꼭두각시 인형, 오에야마 술고래동자 전기인형, 여검무, 공굴리기, 원숭이 곡예, 곡마, 인과응보 이야기, 웅녀(熊女), 우녀(牛女), 뿔이 난 사내, 그들 커다란 텐트와 텐트 사이에는 어묵, 빙수, 밀감 주스, 수박 주스, 10전짜리 장난감, 그리고 풍선 등을 파는 조그만 노점들이 복작복작 모여 있었다. 그 속에서 무슨 생각인지 먼지를 마시며 상기된 얼굴로 도쿄 안의 사람들이 허둥지둥 움직이고 있었다.

어느 인과응보 이야기의 흥행장 앞, 때때로 막을 올려 슬쩍

안을 보여주었기 때문에 거기에는 사람들이 시커먼 산처럼 모여 있었고 그 모여든 사람들의 가장 뒷줄이 맞은편 텐트와 거의 닿을 듯이 부풀어 있었기에 그 길은 사람 하나가 간신히 지날 수 있을 정도의 틈밖에 없었다. 그 틈을 사람들이 오른쪽에서, 왼쪽에서, 어깨로 밀치며 끊임없이 줄지어 지났기에 참으로 불쾌했다.

아오키 아이노스케가 그 해안가 절벽 길 같은 좁은 길을 빠져나오려 할 때였다.

참으로 신기하게도 그 먼지투성이 군중 속으로 겨울용 검은 중절모를 뒤로 젖혀 쓰고 빨갛게 상기된 얼굴을 땀으로 번뜩이며 정장을 입은 시나가와 시로가 사람들에게 떠밀리고 있는 모습이 보였다.

어째서 신기하다고 말했는가 하면, 시나가와 시로는 결코 아이노스케처럼 별스러운 것을 좋아하는 사람이 아니어서 고풍스러운 흥행물 따위에 흥미를 갖고 있는 사내가 아니었기 때문에. 독신자였으니 아이들에게 끌려왔을 리도 없었다. 그렇다고 해서 자신이 운영하고 있는 잡지의 기삿거리를 찾기 위해서 왔다고 하자니, 편집자를 동반하고 있는 것처럼 보이지도 않았다. 누가 뭐래도 사장님께서 기삿거리를 찾으러 다닐 리가 없었다.

더욱 놀랍게도 시나가와 시로는 흥행물인 웅녀에게 마음을

빼앗긴 듯, 빗으로 머리를 말아 올리고 도잔(唐桟)5)으로 지은 한텐(はんてん)6) 차림으로 목에 핏대를 세워가며 시뻘게진 얼굴로 흥행물을 선전하고 있는 꼬질꼬질한 여자의 말을 가만히 듣고 있었다. 정말 별일도 다 있다.

다시 한 번 잘 보았으나 결코 사람을 잘못 본 것이 아니었다.

---

5) 감색 바탕에 빨강, 연노랑 줄무늬를 세로로 넣은 면직물.
6) 작업복이나 방한용으로 입는 짧은 겉옷.

과학잡지의 사장, 소매치기를 하다

 아오키 아이노스케는 그러한 경우에 상대방의 이름을 함부로 부르거나 하는 사내가 아니었다.
 그는 시나가와가 이 북적거리는 사람들 속에서 무엇을 하는지 가만히 지켜보기로 했다. 엽기적인 마음이 그렇게 하도록 만든 죄스러운 행동이었다.
 그로부터 거의 한나절을 허비해서 그는 시나가와의 뒤를, 탐정처럼 미행했다. 꽤나 끈기가 필요한 일이었으나 이 엽기적인 사내는 그런 끈기라면 충분히 갖추고 있었다.
 아무것도 모르는 시나가와 시로는 북적이는 사람들 사이를 헤집으며 돌아다녔다. 전기인형 앞에서도, 지옥극락 앞에서도, 여검무 앞에서도 오랜 시간 시골사람처럼 멍하니 서 있었다.
 '저 녀석, 몰래 별스러운 것들을 구경하러 왔군. 부끄러운 취

미이기에 내게도 입을 다물고 있었던 거야. 잘난 척하더니 너 역시 다를 거 없잖아.'

아이노스케는 친구의 약점을 잡은 듯하여 기쁜 마음이 들었다.

시나가와는 대부분의 흥행물은 호객을 위한 선전만 듣고 그대로 지나쳤으나 가장 큰 텐트인 여곡마단에는 입장료를 내고 안으로 들어갔다.

그는 그곳의 멍석을 깔아놓은 좌석에서 시골 청년의 정강이와 아가씨의 엉덩이에 밀려 갑갑함을 느끼며 곡마와 재주를 한바탕 구경했다. 아오키 아이노스케도 상대방에게 들키지 않도록 하며 행동을 함께한 것은 말할 필요도 없는 사실이다.

거기서 나온 것은 벌써 저물녘이었다. 흥행장에는 아세틸렌가스가 달달한 냄새를 피우며 밝혀졌다. 낮과 밤의 경계, 흥행물의 일루미네이션과 태양의 잔광이 깜빡깜빡 뒤섞여 군중의 얼굴이 흐릿하게 옅어져가고 있었다. 꿈처럼 아름다운 한때였다.

시나가와 시로는 구경에 녹초가 되어버린 듯한 모습으로 구단의 언덕길을 내려갔다.

언덕 중간쯤에 네덜란드에서 건너온 듯한, 달님의 얼굴을 들여다보게 해주는 망원경을 놓고 장사를 하는 사람이 있었다. 싸구려 천체망원경을 펼쳐놓고 한 번 보는 데 10전을 받으며 손님을 불러 모으고 있었다. 올려다보니 어느 틈엔가 중천에 타원형으로 보이는 달님이 얼굴을 내밀고 있었다.

시나가와는 그 사람들이 모여 있는 곳에서 발길을 멈추고 한동안 장사치의 손님을 모으기 위한 말을 듣고 있다가 갑자기 묘한 행동을 하기 시작했다.

망원경을 펼쳐놓은 곳의 바로 뒤편은 돌담이었다. 가이타의 소설 속 주인공이 유언장을 숨겨놓은 곳이었다. 시나가와가 거기에 모여든 사람들 때문에 한층 어두컴컴해진 곳에서, 돌담 쪽을 향해 갑자기 웅크려 앉은 것이었다.

'왜 저래? 쭈그리고 앉아 소변이라도 보려는 걸까? 정말 천박한 사람이로군.'

이렇게 생각하며 가만히 보고 있자니 시나가와는 웅크려 앉은 채 두리번두리번 주위를 살펴보았는데, 마침 사람들이 모여 있는 곳의 한편 구석이었기에 지나는 사람도 없고 보는 사람도 없어서 마음이 놓였는지 돌담의 돌 가운데 하나에 양손을 대고 슬금슬금 그것을 뽑아냈다. 거기에는 어둑어둑한 속에서도 확실히 눈에 들어오는 사방 대여섯 치쯤의 시커먼 구멍이 생겨났다.

그는 묘한 꿈을 꾸고 있는 게 아닐까 눈을 의심했다. 시나가와 시로는 당당한 과학잡지의 사장님이었다. 그런 그가 땅거미와 군중 뒤에 숨어서 도둑놈처럼 주위를 둘러보며 구단의 언덕길에 있는 돌담의 돌을 뽑아낸 것이었다. 있을 수 없는 광경이었다.

'아하, 그래. 그렇게 된 거로군.' 아오키는 마음속으로 묘한 혼잣말을 중얼거렸다. '가이타의 소설은 사실이었던 거야. 저 돌 뒤에 무엇인가가 숨겨져 있는 거야. 그 숨겨놓은 장소를 시나가와가 찾아내서 지금 안에 있는 물건을 꺼내려 하고 있는 거야.'

그러나 그것은 물론 그의 순간적인 광기였으며 그런 말도 안 되는 일이 있을 리가 없었다. 게다가 시나가와는 무엇인가를 꺼내는 것이 아니라 반대로 지금 뽑아낸 돌담의 구멍에 무엇인가를 던져 넣은 뒤 잽싸게 돌을 원래대로 끼워 넣고는 아무 일도 없었다는 듯 다시 부리나케 언덕길을 내려갔다.

모락모락 피어오르는 호기심이 심술궂은 미행 욕구에 승리를 거두었다. 게다가 상대방은 이제 집으로 돌아가려 하고 있지 않은가.

"시나가와잖아."
라고 말을 걸었다.

상대방이 깜짝 놀라 뒤를 돌아보았다. 가까이에서 봐도 틀림없이 시나가와 시로였다. 그러나 그는 멍한 얼굴로 갑자기는 대답도 하지 못했다.

"이봐, 어쩐 일이야? 흥행물을 구경하러 온 건가?"

아이노스케는 다시 한 번 말을 걸었다.

그러나 시나가와는 여전히 의아한 듯 이해할 수 없다는 얼굴을 하고 있었다. 그리고 이상한 말을 하기 시작했다.

"당신은 누구십니까? 방금 시나가와라고 하신 듯한데 저는 그런 사람이 아닙니다."

아이노스케는 할 말을 잃고 말았다.

그 틈에 상대방이,

"잘못 보셨겠지요. 그럼 실례."

라고 내뱉고는 성큼성큼 앞으로 가버렸다.

아오키는 '역시 내가 꿈을 꾸고 있는 걸까?'라는 생각이 들었을 정도로 깜짝 놀랐다. 태어나서 처음으로 겪는 신기한 경험이었다.

결코 사람을 잘못 본 것이 아니었다. 그렇게 오랜 시간 미행을 했으니 똑같이 생긴 다른 사람이었다면 눈치를 챘을 터였다. 하지만 그와 동시에 그가 시나가와 시로가 아니라는 점도, 본인이 단호하게 말했으니 그만큼 확실한 사실도 없었다. 이상했다.

아이노스케는 이 기묘한 일에 왠지 가슴이 설레기 시작했다.

'그래, 그 돌담을 살펴보기로 하자. 뭔가 알아낼 수 있을지도 몰라.'

엽기적인 자가 평소 열망하던 엽기의 세계에 지금 한 발을 들여놓은 것이다.

서둘러 망원경이 있는 자리로 다시 되돌아가 사람들 눈에 띄지 않도록 조심하며 돌담의 돌을 이것저것 움직여보았다. 딱 하나 움직이는 것이 있었다.

양손으로 그 돌을 뽑아 시커먼 구멍 속으로 조심조심 손을 넣어보았다. 아니나 다를까 손에 닿는 물건이 있었다.

꺼냈다. 하나, 둘, 셋……, 전부 해서 6개의, 놀랍게도 지갑이 들어 있지 않은가? 하나하나 열어 보았으나 안은 전부 텅 비어 있었다.

아이노스케는 당황해서 그것을 원래대로 집어넣고 돌로 막았다. 그리고 자신이 도둑이라도 되는 양 겁에 질려 주위를 둘러보았다.

조금 전의 사내가(시나가와 시로와 똑같이 생긴 인물이) 이런 물건을 여기에 숨긴 이상, 그는 소매치기였다. 그것도 꽤나 전문적인 소매치기였다. 빈 지갑을 처리하는 데까지 주도면밀하게 주의를 기울여 공동변소에 버리는 것 같은 짓은 하지 않고, 절대로 발견될 염려가 없는 돌담의 돌 뒤에 숨길 정도의 인물이니, 아무래도 풋내기의 우발적 행동은 아니었다. 거기에 몇백 엔(지금이라면 몇십만 엔)[7]의 수확을 올렸는지는 모르겠으나 지갑이 6개였다.

어쩐지 녀석, 사람들이 모여 있는 곳만 돌아다닌다 싶었어. 흥행물에 정신 팔린 척하며 사실은 주위에 있던 사람들의 지갑을 노렸던 것이다.

'정말 우스운 일이군. 시나가와 녀석을 놀려주지 않을 수 없지. 내가 자네인 줄 잘못 알아보고 말을 건 녀석이 소매치기였어. 얼굴도 그렇고 모습도 그렇고, 자네와 조금도 다르지 않은 소매치기야. 잘못해서 체포되지 않도록 조심해, 라고.'

아이노스케는 흥행물 이외의 생각지도 못했던 수확에 신이 나서 정류장 쪽으로 걸어갔다.

'아니야, 잠깐만.'

그는 어떤 생각이 문득 떠올라 그 자리에 멈춰 섰다.

'말도 안 돼. 매컬리[8]의 소설도 아니고, 그렇게 한 치의 차이도 없는 사람이 이 세상에 둘이나 있을 리 없잖아. 거기다 시나가와 시로가 쌍둥이라는 소리도 들은 적이 없어. 이거 어쩌면.'

이라며 그는 거기서 친구의 악행을 흥미로워하는 음흉한 미소를 지었다.

'역시 그건 틀림없이 시나가와 시로였어. 잡지사의 사장이라

---

7) 1930년에 이 작품이 발표되었고, 저자가 30년 만에 손을 보았다고 하니(저본은 1972년 발행) 현재의 금액으로 환산하면 훨씬 더 큰 금액이 된다.
8) 1883~1958. 미국의 소설가.

도 소매치기를 하지 말라는 법은 없으니까. 시나가와 녀석, 성인 군자인 척하고 있지만 사실은 그런 병이 있는 걸지도 몰라. 한밤중에 등롱의 기름을 마신 공주님까지 있을 정도이니. 그러고 보니 가난한 시나가와가 지금의 잡지를 자신의 것으로 만들었다는 점도 이상한 일이야. 전혀 엉뚱한 데서 자금이 솟아오르고 있는 것 아닐까? 녀석은 소매치기뿐만 아니라 훨씬, 훨씬 더 나쁜 다른 짓도 하고 있을지 모르잖아.

아하, 그래. 녀석, 그 병을 내게 들켰다고 생각했기에 시치미를 뚝 떼고 자기와 똑같이 생긴 다른 사람인 척 행동했던 거군. 도둑질을 할 정도의 인물이니 연극 역시 아주 잘할 거야.'

아이노스케는 이렇게 결론 내렸다. 그러나 그는 그것 때문에 시나가와를 비난할 마음은 들지 않았다. 평범한 상식가라고 경멸하고 있던 그가 지금까지와는 달리 훌륭한 사람으로 여겨지기까지 했다.

아오키·시나가와 두 사람, 변두리에서 영화를 보다

그로부터 1개월쯤, 특별한 이야기도 없이 흘러갔다.

말할 것도 없이 아오키는 시나가와에게 구단의 언덕길에서 있었던 일을 이야기하지는 않았고 그와 같은 결론을 내리기는 했지만, 여전히 뭔가 의심스러운 부분이 남아 있었기에 나고야로 돌아가기 전에 시나가와를 한번 찾아가보았다.

구단의 언덕길에서 사건이 있은 지 사흘째 되는 날이었다.

"요즘은 어때? 여전히 무료하게 지내고 있어?"

시나가와는 격의 없는 밝은 표정이었다.

아무래도 이상했다. 이렇게 쾌활하고 평범한 사내가 뒤에서 그런 나쁜 짓을 하는 걸까 생각하자 너무나도 멋들어진 연기에 무서운 생각이 들 정도였다.

한동안 이야기를 나누다 아이노스케는 문득 이런 말을 해보았다.

"지난 일요일에 말이지, 구단에서의 축제를 보러 갔었어. 그리고 여곡마단을 구경했어."

그는 말하며 상대방의 표정을 주의 깊게 가만히 살폈다.

그런데 놀랍게도 시나가와는 얼굴의 근육 하나 꿈틀거리지 않고 놀라운 태연함으로 대답했다.

"그래그래, 얼마 전까지 초혼제였지. 여전히 별스러운 것을 좋아하는가? 정말 오래도 가는군."

이렇게 해서 아오키의 의심은 결국 풀리지 않았다. 흐지부지 인사를 하고 곧 나고야로 돌아갔다.

그리고 구단의 언덕길에서 그 일이 있은 지 1개월 지난 어느 날이었다. 12월 말이었다. 아오키 아이노스케는 상경해서 이틀째 되는 날, 사야 할 물건이 있었기에 한 백화점에 갔다. 크리스마스 용품을 팔기 시작한 백화점은 매우 붐볐다.

산 물건을 집으로 배달해달라고 부탁해놓고 1층으로 내려가기 위해서 엘리베이터에 올랐다. 일반적인 엘리베이터보다 서너 배는 넓은, 이 백화점의 자랑거리인 대형 엘리베이터였다.

"매우 혼잡하니 다음을 기다려주십시오."

엘리베이터 보이가 이렇게 말하며 밀려드는 승객을 밀어냈을 정도였으며, 미동조차 할 수 없을 정도의 만원이었다.

문득 깨닫고 보니 이번에도 혼잡한 사람들 속에 시나가와 시로가 있었다.

그는 엘리베이터 맞은편의 비만 신사와 신식 아가씨 사이에 껴서 몸을 웅크리고 있었다.

아이노스케는 지하철에서 샘을 발견한 크래덕 형사처럼 눈을 둥그렇게 떴다.

그는 사람들 뒤에 얼굴을 숨겨 상대방이 눈치채지 못하도록 해서 가만히 시나가와의 거동을 주의 깊게 살폈다. 비만 신사, 가엾게도 당하는구나 생각하기도 했다.

1층에 도착하자 인파에 떠밀려 엘리베이터 밖으로 나왔다. 돌아보았다가 혹시 시나가와와 얼굴이라도 마주치면 상대방이 머쓱해지리라 배려해서 아이노스케는 모르는 척 입구 쪽으로 걸어가고 있었다.

그런데 뒤에서 그의 이름을 부르는 사람이 있었다.

"아오키 아닌가? 이봐, 아오키."

돌아보니, 아아, 이 무슨 뻔뻔함이란 말인가? 시나가와 시로가 생글생글 웃으며 거기에 서 있지 않은가?

"아아, 시나가와." 아오키는 처음 보았다는 듯한 표정으로, "정말 붐비는데."라고, 이는 비아냥거림을 담아서 한 말이었다.

"마침 잘 만났어. 자네가 꼭 좀 봐줬으면 하는 게 있거든. 자네가 좋아할 만한 거야. 실은 그래서 찾아가볼까도 싶었지만, 도쿄에 와 있는지 어떤지 알 수가 없어서."

시나가와가 아오키와 어깨를 나란히 하고 입구 쪽으로 걸어가며 갑자기 이렇게 말했다.

"오호, 대체 무슨 일인데 그래?"

아이노스케는 상대방의 사람을 얕보는 듯한 태도에 완전히 할 말을 잃고 말았다.

"그건, 보면 알 거야."라며 시나가와는, "정말 놀라운 사건이야. 이게 내가 생각한 대로라면 전대미문의 보기 드문 일이야. 하지만 어쩌면 내가 오해를 하고 있는 걸지도 몰라. 그래서 자네가 확인을 해주었으면 하고 생각했던 건데 말이지. 같이 가줄 수 있겠어? 조금 멀기는 하지만."

이때까지만 해도 아오키는 상대방이 부끄러움을 숨기기 위해서 하는 말인 줄로만 알았다. 그런데 상대방의 태도가 너무나도 진지했다. 게다가 내용이 꽤나 흥미로워서 그의 엽기적인 마음을 한없이 자극했다.

"무슨 일인지는 모르겠지만 먼 곳이라니, 어디쯤인데?"

아이노스케는 되묻지 않고는 견딜 수 없었다.

"아니, 도쿄는 도쿄인데 조금 변두리야. 혼조의 호라이칸이라는 영화관이야."

더욱 뜻밖의 대답이었다.

"대체 영화관에 뭐가 있다는 거지?"

"뭐가 있기는, 영화지." 시나가와가 웃으며, "영화는 영환데 그게 조금 이상해. 닛카쓰 현대극부의 작품으로 『괴신사』라는 시시한 추격물이야."

"괴신사, 흠. 탐정극이로군. 그게 어쨌다는 거지?"

"어쨌든 보면 알 거야. 예비지식 없이 봐주는 게 좋을 거 같아. 그러는 편이 더 정확하게 판단할 수 있을 거야. 이런 일에 대해서 상의할 사람은 자네밖에 없거든."

"거참 사람 답답하게 만드네. 하지만 특별히 할 일도 없으니 가보는 거야 가도 상관없어."

이렇게 말하기는 했으나 사실 엽기심이 강한 아오키 아이노스케는 얼른 가보고 싶어서 몸이 근질근질했다.

이에 두 사람은 시나가와가 잡은 택시를 타고 혼조에 있는 호라이칸으로 향했는데, 차 안에서 다음과 같은 이야기를 주고받았다.

"자네가 영화에 흥미를 갖고 있는 줄은 몰랐는데."

아오키가 이상하다는 듯 이렇게 물었다. 실제로 시나가와 시로는 소설이나 연극 따위에는 그다지 관심이 없는 사내였기 때문이었다.

"그게, 어떤 사람이 가르쳐줘서 오랜만에 보러 갔었거든. 현실에서 일어나는 일은 재미없다고 자네는 곧잘 말하지만 이번 일에만은 자네도 틀림없이 놀랄 거야. 사실이 소설보다 더 기이하다는 내 지론을 뒷받침할 만한 사건이야."

"영화의 줄거리가 말이지?"

"어쨌든 보면 알 거야. 그런데 그 영화를 보기 전에 자네의 기억을 확인해두고 싶은데, 올 8월 23일에 자네는 도쿄에 있었지?"

시나가와가 점점 더 이상한 말을 하기 시작했다.

"8월이라. 8월에는 25일까지 벤텐지마에 있었어. 벤텐지마에서 나오자마자 도쿄로 왔지. 그리고 틀림없이 열흘 정도 있었으니 23일에는 물론 도쿄에 있었어[9]."

아이노스케는 상대방의 의중은 모르는 채로 일단 대답했다.

"게다가 바로 그 23일에는 나를 만났었어. 일기장을 살펴보고 그 사실을 알게 됐어. 우리는 그날 제국 호텔의 그릴에서 식사를 했어. 자네가 나를 그곳의 연예장으로 끌고 갔었잖아."

"맞아, 맞아. 그런 적이 있었지. 첼로 연주를 들었지?"

"그래. 더욱 확실히 하기 위해 그것이 23일이었다는 사실을

---

[9] 도쿄에도 벤텐지마라는 곳이 있기는 하나 문맥상 도쿄 이외의 곳을 말하는 듯하다. 25일은 15일의 잘못인 듯.

호텔에 문의해서 확인했으니, 그 점에는 틀림이 없어."

아오키 아이노스케의 호기심은 더욱 자극을 받았다. 시나가와는 대체 무슨 필요가 있어서 8월 23일을 이다지도 중요하게 생각하고 있는 걸까.

"자, 이번에는 이걸 좀 읽어봐."

시나가와가 주머니에서 편지 한 통을 꺼내 아이노스케에게 건네주었다. 열어보니 다음과 같은 내용이었다.

「삼가 답을 드립니다.

문의하신 장면은 교토 시조도오리입니다. 촬영 날짜는 8월 23일입니다. 이는 촬영일기를 보고 드리는 답이니 절대로 틀림없습니다.

위의 답변만으로 생략하겠습니다.

사이토 구라오

시나가와 시로 귀하」

"사이토 구라오라는 사람은 영화감독이잖아. 아는 사람이야?"

아이노스케가 편지를 시나가와에게 돌려주며 말했다.

"맞아, 『괴신사』를 만든 감독이야. 아는 사람은 아니야. 다짜고짜 편지로 물어본 거야. 고맙게도 바로 답장을 보내줬어. 그런데 이 편지는 증거 제2호야. 그러니까 이 편지를 통해서 『괴신사』의 한 장면이 8월 23일에 교토 시조도오리에서 촬영되었다는 사실이 분명해졌어."

시나가와가 마치 재판관이나 탐정이라도 된 양 말했다. 8월 23일이라는 것을 온갖 방면에서 연구하여 움직일 수 없는 것으로 만들려 하고 있었다. 그런데 그건 대체 무엇을 위해서일까?

'흠, 이거 재밌어지기 시작했는데.'

아이노스케는 어렴풋이나마 사정을 짐작할 수 있었다. 시나가와의 말대로 이건 과연 아주 보기 드문 일임에 틀림없다고 생각했다. 그의 호기심이 터져버릴 것처럼 한껏 부풀어 올랐다.

"그런데 8월 23일에 자네와 호텔로 출발한 건 한낮을 조금 지난 시각이었지? 2시쯤이었다고 여겨지는데."

"맞아, 그때쯤이었어."

"그런 다음 저녁을 함께 먹었고, 자네와 헤어진 건 저물녘이었어."

"맞아, 저물녘이었을 거야."

"지금까지의 사실들을 잘 기억해둬. 이 시간 관계가 아주 중요하니까. 아아, 그리고 혹시 몰라서 하는 말인데, 교토와 도쿄 사이를 가장 빨리 달리는 기차는 특급이야. 그게 10시간 이상 걸린다는 사실."

사건의 자세한 내막을 깨달은 아오키에게는 시나가와의 장황한 설명이 성가시게 느껴졌다. 그보다는 문제의 영화 『괴신사』를 한시라도 빨리 보고 싶어서 견딜 수가 없었다.

"아아, 여기야, 여기."

시나가와가 차를 세웠다. 내리자 넓고 횅뎅그렁한 대로에 참으로 시골티가 나는 초라한 영화관이 서 있었다.

1등석의 표를 산 두 사람은 2층의 다다미 위에 눅눅한 방석을 놓게 해서 앉았다. 다행스럽게도 마침 문제의 『괴신사』가 막 시작되려던 참이었다.

영화가 상영되기 시작했다. 아사쿠사의 큰 극장에서는 2주일이나 전에 상영했던 철 지난 영화였다. 탐정극 가운데 봐줄 만한 부분은 없었다. 주인공인 이른바 괴신사는, 즉 뤼팽을 말하는 것인데, 연미복을 입은 학생 같은 남자였다. 그와 형사가 너무나도 뻔한 활극을 연출하고 있었다.

물론 아이노스케는 영화의 줄거리 따위 보려 하지 않았다. 줄거리는 보지 않고 화면만 보았다. 교토 시조도오리의 풍경이 나타나기를 조마조마한 마음으로 기다렸다.

"지금부터 잘 봐야 돼."

옆에 있던 시나가와가 아이노스케의 무릎을 찔러 신호를 보냈다.

뤼팽을 추격하는 장면이었다. 자동차 2대가 교토의 거리를 질주했다. 뤼팽이 자동차에서 뛰어내려 형사를 따돌리려 했다. 연미복을 입은 뤼팽이 한 손에 지팡이를 쥐고 백주의 거리를 달렸다. 배경이 된 곳은 교토의 가부키 극장인 미나미자였다. 시조도오리였다.

자동차가 지나간다. 상점가 일꾼의 자전거가 지나간다. 포장도로를 평소와 다름없이 시민들이 지나다니고 있다. 그 사이를 뚫고 기이한 모습의 괴한이 달려나갔다.

순간 화면의 오른쪽 구석에 뒤를 돌아서 있는 까까머리의 커다란 사내가 나타났다. 활극을 구경하고 있던 시민 가운데 한 명이 잘못해서 카메라 앞으로 머리를 내민 것이리라.

아이노스케는 어떤 예감에 가슴이 두근거렸다. 아니나 다를까 그 커다란 사내가 뒤돌아 카메라를 보았다. 스크린의 4분의 1쯤 되는 크기로 한 사내가 얼굴만 내민 채 이쪽을 노려보았다.

아주 짧은 순간에 지나지 않았다. 방해가 된다고 타박이라도 들은 것인지, 그 얼굴은 이쪽을 보는가 싶더니 곧 화면에서 사라져버리고 말았다.

그 찰라, 아이노스케는 가슴이 덜컥해서 숨이 멎었다. 대충 짐작은 하고 있었지만, 자기 옆의 관람석에 앉아 있는 시나가와 시로의 얼굴이 다다미 한 첩 정도의 크기로 앞의 스크린에 나타났을 때의 느낌은 참으로 이상한 것이었다.

『괴신사』의 화면에 우연히 얼굴을 내민 구경꾼은 다름 아니라 시나가와 시로였던 것이다.

이 세상에 **2**명의 시나가와 시로가 존재한다

 그 장면은 8월 23일에 교토의 시조도오리에서 촬영한 것이라는 사실을 알고 있었다. 그리고 그 같은 날에 시나가와와 아이노스케는 도쿄의 제국 호텔에서 함께 점심10)을 먹었다. 양쪽 모두 틀림없는 사실이었다. 그렇다면 시나가와 시로는 같은 날, 도쿄와 교토 양쪽에 있었다는 얘기가 된다. 그러나 두 도시 사이에는 특급으로 10시간의 거리가 있다. 교토 시가에서의 촬영을 구경하고 같은 날의 점심을 도쿄에서 먹는다는 건 절대로 불가능한 일이었다.

 그렇다면 이 일본에 시나가와 시로와 똑같이 생긴 사람이 한 명 더 존재한다는 말이 되는 셈이다. 구단에서 소매치기를 한 것도 틀림없이 그 다른 한 명의 시나가와 시로였으리라.

---

10) 처음에는 저녁으로 나오나 점심으로 바뀌었다.

"자네 생각은 어때? 나는 그걸 보고 이 세상이 아주 이상하게 여겨지기 시작했어."

영화관에서 나와 이름도 모르는 변두리의 거리를 걸으며 시나가와 시로가 어처구니없다는 표정으로 아이노스케에게 말했다.

"그에 대해서 나는 한 가지 짚이는 곳이 있는데, 자네 설마 올가을에 있었던 구단의 축제에 가지는 않았겠지?"

아이노스케는 혹시나 해서 확인을 해보았다.

"응, 나는 그런 데 별로 관심이 없으니까."

생각했던 대로 그날 구단에서 본 사내는 시나가와가 아니었다. 이에 아이노스케는 예의 소매치기에 대한 이야기를 자세히 들려주고 마지막으로 이렇게 덧붙였다.

"아무래도 자네로밖에는 보이지 않았기에 솔직히 말해서 나는 자네를 의심하고 있었어. 몰래 소매치기를 하고 있는 게 아닐까 하고. 하하하하하, 재미있지 않은가? 그래서 자네를 생각해준답시고 그 후에 만났을 때도 일부러 그 이야기는 하지 않았던 거야."

"이야, 그런 일이 있었단 말이야? 그렇다면 정말 또 하나의 내가 있단 말이군."

시나가와는 약간 겁이 난 듯한 모습이었다.

"쌍둥이일지도 몰라. 자네는 기억 못 할지 몰라도, 자네에게 어렸을 때 헤어진 쌍둥이가 있는 거 아닐까?"

"아니, 그럴 리가 없어. 우리 집은 그렇게 비밀스러운 집안이 아니야. 쌍둥이가 있다면 진작에 알았을 거야. 게다가 아무리 쌍둥이라고 해도 그렇게 똑같이 생긴 사람이 있을 수 있을까?"

"쌍둥이가 아니라면 완전한 타인인데 쌍둥이 이상으로 똑같이 생긴 두 사람이 이 세상에 존재할 수 있을까 하는 문제가 되는 셈인데."

"하지만 난 그런 거 믿지 않아. 같은 지문이 2개 존재하지 않는 것처럼 같은 사람이 2명 있을 리가 없어."

시나가와 시로는 어디까지나 현실적이었다.

"하지만 자네가 아무리 믿을 수 없다고 해도 움직일 수 없는 증거가 있으니 어쩔 수 없는 일이야. 소매치기 사건과 조금 전의 영화. 게다가 나는 그런 일이 전혀 있을 수 없다고는 생각지 않아. 꿈같은 얘기지만 난 학생 시절에 이런 경험을 한 적이 있었어."

갈망하고 있던 괴기스러운 일을 드디어 경험하게 된 아오키 아이노스케는 벌써부터 흥분 상태였다.

"학생 시절, 대학교 근처에 있던 약죽정(若竹亭)이라는 요세(寄席)[11])에 나는 종종 가곤 했었는데 갈 때마다 반드시 보이던 신사 한 명이 있었어. 언제나 똑같은 구석 자리에 바르게 앉아서 이야기를 듣고 있었어. 같이 오는 사람 없이 혼자였어. 그 신사의 얼굴과 모습이 천황의 사진을 쏙 빼닮았었지. 머리를 깎은 모양에서부터, 턱수염의 모양, 뺨이 얼마간 거뭇한 점까지 그야말로 살아 있는 사진이었어. 그래서 나는 곧잘 생각하곤 했는데, 궁중 생활이라는 건 우리가 도저히 엿볼 수 없는 것이지만 의외로 일본에서도 스티븐슨의 『자살클럽』이나 마크 트웨인의 『거지왕자』 같은 일이 없으라는 법도 없다, 저 신사 혹시 진짜 폐하가 잠행을 나온 모습이 아닐까, 하고 말이야. 그리고 나는 무대보다 그 신사의 동작에만 시선을 빼앗기곤 했어. 이건 오히려 나의 망상으로 아주 비슷하게 생긴 다른 사람임에 틀림없을 테지만, 그렇게 천황을 쏙 빼닮은 사람이 있을 정도이니 세상에는 얼굴이 완전히 똑같은 사람이 있을 리 없다고 단언할 수도 없다고 생각해."

"그러고 보니 사실은 나도 경험이 없었던 건 아니야."

경련이 일어났는지 시나가와 시로가 약간 창백해진 뺨을 꿈틀꿈틀 움직이며 비밀이라도 얘기하듯 낮은 목소리로 말했다.

"한 3년쯤 됐으려나, 오사카의 도톤보리에서 사람들에게 떠밀려 걷고 있자니 뒤에서 어깨를 두드린 사람이 있었어. 그리고

---

11) 돈을 받고 재담, 만담, 야담을 들려주는 대중적 연예장.

'아이고, 누구누구 씨 아니세요. 오랜만입니다.'라고 말하는 거야. 물론 내 이름이 아니었어. 그래서 '사람을 잘못 보셨습니다.'라고 말했는데도 좀처럼 수긍하려 들지 않는 거야. 그리고는 '전에 무슨 무슨 회사에서 책상을 나란히 하고 일했었잖아요.'라며 내 기억을 상기시키려 했지만, 나는 그 무슨 무슨 회사라는 건 이름조차 몰랐어. 결국은 어떻게 된 일인지 모르는 채 서로 헤어졌는데, 어쩌면 그게 이 세상 어딘가에 있는 또 하나의 나에 대한 얘기였을지도 모르겠군."

"오오, 그런 일이 있었단 말이야? 정말 그랬다면 그 사람은 분명히 내가 구단에서 맛보았던 이상한 기분을 맛보았을 거야."

당사자인 시나가와는 맥이 빠져 있는 데 반해서 아오키 아이노스케는 굉장히 기쁜 듯했다.

"자네는 한가로운 소리를 하고 있지만 내 입장에서 보자면 아주 불쾌한 일이야. 생각해보라고, 나랑 똑같이 생긴 사람이 이 세상 어딘가에 또 한 명 있는 거야. 정말 섬뜩한 기분이야. 만약 그 녀석을 만나게 된다면 단번에 때려죽이고 싶을 정도야. 그것뿐만이 아니야. 훨씬 더 무시무시한 일이 있어. 자네의 말에 의하면 녀석은 아무래도 좋지 않은 사람인 듯해. 소매치기를 하는 정도라면 상관없지만, 훨씬 더 커다란 범죄, 예를 들어서 사람을 죽이는 것과 같은 일이 일어나면 나는 그놈과 똑같이 생겼으니 어느 순간에 혐의가 걸릴지 알 수 없는 일이야. 나는 녀석의 범죄를 막을 수 없는 건 물론, 예측조차 할 수 없어. 그러니까 내 알리바이가 성립되지 않는 경우도 있을 거야. 생각해보면 정말 끔찍한 일이야. 상대방이 어디의 누구인지 모르는 만큼 더 무시무시한 일이야.

그리고 이런 경우도 생각해보지 않으면 안 돼. 즉, 나는 그 사람을 모르지만, 그 사람은 나를 아는 경우야. 나는 잡지에 사진이 실리니 저쪽은 나보다 훨씬 더 알아내기 쉬운 입장에 있으니까. 게다가 녀석은 악한이야. 악한이 자신과 조금도 다르지 않은 사람을 발견하면 어떤 일을, 어떤 무시무시한 일을 생각할지. 자네, 이게 무슨 말인지 알겠어? 만약 내게 아내가 있다면 그 아내까지도 훔칠 수 있다는 말이야."

두 사람은 택시 잡기도 잊고 정신없이 이야기를 나누며 변두리의 거리를 어디로 가는지도 모르는 채 계속해서 걸었다.

시나가와 시로는 그렇게 차례차례로 섬뜩한 경우들을 생각해내서 이야기하는 동안 '2명의 시나가와 시로'라는 신기한 괴기가 점점 커다란 공포로 여겨졌는지 그의 눈이 괴담을 듣고 있는 사람처럼 이상한 빛을 내뿜기 시작했다.

아이노스케, 이상한 호객꾼 신사를 만나다

 아오키도, 시나가와도 이 기묘한 사건에 완전히 마음을 빼앗기고 말았다. 앞서도 이야기한 것처럼 엽기심이 강한 아오키는 엽기클럽 따위에서는 경험할 수도 없는 생생한 괴기였기 때문에. 또 현실가인 시나가와는 그것이 현실 속의 신기한 일이자, 직접적으로 그 자신의 문제였기 때문에.

 그들은 가능하다면 그 또 다른 한 명의 시나가와 시로를 찾아내고 싶었다. 하지만 그건 도저히 불가능한 일이었다. 신문에 현상금을 걸고 사람을 찾는 광고라도 내볼까 싶었지만 상대는 소매치기를 하는 범죄자이니 광고를 보면 오히려 경계할 뿐이리라.

 "이봐, 다음에 혹시 그놈을 발견하게 되면 미행해서 주소를 알아봐줘. 물론 나도 신경을 쓸 생각이지만."

"그래야지. 자네를 위해서가 아니라, 내 자신의 호기심만으로도 반드시 그렇게 할 거야."

그랬기에 결국은 그들 두 사람이 번화가를 오갈 때 지나가는 사람들에게 주의를 기울여 끈질기게 그 사람을 찾아내는 것 외에는 달리 방법이 없었다.

마치 뜬구름을 잡는 것 같은 일이었다. 하지만 독자 여러분, '넓은 듯 좁은 것이 세상'이란 참으로 옳은 말이다. 그로부터 2개월쯤 지난 어느 날의 일, 그들은 마침내 그 또 한 명의 시나가와 시로를 찾아냈을 뿐만 아니라, 참으로 묘한 장면에서 두 시나가와가 일종의 이상한 대면(아아, 그건 또 얼마나 기이하기 짝이 없는 대면이었는지)을 하게 되었다.

그러나 그 일을 이야기하기 전에 조금은 여담처럼 들리겠지만, 순서에 따라 아오키 아이노스케의 어떤 이상한 경험에 대해서(그것은 결코 흥미롭지 못한 이야기가 아니다) 약간의 지면을 할애하는 것을 용서해주시기 바란다.

사건은 그들이 호라이칸에서 영화 『괴신사』를 본 12월, 아오키 아이노스케가 긴자 뒷골목의 한 음울한 카페에 우연히 들른 데서 시작되었다.

이제는 슬슬 추위를 피해야 할 계절이니 상경하지 않는 것이 좋지 않을까 망설여졌으나, 어떤 예감이 있었던 것인지 까닭 없이 도쿄의 하늘이 그리워져 결국은 상경을 해버리고 말았다. 그렇게 해서 도쿄에 머물 때의 일이었다.

연말의 장식으로 아름다운 긴자의 밤거리를 한 바퀴 돌고 나서,

'이런 따분한 거리로 매일 산책을 나오는 청년, 소녀들도 있구나.'

라고 새삼스레 신기하게 느끼며, 그러나 엽기심이 강한 아오키 아이노스케는 그 뒷골목의 어두컴컴한 구석에 무엇인가가 숨겨져 있을지 모른다는 생각이 들기도 했기에 미련이라도 남은 사람처럼 어두운 골목에서 골목으로 헤매고 다녔다.

그렇게 한 뒷골목을 걷고 있자니 조그만 카페 하나가 문득 눈에 띄었다. 눈에 띄었다고는 하나 결코 그 집이 훌륭하다거나, 떠들썩하다거나, 그 외의 시선을 사로잡을 만한 특징이 있었기 때문은 아니었다. 큰길의 유명한 카페에 비하자면 너무나도 쓸쓸하고 음울해서 존재감이 없었기 때문이었다.

한없이 쓸쓸한 모습이 가엾게 여겨졌기에 아이노스케는 자신도 모르게 성큼성큼 그 집으로 들어갔다. 10평 정도의 흙바닥에 뿔뿔이 서너 개 정도의 테이블이 놓여 있고, 커다란 상록수 화분이 그 사이사이에 미로를 이루고 있는 대나무 숲처럼 늘어서 있었다. 유행에 따라 요란스러운 빨강이나 보라색을 쓴 것은 아

니었으나, 전등은 촛불처럼, 아니 그보다는 오히려 등롱처럼 어둡고 쥐 죽은 듯 고요했으며, 손님이 한 명도 없었고 카운터에는 일하는 사람의 모습조차 보이지 않았다. 무덤과도 같은 카페였다. 그런데도 난방 장치는 있는 것인지 약간의 따뜻함이 느껴져 기분 나쁠 정도로 춥지는 않았다.

아오키는 커다란 소리로 사람을 부르는 것도 멋스럽지 못한 일이라 생각했기에 우선은 의자에 앉기 위해 구석에 놓인 화분의 잎에 가려진 자리로 들어갔다. 그리고 자리에 털썩 앉은 순간, 그는 뜻밖에도 그 같은 테이블에 한 손님이 먼저 와서 앉아 있다는 사실을 깨달았다. 어두운 곳 중에서도 더 어두운 실내의 구석이었다는 점과, 그 손님이 더없이 조용했다는 점 때문에 끝까지 눈치를 채지 못했던 것이었다.

"죄송합니다."

이렇게 말하고 다른 자리로 가려는데 그 손님이,

"괜찮습니다. 그냥 앉아 계시기 바랍니다. 저도 마침 사람이 그리웠던 참이니까요."

손으로 만류를 했다. 바라보니 양복을 입은 중년신사로 어딘가 붙임성이 있어 보이는 사내였다. 게다가 꽤나 세련된, 저렴하지 않은 맞춤양복을 입고 있었다. 부르주아적인 버릇인데 아오키는 그런 것으로 상대방의 신분을 추측한 뒤, 안심하고 그의 상대가 되어줄 마음이 생겼다.

잠시 후 없는 줄 알았던 종업원이 어딘가에서 그림자처럼 나타나 주문한 음식들을 가져왔다. 결코 나쁘지 않은 요리들이었다. 술도 양질의 것들이 갖춰져 있었다. 거기에 붙임성 좋아 보이는 이야기 상대. 아이노스케는 기분이 아주 좋아졌다.

"분위기가 나쁘지 않은 집이네요."

"그렇죠? 저는 여기가 아주 마음에 듭니다."

이런 말을 시작으로 두 사람 사이에서 점점 이야기가 무르익기 시작했다. 아이노스케는 술이 센 편이 아니었기에 홀짝홀짝 마신 위스키 2잔에 벌써 취해 몽롱하게 좋은 기분이 되어 있었다. 그랬기에 그는 언제나처럼 '무료함'에 대해서 이야기하기 시작했다.

상대 신사는 동감이라는 듯 그렇죠, 그렇죠, 맞장구를 치며 듣고 있다가 잠시 후 매우 완곡하게 에둘러서 아이노스케의 신분을 묻기 시작했다. 아오키는 취해서 자신도 모르게 상대방이 묻는 대로 자신에 대한 이야기를 하다, 문득 깨달았는지 이상하다는 듯한 표정으로 물었다.

"아아, 이거 너무 제 얘기만 했습니다. 자, 이번에는 당신 차례입니다. 하하하하하, 무슨 일을 하시는지요?"

그러자 상대방 신사는 잠깐 굳은 표정을 짓더니 뜻밖의 말을 하기 시작했다.

"저는 말입니다, 이래 봬도 일종의 샌드위치맨입니다. 지금부터 당신에게 전단지를 나눠줄 생각입니다."

이 얼마나 훌륭한 모습의 샌드위치맨이란 말인가?

"아니, 결코 농담이 아닙니다."라며 신사는 말을 이었다. "사실 저는 당신처럼 엽기……, 라고 해야 할지, 그러니까 호기심 강한 분을 이렇게 카페 같은 곳을 돌아다니며 찾아내는 것이 제 일입니다. 그것만으로도 꼬박꼬박 월급을 받고 있습니다. 겉보기에 번지르르한 샌드위치맨, 조금 다른 말로 하자면," 하고 은밀한 목소리로, "그러니까, 조방꾼이입니다."

아오키는 신사의 말이 너무나도 이상했기에 당황한 듯 상대방의 얼굴을 빤히 바라보았다.

"어떤 비밀스러운 집이 있는데 말입니다."라고 신사가 설명했다. "그곳에는 상류사회의 인사들, 부호나, 대관이나, ……조차도(높으신 양반들과 귀부인까지도 말입니다), 은밀히 드나드십니다. 이만하면 대충은 짐작하셨겠지요? 일반적으로 이런 일은 돈에 눈이 먼 할멈이나, 거리에서 손님을 기다리는 인력거꾼이 소개를 하는 법입니다만, 저희는 상대방이 직업여성이 아니라 신분 높은 부인입니다. 그렇기 때문에 호객꾼의 풍채가 보시는 바와 같습니다. 하하하하하. 그 비밀스러운 집은 그저 장소를 제공하고 사례비를 받는 데 지나지 않지만 절대로 안전을 보장하는 대신 사례금도 싸지는 않습니다. 따라서 손님을 고르는 데도 이렇게 번거로운 방법을 취하고 있는 겁니다. 이제 이해하셨습니까? 실례의 말씀입니다만, 당신이라면 충분히 자격이 있습니다. 풍채도 그렇고, 신분도 그렇고, 또 보기 드물게 엽기심도 강한 분이시니."

그의 말을 듣고 있자니 아이노스케는 술기운이 가셔버리고 말았다. 세상의 어두운 곳에서 벌어지고 있는 일에 대한 두려움 때문이 아니었다. 참으로 신기한 호객꾼을 만났다는 데서 오는 기쁨 때문이었다. 이에 그는 진지한 마음으로 몸을 앞으로 내밀어 상세한 부분까지 결판을 내려 했다.

단층집에 2층 방이 있다

 상대방이 누구인지 미리 알 수는 없다. 서로 이름도, 나이도, 신분도 모르는 채 우연히 그날 밤 만난 사람들이 한 쌍을 이루는 것이다. 그리고 하루에 한 쌍 이상의 만남은 절대로 피하고 있다. 방을 사용하는 비용은 하룻밤 50엔(지금의 5만 엔 정도)인데 그것을 상대방과 절반씩 부담한다. 이 절반이라는 점에 가치가 있다. 상대방도 많은 금액을 지불한다. 두 번째부터는 같은 상대를 고르든, 새로운 제비를 뽑든 그건 각자의 자유다. 이상이 호객꾼이 들려준 이른바 '비밀의 집'의 대략적인 규칙이었다.

 그 집에는 또 다른 한 명의 호객꾼 귀부인이 있어서, 그 부인이 동성의 손님을 데리고 온다는 것이었다.

 "그럼, 저도 한번 안내를 부탁드리겠습니다."

 아이노스케가 취기의 도움을 받아 용기를 냈다.

"알겠습니다. 그런데 죄송스러운 말씀입니다만 방값은 선불로 부탁드리겠습니다. 이건 결코 당신을 의심해서가 아니라, 형사가 그럴듯하게 위장을 해서 염탐하려는 것을 막기 위해서입니다. 방값을 선불로 달라고 하면 형사의 주머닛돈으로는 감당하기 어려울 테니까요."

"그도 그렇군. 조심, 또 조심하겠다는 말이로군요."

아이노스케는 거기서 소정의 금액을 지불했다.

그런 다음 카페에서 자동차로 20분쯤 달리자 벌써 목적지에 도착했다. 뜻밖에도 거기는 고지마치의 조용한 주택가 중 한 곳이었다. 200m쯤 떨어진 곳에서 내려 지나는 사람이 없는 한적한 길을 걸어갔다.

"여기입니다."

신사가 가리킨 곳을 보니 작은 문의 중류 주택으로, 이제 막 셋집에서 벗어난 사람들이 살 것 같은 인상을 주었다. 대문에서 현관까지 2m가 될까 말까, 집은 고풍스러운 단층건물이었다.

호객꾼 신사는 그 문 앞에 서서 두리번두리번 좌우를 살펴 지나는 사람이 없다는 사실을 확인한 뒤,

"자, 어서."

라고 아이노스케를 밀치듯 해서 현관으로 들어갔다.

"어서 오세요."

현관마루에 꿇어앉아 손으로 바닥을 짚고 공손하게 머리를 숙인 것은 안주인이리라. 마흔 살 정도로 기품 있게 머리를 틀어 올린 부인이었다. 신기하게도 그 부인이 찬합처럼 생긴 나무상자를 들고 있다가 아오키가 현관마루로 올라서자 그의 나막신을 얼른 그 상자에 넣고 그것을 한 손에 든 채 앞장을 섰다.

거기서 2칸 정도 안으로 들어가자 거실 같은 방이 나왔다. 안주인이 아무 말도 없이 그곳 벽장의 장지문을 열었다. 뭐지, 벽장 안에 비밀의 방이라도 있는 걸까 생각하며 지켜보고 있자니, 그건 아닌 듯했다. 역시 평범한 벽장으로 고리짝 등이 들어 있었다.

안주인은 장지문을 열어놓은 채, 그것이 신호이리라. 조금 이상한 헛기침을 했다. 그러자 놀랍게도 벽장의 천장에 구멍이 뻥 뚫리더니 거기서부터 새빨간 전등의 빛이 흘러나왔다. 천장으로 보이지만 사실은 위로 올라가는 입구의 문이었던 것이다.

'하지만 이 집은 단층건물이었어. 2층이 있을 리가 없는데.'

이런 생각을 하고 있는 동안 천장에서 슬금슬금 줄사다리가 내려오더니 그것을 타고 소녀 한 명이 내려왔는데, 아마도 하녀이리라. 그에게 인사를 하고 그 자리에서 떠났다.

"조금 위험합니다만, 저 위로."

안주인이 말하는 대로 아오키는 그 줄사다리를 올랐다.

올라가 보니 거기에는 기묘한 방이 있었다. 바닥은 다다미였으나 천장과 사방의 벽은 전부 새 판자벽으로 됫박을 두른 것처럼 창도, 장식공간도, 벽장도 없었다. 그런데도 방의 한 가운데에는 새 이불이 깔려 있었다. 크고 둥근 오동나무 화로에서는 벚나무 숯이 빨갛게 타고 있었으며, 은주전자가 부글부글 끓고 있었다. 천장에는 작지만 고급스러운 장식 전등이 매달려 있었다. 그 전등의 색이 피처럼 새빨간 것은 어떤 이유에서였을까?

알겠다, 알겠어. 단층건물의 지붕 아래에 이런 밀실을 새로 만든 것이었다. 참으로 묘안이었다. 밖에서 보기에는 평범한 단층건물로 보이니, 1층의 방들에 이상이 없다면 뭐라고 할 사람도 없으리라. 설마 지붕 아래에 창도 없는 방이 있으리라고 누가 상상이나 하겠는가. 게다가 2층으로 오르는 통로는 앞서 이야기한 것처럼 비밀스럽게 만들어져 있지 않은가.

"이 정도라면 안심할 수 있겠네요."

아오키가 치사하자 그를 따라 올라온 안주인이 상냥하게 미소 지으며 속삭이는 듯한 목소리로,

"그래도 만일의 사태에 대비해서 여기에 비밀 문이 달려 있어요."

이렇게 말하고 한쪽 판자벽의 어딘가를 밀자 끼익하는 소리가 들리더니 그곳이 쪽문처럼 건너편으로 열렸다.

"이 안에 소리가 작은 벨이 달려 있어요. 혹시라도 무슨 일이 벌어지면 밑에서 그것을 울릴 테니 지잉 하는 소리가 들리면 옷과 소지품을 가지고 이 안에 숨으세요. 아니요, 그런 일이 있을 리 없지만 만일을 위해서 대비하는 거예요."

아오키는 불필요하다 싶을 정도의 조심스러움에 적잖이 감탄했다.

"그럼 조금만 기다리고 계세요. 곧 모습을 드러내실 겁니다. 그리고 이 줄사다리는 위에서 거두어들이고 뚜껑을 원래대로 덮어주세요. 모습을 드러내시면 밑에서 조금 전처럼 헛기침을 할게요."

안주인은 차를 따르고 이런 말을 남긴 뒤 밑으로 내려갔다. 아오키는 들은 대로 뚜껑을 원래대로 덮은 뒤 화사한 이불 위의 베개 옆에 놓인 방석에 앉았다.

아오키는 여자에 관한 별스러운 일에는 상당한 경험을 가지고 있었다. 항구의 이국 여성, 담뱃가게 2층의 일반인 아가씨, 꽃꽂이 선생의 일반인 제자. 소개를 해주는 사람들은 모두 그럴듯한 감언으로 세상의 호사가들을 유혹하지만, 겉으로는 아무리 아닌 척해도 그 대부분은 닳고 닳은 직업여성에 지나지 않는다. '오늘 밤에도 역시 그런 식인 걸까.' 하는 생각이 들었지만 한편으로는 밀실의 장치가 너무나도 주도면밀했기에 자신도 모르게 호객꾼 신사의 말을 믿어보고 싶다는 생각이 들기도 했다. 적어도 그에게 오늘 밤처럼 엄중한 곳은 처음이었다. 호객꾼 신사의 당당한 풍채도 그렇고 이 집의 품위 있는 모습도 그렇고, 세심한 주의를 기울인 밀실의 장치도 그렇고, 어딘가 지금까지의 경험과는 다른 면이 있었다.

그 신사는 '부호나, 대관이나, ······'이 손님이라고 말했다. 그 말은 또한 부호의 부인, 대관의 딸, ······ 등등등을 의미하는 것이어야만 한다. 이런 생각이 들자 아이노스케는 나이에 어울리지 않게 순진한 떨림을 견딜 수가 없었다.

오래 기다릴 것도 없이 예의 이상한 헛기침 소리가 들려왔다. '왔구나.' 싶자 한 줄기 두려움이 그의 가슴을 차갑게 슥 스치고 지나갔다. 하지만 여기까지 와서 망설일 수도 없는 일이었다. 아이노스케는 머뭇머뭇 뚜껑으로 다가가 가만히 그것을 열고 두 눈을 꾹 감듯 해서 줄사다리를 밑으로 던져주었다.

아래서도 망설이는 듯한 기척이 느껴졌다. 그 뒤에서 안주인이 용기를 불어넣어주고 있는 듯했다. 잠시 시간이 흐르자 줄사다리가 팽팽하게 당겨졌다. 누군가 올라오고 있었다. 여자의 몸으로 줄사다리를. 그런데 나중에 들은 바에 의하면 호사스러움에 길들여진 상류계급 사람들은, 남자든 여자든 사랑의 모험을 상징하는 듯한 이 야만스러운 줄사다리를 매우 마음에 들어 했다고 한다.

 가장 먼저 보인 것은 아름답게 빗질을 해서 둥글게 틀어 올린 머리였다. 그 다음 아름답고 붉은 얼굴(그도 그럴 것이 전등이 빨간색이었으니), 성숙한 중년부인의 가슴, 등, 등, 등, 등……

아이노스케, 어두운 밀실에서 기묘한 발견을 하다

 그 사람이 어떤 성격을 가진 사람이었는지, 어떤 신분의 사람이었는지, 처음 만난 그들이 어떤 이야기를 주고받았는지, 빨간 전등의 빛이 그 거울을 바른 벽에도 지지 않을 만큼 얼마나 효과적이었는지 등에 대해서는, 이 이야기의 줄거리와 관계도 없을 뿐만 아니라 조심스러운 일기도 하기에 전부 생략하기로 하고, 단지 그날 밤 아오키 아이노스케는 평소와는 달리 실망하지 않았다고만 덧붙여두기로 하겠다.

 하지만 이야기의 순서에 따라서 그날 밤 우연히 일어난 저음 벨 사건에 대해서는 반드시 언급을 해두어야 한다.

 그들이 흥분 끝의 노곤함에 깜빡 꿈길을 헤매기 시작했을 때, 갑자기 판자벽 안에 설치해놓은 예의 저음 벨이 마치 물속에서 들려오는 소리처럼 지이잉 음산하게 울렸다. 위험신호였다.

아이노스케는 깜짝 놀라 순간적으로 벌떡 일어났다. 경관의 습격을 받은 범죄자의 경악이었다.

"큰일 났습니다. 옷을 가지고……, 하나도 남기지 않도록……, 숨어야 합니다."

그는 상대방을 마구 흔들어 깨웠다.

연애의 유희에 있어서는 대담할지 몰라도 세상일에 익숙하지 않은 양가의 여자는 이런 경우 매우 당황하는 법이다. 속살이 그대로 드러나는 속옷 차림으로 기어서 돌아다니고 있었다. 너무 당황한 나머지 벗어놓은 옷이 어디에 있는지도 모르는 것이었다. 평소 그런 모습을 보았다면 그는 너무나도 우스꽝스러운 모습에 웃음을 터뜨리기도 하고, 또 욕망을 자극받기도 했을 테지만 지금은 그럴 여유가 없었다. 그는 얼른 상대방의 의복을 집어든 뒤 자신의 것과 함께 끌어안고 상대방의 손을 잡아 질질 끌고 가듯, 예의 비밀의 문을 열어 그 안의 어둠 속으로 숨어들었다.

안은 천장도 없었으며 거미줄투성이의 굵은 들보가 낮고 비스듬하게 지나고 있었다. 선 채로는 도저히 걸을 수가 없었다. 게다가 바닥도 톱질 자국이 그대로 남아 있는 판자를 깔아놓았을 뿐, 그 위에는 쥐똥과 먼지가 수북하게 쌓여 있었다. 너무 심하다 생각했으나 위험한 것보다는 나았기에 문을 원래대로 닫고 가능한 한 안쪽으로 들어가 몸을 웅크렸다.

짙은 어둠이었다. 두 사람 모두 속삭임을 주고받을 기운조차 없었다. 서로의 격렬한 두근거림이 들려올 정도였다.

당장이라도 귀신이 찾아오는 건가, 그렇게 생각하며 기다릴 때의 마음은 참으로 무시무시하다.

1분, 2분, 어둠과 침묵 속에서 시간이 흘렀다. 조마조마 겁에 질린 귓가로 희미하게 헛기침 소리. 저건 올라가니 조심하라는 신호임에 틀림없다. 두 사람 모두 한층 더 긴장해서 몸을 웅크렸다. 여자가 떨고 있다는 것을 분명히 알 수 있었다.

이후로도 두어 번, 같은 헛기침 소리가 숨바꼭질을 하고 있는 두 사람을 더욱 움츠러들게 했지만, 묘하게도 사람이 올라오는 기척은 전혀 없었다. 아하, 줄사다리가 위에 있기 때문이군. 하지만 그게 없어도 올라올 방법은 얼마든지 있을 텐데. 이렇게 생각하고 있을 때, 예의 뚜껑 부근에서 쿵쿵 소리가 났다. 밑에서 막대기로 찌르고 있는 것이었다. 뚜껑이 열린 듯했다. 그리고 저 소리는, 밑에서 줄사다리를 끌어내린 소리일지도 몰랐다. 아니나 다를까, 마침내 삐걱삐걱 줄사다리를 올라오는 소리.

아이노스케는 고통을 참을 수가 없었다. 심장이 터져버릴 것만 같았다. 그는 궁지에 몰린 야수처럼 어둠 속에서 두리번두리번 시선을 움직였다. 순간 칠흑 같은 어둠 속으로 새빨간 실처럼 보이는 가느다란 한 줄기 광선이 눈에 띄었다. 뭐지 싶어 다시 바라보니 판자벽에 조그만 옹이구멍이 있어서 그곳으로 빨간 전등의 빛이 흘러들어오는 것이라는 사실을 알 수 있었다.

아이노스케는 본능적으로 다가가 그곳의 옹이구멍에 눈을 가져다댔다. 지금 올라오고 있는 놈의 모습을 살피기 위해서였다. 한편 뚜껑 쪽에서는 삐걱거리는 소리가 멈췄다. 줄사다리를 다 오른 것이리라. 녀석은 이미 판자벽 한 장을 사이에 두고 건너편에 있는 것이다. 하지만 옹이구멍이 작아서 그 부근까지는 시선이 닿지 않았다. 맞은편 판자벽이 둥그렇게 잘려 보일 뿐이었다.

사람이 다가오는 기척, 판자벽에 어린 섬뜩한 그림자, 옷의 어깨 부근, 마지막으로 클로즈업되어 보이는 여자의 상반신, 이 집 안주인의 얼굴이었다.

"손님, 이제 나오셔도 됩니다. 정말 뭐라 드릴 말씀이 없습니다. 순간 걸린 걸까 걱정을 했지만, 아무 상관도 없는 사람이었습니다. 이제 마음을 놓으셔도 됩니다."

"무슨 일이야. 한심하기는. 그럼 조금 전의 헛기침은 단지 줄사다리를 내려달라는 신호에 지나지 않았단 말이야?"

한편 흥을 깨버린 이 일로 인해 두 사람 모두 왠지 부끄럽다는 생각이 들어 더는 잠자리에 들 마음도 생기지 않았기에 날이 밝기를 기다렸다가 헤어지고 말았다.

이런 한바탕 실패담에 지나지 않지만, 인과관계라는 것은 어디로 연결되어 있는지, 생각해보면 신기할 따름이다. 이 어처구니없는 착각이 실은 두 시나가와 대면의 실마리가 되었던 것이다. 만약 아오키 아이노스케가 그 호객꾼 신사를 만나 이 비밀의 집에 왔다가 우연히 저음 벨 사건이 일어나지 않았다면 그렇게 빨리 또 한 명의 시나가와 시로를 발견하기란 도저히 불가능했을 것이다. 왜냐하면 벨 사건이 일어났기 때문에 그는 비밀의 문 안쪽에 있는 암실로 들어간 것이었다. 그리고 암실로 들어갔기에 그 조그만 옹이구멍을 발견했고 거기에서 묘한 느낌을 받게 되었기 때문이었다.

그러나 그가 그 기묘한 생각을 떠올린 것은 위의 일이 있은 지 사흘 뒤였다.

'정말 우스워. 하지만 생각해보면 근래 보기 드문 수확이었어. 그 어둠 속에서 공포에 질려 식은땀을 흘리며 몸을 떨었던 경험만으로도 25엔(2만 엔)의 가치는 있어. 게다가 그 집의 용의주도한 구조는 또 어떻고. 마치 탐정소설 같아.'라는 등의 즐거운 반추를 하다가 문득 그 일을 떠올리게 된 것이었다. 그리고 그는 그 묘한 생각에 한껏 흥분해버리고 말았다.

"훌륭해, 훌륭해. 이거 아주 재미있어졌는데."

그리고 바로 외출 준비를 해서 자동차를 그 비밀의 집으로 달리게 했다. 만약을 위해 호객꾼 신사가 한 것처럼 200m쯤 떨어진 곳에서 내렸고 문으로 들어갈 때에도 지나는 사람이 없을 때까지 기다렸다.

그를 본 안주인이 놀라서 말했다.

"어머, 벌써 약속을 하신 건가요?"

이는 먼젓번 밤의 부인과 오늘 여기서 만나기로 약속을 한 것이냐는 의미였다.

"아니, 그건 아닙니다. 오늘은 당신과 잠깐 상의할 것이 있어서요."

아이노스케는 이렇게 말하고 생글생글 웃었다.

그리고 안쪽 방으로 들어가서는 장지문을 꼭 닫고 마주 앉았다.

"부인, 당신은 이런 일을 돈 때문에 하시는 거겠죠?"라고 잡담을 나누던 아이노스케가 본론으로 들어가 말했다. "그렇겠지요. 그렇다면 이곳의 현재 대실료를 몇 배나 더 받을 수 있는 묘안이 있습니다. 어떻습니까? 저의 묘안을 들어보시겠습니까?"

"어머, 그거 듣던 중 반가운 소리네요. 하지만 절대 비밀을 앞세워서 다른 곳보다 비싼 대실료를 받고 있는 건데 그렇게 욕심을 부리다 조금이라도 비밀이 새어나가기라도 하면."

이라고 안주인은 경계했다.

"아니, 비밀과는 관계없습니다. 사실은 말입니다, 그 비밀의 문 안의 어둠으로 돈을 벌어보자는 생각입니다. 오해하셔서는 안 됩니다. 저는 이 묘안을 알려드렸다고 해서 한 푼이라도 제 몫을 챙기려는 건 아니니까요."

"오, 어둠으로 돈을 번다고요?"

"모르시겠습니까? 그 밀실에 두 사람, 어둠 속에 한 사람, 한 번에 3명의 손님입니다. 이렇게 말씀드리는 건, 그곳의 판자벽에 눈에 띄지 않을 정도의 옹이구멍이 있기 때문입니다. 이제는 아셨겠지요?"

"어머, 그런 일이."

안주인은 어처구니없다는 표정이었다.

"아니, 놀라실 필요 없습니다. 외국에는 그것으로 장사를 하고 있는 집들이 얼마든지 있습니다."

아이노스케는 그 외국의 예에 대해서 안주인에게 자세히 설명했다.

"하지만 밀실에 있는 사람들이 눈치를 채면 큰일이에요."

"괜찮아요. 그 구멍은 아주 작으니까요. 조금 불편하기는 하지만 더 크면 위험하니 그대로 두는 편이 좋을 거예요. 어쨌든 일단 해보세요. 제가 첫 번째 손님이 될 테니. 아니, 농담이 아닙니다. 하지만 제가 먼저 해보고 마땅치 않다 싶으면 저를 마지막으로 그만두면 될 겁니다. 농담이 아니라는 증거로 암실 비용을 지불하겠습니다. 이걸로 하룻밤, 나쁘지 않겠죠?"

그는 이렇게 말하며 몇 장의 지폐를 안주인의 무릎 앞으로 내밀었다.

아이노스케, 두 시나가와의 대면을 계획하다

결국 안주인은 아오키에게 설득당하고 말았다.

즉, 그는 옹이구멍 밖 어둠 속의 손님이 되어 거기서 붉은 방의 내부에 있는 그와는 다른 두 손님의 이상한 동작을 보게 된 것이었다.

아오키 아이노스케가 거기서 어떤 놀랄 만한 광경을 바라보았는지, 어떤 불건전한 열락에 빠졌었는지 그것은 잠시 어둠 속의 이야기로 접어두고, 그렇게 지붕 아래의 방에서 첫날 밤을 경험한 지 약 1개월쯤 뒤(그 사이에 1번 나고야로 돌아갔었다), 그가 훌쩍 시나가와 시로를 찾아간 데서부터 이야기가 시작된다.

독자 여러분도 아시는 것처럼 영화나 그 외의 여러 가지 뜻밖의 사실들로 인해서 통속 화학잡지[12])의 사장인 시나가와 시로는

---

12) 과학잡지의 오타인 듯.

자신과 조금도 다르지 않은 얼굴의 사내가 이 세상 어딘가에 또 한 명 존재한다는 사실을 믿지 않을 수 없게 되었다.

그 사실은 시나가와 아오키 두 사람만의 비밀로 해두었으나, 잡지사의 편집자들은 요즘 사장 시나가와 시로의 모습이 어딘가 평소와 다르다는 사실을 깨달았다.

"잡지를 그만둘 생각은 아니겠지? 사장님 요즘에 영 열의가 없어."

"사장님, 잡지에 대해서는 하나도 생각하고 있지 않아. 뭔가 사장님의 마음을 빼앗은 것이 있어. 여자일지도 몰라."

사원들이 소곤소곤 이런 이야기를 속삭일 정도였다.

편집을 위해 간다 구에 있는 동아빌딩 3층의 방 몇 개를 빌려 사용하고 있었는데 시나가와 사장은 오늘도 정오쯤이 되어서야 간신히 출근했다. 평소와 다름없이 입을 꾹 다문 채 사장실로 들어가서는 그곳의 회전의자에 앉아 무엇인가를 골똘히 생각하기 시작했다.

바로 그때 아오키 아이노스케가 오랜만에 찾아온 것이었다.

아오키는 창백해진 매우 진지한 얼굴로 자리에 앉더니 뒤쪽 편집실과의 사이에 있는 문에 신경을 쓰며,

"저쪽에서 들리지는 않겠지."

라고 작은 목소리로 물었다.

시나가와도 아오키가 들어온 것을 보고는 뭔가 흠칫한 모습으로 입술이 하얗게 변해버렸다.

"괜찮아. 유리문이고 바깥의 전차나 자동차 소리가 심해서……. 그런데 대체 왜 그러는 거야?"

목소리를 낮췄다.

"지난 15일 밤, 어디서 잤는지 자네 기억하고 있겠지?"

아오키가 이상한 질문을 했다.

"15일이라면 지난 주 토요일이잖아. 어디서 자긴, 어디서 잘 리가 없잖아. 도쿄에 있었으니 당연히 집에서 잤지."

"거짓말 아니지? 이상한 데서 잔 거 아니지?"

"당연하지. 그런데 왜 그런 걸 묻는 거지?"

"그럼, 자네 어젯밤에는 어디에 있었지? 11시에서 12시쯤까지 사이에."

"11시에는 내 방의 이불 속에 있었어. 그때부터 오늘 아침까지, 계속."

"자네 설마 거짓말을 하고 있는 건 아니겠지?"라며 아오키가 여전히 의심스럽다는 듯, "그럼 묻겠는데 자네 혹시 고지마치의 미우라라는 집을 알고 있는가? 그 집 지붕 아래의 붉은 방을."

"몰라. 그렇다면 자네 거기서 녀석을 봤단 말인가?"

시나가와 시로는 단번에 그것을 물었다. 묻고 나서 얼굴이 새파랗게 질려버렸다. '녀석'이란 말할 것도 없이 또 한 명의 시나가와 시로를 뜻하는 것이었다.

"봤어. 그것도 아주 이상한 상황에서 보게 됐어."

"얼른 얘기해봐. 녀석은 대체 어디의, 어떤 녀석이지? 거기서 무슨 짓을 하고 있었어?"

시나가와가 더없이 험악한 표정으로 아오키의 팔이라도 잡을 듯하며 물었다.

이에 아오키는 조급해하는 시나가와를 진정시킨 뒤 예전에 호객꾼 신사를 만났을 때부터 옹이구멍을 발견하기까지의 신비한 경험을 간단히 설명하고,

"안주인을 설득한 그날 밤부터 나는 붉은 방 바깥쪽의 어둠에 묻힌 밀실의 손님이 되었어. 그리고 오늘까지 총 5쌍. 그들이 전부 그런 직업에 종사하는 사람들이 아닌 신사와 숙녀의 첫 대면이었기에 어떻게 말로 표현할 수 없는 굉장한 느낌이었어. 그들이 처음에는 얼마나 어색해하고 부끄러워하는지. 그리고 마지막에는 수치심도 없이 얼마나 대담해지는지. 그 어떤 날카로운 소설을 읽는 것보다도 훨씬 더 두려운 생각이 들어. 나는 그런 의미만으로도 수십 금의 가치는 충분히 있다고 생각해."

"그렇다면 녀석이 그 붉은 방에 나타난 것은?"

시나가와는 한가로이 그런 말을 듣고 있을 여유가 없었다.

"어젯밤이었어. 내가 그 방을 엿본 다섯 번째 밤이야. 동그랗고 흐릿한 시야 속으로 자네의 그 얼굴이 불쑥 나타났을 때는 하마터면 소리를 지를 뻔했어."

"그리고 녀석이 역시 다른 사람들과 같은 짓을 했단 말이지?"

시나가와가 콧수염을 짧게 기른 어른의 얼굴을 순진한 어린아이처럼 새빨갛게 물들이며 더듬더듬 말했다.

이 무슨 일이란 말인가. 그와 똑같이 생긴 사내가 규방의 유희를 그의 친한 친구에게 적나라하게 보이고 만 것이었다. 그와 똑같이 생긴 사내였다. 시나가와가 새빨개지는 것도 당연한 일이었다.

"맞아. 게다가 그게 이만저만한 유희가 아니었어."

아오키는 짓궂게 상대방의 얼굴을 빤히 바라보며,

"자네에게 자네 자신의 추한 몸을 엿볼 용기가 있는가? 혹시 있다면 오늘 밤에 그것을 볼 수 있는데."

사실 아오키는 그 말이 하고 싶어서 일부러 여기까지 찾아온 것이었다. 짓궂은 장난이 아니었다. 엽기적인 것을 좋아하는 아오키는 두 시나가와 시로의 이 기괴하기 짝이 없는 대면을 상상하는 것만으로도 몸이 근질근질하고 군침이 돌 정도로 식욕이 느껴졌기 때문이었다.

"오늘 밤, 녀석이 그 집에 오기로 되어 있어?"

시나가와는 당사자였다. 아오키처럼 한가로이 있을 수 없었다. 그가 입술을 핥으며 갈라지는 목소리로 말했다.

"그래. 나는 녀석이 돌아가기를 기다렸다가 안주인에게 물어봤어. 녀석의 주소도 이름도, 물론 알려고 하지 않는 것이 영업방침이잖아. 그래서 언제부터 오기 시작했냐고 물었더니 이번 달 15일이 처음이었고 어젯밤이 두 번째, 오늘 밤에도 또 오기로 약속이 되어 있다고 하더군. 자네 나와 함께 거기에 가볼 용기가 있는가? 나는 오늘 밤에야말로 녀석을 미행해서 주소와 이름까지 확인할 생각인데."

시나가와는 좀처럼 대답을 하지 않았다. 그러나 오랜 망설임 끝에 마침내 결심을 하고 외쳤다.

"가자. 나도 녀석의 정체를 확인하지 않고는 견딜 수 없으니."

두 사람, 기괴한 곡마를 훔쳐보다

그날 밤 11시 무렵, 아오키와 시나가와는 이미 미우라의 집 붉은 방 바깥에 있는 어둠 속에 숨어 있었다. 안주인은 손님이 2명이어서는 위험해서 안 된다고 했으나 아오키가 지폐를 뽑아 들어 간신히 납득시켰다. 시나가와는 색안경과 가짜 수염으로 변장을 했다. 완전히 똑같은 얼굴을 한 손님이 2명이면 안주인의 의심을 살 수 있기 때문이었다.

아오키는 단 하나뿐인 조그만 옹이구멍에 눈을 대고 초조하게 등장인물이 오기를 기다렸다. 시나가와는 아오키를 대신해서 그 구멍을 엿볼 용기가 없었기에 판자를 깔아놓은 먼지투성이 방의 구석에 웅크린 채 무슨 검은 덩어리처럼 꼼짝도 하지 않고 있었다.

아오키의 눈에는 방의 일부가 새빨간 환등처럼 둥그렇게 잘린 모습으로 보였다. 맞은편 판자벽, 거기에 발라놓은 자잘한 무늬의 벽지를 배경으로 둥근 오동나무 화로와 요부의 입술처럼 두툼하게 부풀어 오른 주홍색 단자(緞子) 이불의 단면이 시야에 들어왔다. 화로에 올려놓은 은주전자가 끓어 하얀 김이 벽지의 무늬를 흐리고 있었다.

"이봐, 아무리 기괴한 모습을 보더라도 소리를 내서 상대방이 눈치를 채게 해서는 안 돼. 그것만은 주의를 해야 돼."

아오키가 만일의 경우에 대비해서 다시 한 번 다짐을 두었다. 시나가와는 들릴락 말락 하는 목소리로 응, 응 하며 고개를 끄덕였다.

잠시 후, 예의 줄사다리를 오르는 소리가 삐걱삐걱 들려오기 시작했다.

남자일까, 여자일까. 아오키는 숨이 멎을 듯한 기분으로 꼼짝도 하지 않고 기다렸다. 심장의 고동이 아주 시끄럽게 귀에 들려왔다. 그 사실을 깨달은 시나가와도 칠흑 같은 어둠 속에서 몸이 더욱 굳어버렸다.

시야에 나타난 것은 낯이 익은 부인이었다. 서른 살 정도의 크고 잘 발달된 육체였다. 검정 계열의 비단옷이 끈적하게 감겨 있었다. 반들반들하고 풍성한 서양식 머리 아래에 기다란 눈, 낮은 코, 반짝반짝 빛나는 두툼한 입술, 그렇다고 해서 결코 추한 여자는 아니었다. 어딘가 묘한 매력이 있는 얼굴이었다. 취했는지 얼굴 표정이 풀어져 있었다.

그녀는 거기에 털썩 앉더니 이 추운데 화로에 손을 쬐려고도 하지 않고 "아아, 더워라."라고 혼잣말을 한 뒤 반지가 반짝이는 두 손으로 찰싹찰싹 뺨을 두드렸다.

아오키는 자세가 불편해지면 구멍에서 눈을 떼고 허리를 폈으나, 아무런 변화도 없다는 사실을 알면서도 곧장 원래의 자세로 돌아가지 않고는 견딜 수가 없었다. 지루한 기다림의 시간이 10분, 20분 흘러갔다.

그러다 마침내 아래층에서 신호인 헛기침 소리가 들려왔다. 여자가 깜짝 놀라 시야에서 모습을 감추더니 뚜껑을 열고 줄사다리를 내리는 소리, 뒤이어 삐걱삐걱 누군가가 그것을 올라오는 기척.

아오키는 왼손을 어둠 속으로 뻗어 웅크리고 있는 시나가와의 어깨를 가만히 두드렸다. 지금 오고 있다는 신호였다. 시나가와는 흠칫 몸을 긴장시켰다.

아오키의 시야에 우선 여자의 모습이 돌아왔다.

"오래 기다리셨습니다."

아아, 그것은 시나가와 시로의 목소리 아닌가.

"그렇게 오래 기다리지는 않았어요."

여자의 입술이 움직여 영화 속에서처럼 말했다.

외투를 벗어 툭 바닥에 놓았고 그 목깃 부근만이 시야에 들어왔다. 그리고 검은 양복을 걸친 팔이 아오키의 눈앞에서 슥 호를 그리는가 싶더니 마침내 남자의 전신이, 그도 역시 취했는지 흐느적흐느적 거기에 무너졌다. 등을 돌리고 있기는 했으나 틀림없이 어젯밤의 사내, 즉 또 한 사람의 시나가와 시로였다.

아오키도 과연 가슴이 두근거리기 시작했다. 이제 곧 두 시나가와의 대면이 이루어질 터였다.

그는 가만히 눈을 뗀 뒤, 어둠 속에서 시나가와의 팔을 찾아 그것을 잡고 가만히 당겼다. 그러나 시나가와는 부들부들 떨며 일어서려 하지도 않았다. 아오키가 쥔 손으로 '뭘 꾸물거리는 거야.'라고 타박하고, 휙휙 잡아당겼다. 그 힘에 이끌려 시나가와의 얼굴이 옹이구멍으로 다가갔다. 땀이 밴 그의 얼굴을 새빨간 광선이 비스듬하게 슥 비췄다. 그리고 그의 눈이 빨려 들어가듯 마침내 조그만 구멍에 찰싹 달라붙었.

아오키는 어둠 속에 시선을 고정시킨 채 점점 커지는 시나가와의 숨소리를 혹시 상대방이 눈치채지나 않을까 조마조마한 심정으로 듣고 있었다.

판자벽 너머에서는 낮게 속삭이는 소리와 때때로 몸을 움직이는 듯한 소리가 들려왔다.

잠시 후, 점점 커지던 시나가와의 숨소리가 뚝 끊겼다. 아아, 그는 마침내 건너편에 있는 시나가와의 얼굴을 본 것이었다. 두 시나가와가 정면으로 얼굴을 마주한 것이었다.

시나가와의 오른손이 아오키의 어깨를 힘껏 쥐었다. '봤다.'는 신호였다. 죽은 듯 멈춰 있던 숨소리가 다시 들리는가 싶더니 전보다 더 격렬한 숨결 때문에 그의 온몸이 물결쳤다.

아아, 이토록 신비한 대면이 이 세상에 또 있을까? 시나가와 시로는 지금 새빨간 환등의 둥근 시야 속, 채 2m도 떨어지지 않은 곳에 있는 자기 자신의 모습을 응시하고 있는 것이었다.

게다가 그는 마치 풀로 붙여놓은 것처럼 언제까지고 옹이구멍에서 떨어지려 하지 않았다. 어깨를 잡은 그의 손가락의 표정으로, 그의 숨결로 아오키는 판자벽 너머의 광경을 직접 보는 것 이상으로 상상할 수 있었다. 상상이었기에 그것은 실제보다 한층 더 자극적이었다. 그는 그렇게 간접적으로 엿보는 것의 매력을 처음으로 발견한 것이었다.

길고 긴 시간이었다. 싸늘하게 깊어가는 겨울밤, 어둠 속 지붕 아래서 그러나 그들은 추위조차 느끼지 못했다. 이 이상한 흥분이 그들을 거의 무감각하게 만들어버린 것이었다.

시나가와는 마침내 눈을 떼더니 아오키의 어깨를 잡아당겼다. 대신해서 보라는 신호였다. 그는 자기 자신의 기괴한 동작을 더는 지켜볼 수 없었던 것이리라.

아오키가 대신하자 새빨갛고 둥근 환등 속 풍경이 다시 그의 눈앞에 펼쳐졌다. 그런데 그건 또 얼마나 뜻밖의 광경이었는지. 귀부인은 곡마단의 여자가 입는 것과 같은 번쩍번쩍 비늘처럼 빛나는 의상을 입고, 엎드려 있는 시나가와 시로의 등에 걸터앉아 있었다. 말은 물론 알몸이었다. 올라탄 귀부인도 의상이라는 건 말뿐이고, 전신의 곡선이 그대로 드러나 있었다.

그리고 놀랍게도 말이 된 시나가와 시로는 기수인 귀부인을 태운 채 목을 늘어뜨리고 빙글빙글 방 안을 기어 다니고 있었다.

말의 입에서는 새빨간 허리끈이, 말고삐였다. 올라앉은 사람은 획획 그 고삐를 당기며 이랴 이랴 허리로 박자를 맞추고 있었다. 훌륭한 말 조련사였다.

그러다 바싹 마른 말은 가엾게도 힘이 다했는지 다다미 위에 납작하게 쓰러지고 말았다. 말에서 내려 일어선 여자 기수는 참으로 기분 좋다는 듯한 소리를 올리며 웃더니 뒤이어 쓰러진 마른 말 위에서 잔혹한 춤을 추었다. 흐물흐물해질 정도로 밟히고 차이고, 말은 이제 숨결만 간신히 남았다. 처음부터 계속 아래를 향해 있었기에 말의 표정을 볼 수는 없었지만, 힘없이 버둥거리는 손발의 모습으로 이 낯선 시나가와 시로의 기분을 짐작할 수 있었다.

퍼뜩 놀란 순간, 여자 곡마사가 남자의 어깨와 엉덩이에 두 손을 대더니 멋진 큰 대자 모양으로 물구나무를 섰다. 그리고 그것이 흔들흔들 무너지는가 싶더니 그녀는 휙 몸을 돌려 엎드려 있는 남자의 머리 위에 커다란 엉덩이를 얹고 태엽이 달린 것처럼 기묘한 운동을 시작했다.

새빨간 광선에 채색되어 주홍색으로 보이는 두 개의 실루엣은 그렇게 온갖 자태를 내보이며 꿈결과도 같은 듀엣을 끝도 없이 계속하는 것이었다.

자동차 안의 수상한 자, 연기처럼 사라지다

"다음은 언제?"

옷을 입고 매무새를 완전히 가다듬은 여자가 애교를 부리는 듯한 목소리로 물었다.

"다음 주 수요일. 괜찮아?"

옹이구멍의 시야 밖에서 남자도 외투를 입으며 대답했다.

"그럼, 꼭 와야 돼. 시간은 오늘 밤 정도."

여자는 이렇게 말하며 벌써 줄사다리에 발을 걸쳤는지 그 특이한 소리가 들려오기 시작했다.

남녀는 내려가 버렸고 잠시 후 안주인의 헛기침 소리가 희미하게 들려왔다. 이미 돌아갔으니 이제는 내려와도 된다는 신호였다.

아오키, 시나가와 두 사람은 아래로 내려가자마자 안주인에게 인사도 제대로 하지 않고 급히 서둘러 밖으로 나갔다. 말할 필요도 없이 또 한 명의 시나가와 시로를 미행하기 위해서였다.

50m쯤 떨어진 곳에 있는 모퉁이에서 두 사람은 지금 막 헤어져 남자는 오른쪽으로, 여자는 왼쪽으로 걸어가려던 참이었다. 눈치채지 못하게 뒤따라가니 남자는 근처의 전찻길로 나섰다. 하지만 벌써 2시가 지났으니 전차가 있을 리 없었다. 때때로 밤새 돈을 벌어보려는 택시가 널따란 도로를 무인지경 달리듯 횡횡 달려나갈 뿐이었다. 남자는 그 가운데 하나를 잡아 올라탔다.

설마 미행을 눈치챈 것은 아닐 테지만, 그 신속함에 아오키와 시나가와 모두 깜짝 놀라 숨어 있던 곳에서 전찻길로 달리기 시작했다. 그러자 운 좋게도 빈 택시가 그곳으로 달려왔.

두 사람은 얼른 거기에 올랐다.

"앞의 차, 그걸 놓치지 말고 어디까지든 따라가 줘."

라고 명령했다.

"걱정하실 것 없습니다. 이 깊은 밤에는 헷갈릴 차도 없으니 놓칠 일은 거의 없습니다."

운전수가 짐짓 다 알고 있다는 듯한 얼굴로 달리기 시작했다.

숫돌처럼 깊은 밤의 대로를 두 줄기 하얀빛이 나란히 달렸다. 추격전이 벌어진 것이었다.

아오키와 시나가와는 차 안에서 엉거주춤한 자세로 곁눈질 한 번 하지 않고 전방을 주시했다. 몇백 미터 앞을 괴물의 자동차가 달리고 있었다. 그 뒤쪽 유리창에서 그의 것으로 보이는 중절모가 흔들리고 있었다.

"앗, 어쩌지. 녀석이 눈치를 챈 모양이야."

시나가와가 외쳤다. 앞 차의 중절모가 휙 뒤를 돌아본 것이었다. 하얀 얼굴이 흐릿하게 보였다. 그 순간 자동차가 갑자기 속도를 더했다. 순식간에 50m, 100m, 두 차의 거리가 벌어지기 시작했다.

"따라잡아야 돼. 속도는 괜찮나?"

"걱정하실 것 없습니다, 저런 똥차. 우리는 신형 6기통이니까요."

달리고 또 달렸다. 천지가 온통 폭음뿐이었다.

그렇게 10분쯤이나 전속력으로 달리다가 도저히 안 되겠다 싶었는지 앞쪽의 차가 갑자기 멈춰 섰다.

"여기는 어디지?"

"아카사카 산노 밑입니다. 멈출까요?"

"멈춰, 멈춰."

남자가 차에서 내려 차비를 내고 그 옆의 골목으로 들어가는 모습이 보였다. 아오키와 시나가와는 말할 필요도 없이 차에서 내려 남자의 뒤를 쫓았다.

그런데 참으로 뜻밖에도, 상대가 골목으로 들어섰기에 미행을 할 생각으로 그 모퉁이를 휙 돌아서자 그 돌아선 곳에 그 남자가 이쪽을 향해 서 있었다.

두 사람은 깜짝 놀라 당황했다. 그것을 보고 남자가 말을 걸었다.

"당신들, 제게 무슨 볼일이라도 있으신가요? 아까부터 제 뒤를 밟으시는 것 같던데."

참으로 어처구니없는 이상한 일이 벌어지고 말았다. 사람을 완전히 잘못 본 것이었다. 상대방의 얼굴에서는 시나가와 시로의 그림자조차 찾아볼 수 없었다. 하지만 미우라의 집에서 나온 뒤 단 한 번도 놓친 적이 없었는데 언제 사람이 바뀐 것인지 마치 여우에 홀린 듯한 느낌이었다. 뾰족한 수가 없었기에 사과를 한 뒤 혹시나 해서, "저기에 있는 저 차에서 내리신 거죠?"라고 확인을 해보았더니 그렇다고 대답했다.

"이상해. 마치 마법사 같아."

"변장을 한다 해도 얼굴이 그렇게 바뀔 수는 없는 법이야. 옷은 어땠지? 붉은 방에서 입고 있었던 옷이 그거였었나?"

"그건 잘 모르겠어. 빨간 불빛 아래였고, 또 작은 옹이구멍으로 봤으니까. 비슷한 것 같기도 한데, 오버코트의 색 따위 같은

게 얼마든지 있잖아."

남자와 헤어진 둘은 이런 이야기를 주고받으며 원래 있던 전찻길 쪽으로 걸어갔다. 의문의 사내를 싣고 온 자동차는 벌써 출발해서 50m쯤이나 달려나가고 있었다.

"아차." 시나가와 시로가 갑자기 외쳤다. "이봐, 택시. 거기서."

시나가와가 달리기 시작했기에 아오키도 영문을 모른 채 어쨌든 그를 따라서 차를 부르며 달렸다. 다른 차를 타고 뒤쫓으려 해도, 조금 전 그들이 타고 온 차는 벌써 출발해서 문제의 차 훨씬 앞쪽을 달리고 있었다.

결국은 포기할 수밖에 없었다.

"어째서 저 차를 뒤쫓은 거지?"

조그맣게 멀어져가는 자동차의 미등을 눈으로 좇으며 아오키가 물었다.

"운전수의 얼굴을 봐야겠다 싶어서." 시나가와가 답했다. "그렇게 한시도 눈을 떼지 않았던 사람이 다른 사람으로 바뀐다는 건 있을 수 없는 일이야. 혹시 나와 얼굴이 똑같은 그 사내가 좌석을 바꿔서 저 차의 운전수가 되어 달아난 것 아닐까 생각한 건데……. 하지만 설마 그렇게 영화 같은 짓을 하지는 않았겠지. 특별히 우리를 두려워해서 도망칠 이유도 없을 테니까."

이렇게 해서 이번 추격전은 불발로 끝나버리고 말았다. 그들이 자동차를 잘못 본 것인지, 혹은 그 사내가 고의로 기만해서 그들을 따돌린 것인지조차 분명히 알 수 없었다. 말하자면 여우에 홀린 듯한 기분이었다. 그날 밤에 일어났던 일 전부가 터무니없는 환각이 아니었을까 여겨질 정도였다.

시나가와 시로, 어둠 속 공원에서 밀회를 즐기다

 아오키 아이노스케는 그로부터 일주일쯤 도쿄에 있었으나 또 한 명의 시나가와 시로의 정체는 알아내지 못한 채 고향으로 돌아가고 말았다.

 붉은 방에서 남자가 '다음 주 수요일'이라고 여자에게 약속한 것을 기억하고 있었기에 그 수요일을 기다렸다가 일부러 미우라의 집까지 가보았으나 어찌 된 일인지 남자도 여자도 그림자조차 보이지 않았다. 안주인은 "오늘 오겠다고 약속했었는데."라며 이상히 여겼다.

 "역시 녀석은 그 자동차에 타고 있었던 듯해. 운전수를 대신 내보낸 것 같다는 자네의 생각이 맞는 걸지도 몰라. 녀석, 설마 자신과 똑같은 얼굴을 한 사람이 뒤쫓아 오리라고는 생각지도 못했을 테지만, 어차피 나쁜 짓을 하고 있는 녀석이야. 이거 위험하다 싶어서 그 집에 모습을 드러내지 않은 거야."

아오키가 말하자 늘 잔걱정이 많은 시나가와가 아주 걱정스럽다는 얼굴로,

"그뿐이라면 상관없지만……, 녀석 혹시 우리의 존재를 눈치챈 거 아닐까? 그때 뒤를 쫓은 것이 전혀 구분할 수 없을 정도로 똑같이 생긴 사람이라는 사실을 알아차린 것 아닐까? 그렇다면 그건 괜히 긁어 부스럼을 만든 격이야. 상대방은 악당이라고. 나를 방패로 삼아 어떤 음모를 꾸밀지 알 수 없는 일이야. 그 점을 생각하면 나는 말로 표현할 수 없는 이상한 생각이 들어. 두려워."

둘 사이에 이런 대화가 오갔는데 이런 시나가와의 걱정이 결코 기우가 아니었다는 사실이 나중에서야 밝혀지게 된다.

그야 어찌 됐든, 그로부터 2개월쯤은 특별한 일도 없이 흘러갔다. 그 사이에 아오키는 일주일 정도씩 2번 상경했으나 또 한 명의 시나가와 시로는 어디에도 모습을 드러내지 않았다. 그 기괴한 인물이 이 세상에 존재했었다는 사실이 전부 꿈 아니었을까 여겨질 정도였다. 그러나 시나가와는 그것을 역으로 생각해서, 지금쯤 어딘가의 한편에서 그 사내가 시나가와라는 절호의 방패를 이용해 매우 대대적인 악행을 계획 중에 있는 것 아닐까, 그것만을 걱정했다.

그러던 3월의 어느 날, 그건 아오키 아이노스케가 살고 있는 나고야에서 일어난 일이었는데, 까맣게 잊고 있던 괴인이 다시 그의 눈앞에 모습을 드러냈다.

친구와 카페에서 밤 깊도록 머물다 헤어져 집으로 돌아가는 길이었다. 아오키의 집은 쓰루마이 공원 뒤쪽의 교외라고도 할 수 있는 장소에 있었는데, 날도 따뜻한 계절의 밤이었고 취하기도 했기에 자동차를 타지 않고 일부러 길을 돌아서 그는 나무가 무성한 공원 안을 어슬렁어슬렁 걷고 있었다.

분수 옆을 지나 언덕길을 안쪽으로 올라가면 우거진 숲이라고 해도 좋을 정도로 커다란 나무들이 무성한 장소가 나온다. 그 한가운데가 막다른 길을 이루고 있고 대여섯 평 정도의 공터가 휑하니 있으며, 언덕길을 올라 거기에 온 사람들의 휴게소로 두어 개의 벤치가 놓여 있었다. 사방이 숲으로 둘러싸인 공원 안의 비밀 장소이기에 젊은 시민들의 밀회 장소로 더없이 좋은 곳이었다. 엽기심이 강한 아오키는 예전에 그곳에서 밀회를 훔쳐보는 죄 깊은 즐거움을 맛본 경험을 가지고 있었다.

그곳은 조금 전에 말한 막다른 길의 끝에 있기에 집으로 가는 길에 거기를 지날 이유는 없었으나, 장난스러운 운명의 신이 그를 인도한 것인지 아오키는 문득 그 공터 쪽으로 가보고 싶다는 생각이 들었다.

벌써 12시 가까운 한밤중이어서 공원에 들어선 뒤로 거의 사람을 보지 못했던 만큼 그곳도 아마 텅 빈 어둠만 휑뎅그렁하리라 생각했으나, 어둠의 매력, 어쩌면 뭔가 멋진 발견을 하게 될지도 모른다는 호기심이 그를 그곳으로 데리고 갔다.

그렇게 언덕 꼭대기까지 올라 나무들 사이로 힐끗 보니 이 무슨 일이란 말인가, 사냥감이 있었다. 그 분야를 담당하고 있는 형사가 공원 속의 일정한 장소로 가서 수풀 속에 벌렁 누워 기다리고 있으면 어떤 밤에라도 한 쌍이나 두 쌍 정도의 밀회를 검거하는 것은 식은 죽 먹기라고 말한 적이 있었는데 아니나 다를까 경험자의 말은 과연 굉장한 것이라고 생각하며 아오키는 발걸음을 멈추고 마치 그 형사가 하는 것처럼 커다란 나무줄기를 방패막이 삼아 어둠 속 사람의 모습에 시선을 집중시킨 채 귀를 기울였다.

희미하게 두 개의 허연 얼굴이 보였다. 그러나 복장도 얼굴의 모습도 전혀 알아볼 수 없었다. 단지 목소리만이 또렷했다. 그들은 사람이 없다고 안심한 듯 평범한 목소리로 이야기하고 있었다.

"그럼, 한동안 작별입니다. 오늘 밤 도쿄로 돌아가면 당분간은 올 수 없으니."

남자의 목소리가 말했다.

"여관에서 하신 말씀, 잊으시면 안 돼요." 여자의 목소리가 아양을 떨었다. "그 집으로 편지를 보내주실 거죠? 하다못해 편지라도 가끔 보내주지 않으시면 전 견딜 수 없을 거예요."

"네, 가능한 한 많이. 당신도 잊어서는 안 됩니다. 그럼 이만 떠나도록 하겠습니다. 기차 시간이 됐으니."

희미하게 허연 두 사람이 양쪽에서 다가가더니 찰싹 밀착했다. 오랜 시간 밀착되어 있다가 마침내 떨어졌다.

"저, 집에 가기가 왠지 무서워서……."

"그 사람한테 미안하다는 거죠? 또 시작이군요. 괜찮아요. 절대로 들키지 않을 테니. 선생은 제가 나고야에 온 줄 꿈에도 모를 테니까요. 게다가 오늘 밤에는 귀가가 늦어질 예정이잖아요. 자, 얼른 돌아가세요. 그 사람보다 먼저 돌아가 있지 않으면 안 되니까요."

불량청년이 아니었다. 말하는 품으로 봐서 상당한 신사였다. 상대 여자도 결코 이런 곳에서 밀회를 할 사람이 아니었다. 여자가 '여관'이라고 말했었다. 거기서 만난 뒤 남자가 여자를 데려다주기 위해서 왔거나, 여자가 남자를 배웅하기 위해서 왔거나(지리적 관계로 봐서 아무래도 전자인 듯했지만), '여관'에서 헤어지기 싫었던 것이리라.

'그 사람한테 미안하다'는 건, 여자에게 정해진 남편이라도 있다는 말일까? '그 집으로 편지를 보내'라고 한 것을 보니 자택으로 편지가 오면 형편이 좋지 않은 사정이라도 있는 것이리라. 아무리 생각해봐도 간통이었다. 게다가 남자는 도쿄에서 일부러 만나러 왔다. '오오, 이거 심상치 않은 관계로군.'

아직 아무런 사실도 깨닫지 못한 아오키는 이 뜻밖의 수확에 크게 기뻐했으나……:

마침내 남녀가 헤어져 남자가 먼저 그가 있는 쪽으로 내려오는 것 같은 기척에 깜짝 놀란 아오키는 자신도 모르게 10걸음 정도 뒷걸음질 치다 마침 가로등 아래서 휙 뒤를 돌아보았는데, 순간 다가오던 남자의 얼굴이 전등의 빛을 받아 분명하게 보였다. 그런데 참으로 뜻밖의 일이었다. 도쿄에 있을 줄로만 알았던 그 시나가와 시로의 얼굴 아닌가?

"아아, 시나가와."

자신도 모르게 입 밖으로 나왔다.

"응?"

상대방도 멈춰 섰다. 묘한 표정으로 뚫어져라 아오키의 얼굴을 바라보았다. 쑥스러워서 그러는구나 싶어 아무것도 모르는 척,

"어쩐 일이야. 늦은 시간에 이런 데서."

라고 말을 걸어도 상대방은 역시 굳은 표정을 풀지 않고 이상한

말을 했다.

"당신은 누구십니까? 사람을 잘못 보신 듯합니다."

"나? 난 자네의 친구인 아오키잖아. 정신 차려."

"당신은 대체 저를 누구라고 생각하고 계신 겁니까?"

"당연하잖아. 시나가와 시로라고 생각하고 있지."

라고 말했다가 아오키는 갑자기 입을 다물어버렸다. 한동안 잊고 있던 무시무시한 사실이 떠올랐기 때문이었다.

"시나가와 시로? 들어본 적도 없습니다. 전 그런 사람이 아닙니다. 좀 바빠서……."

꽁무니를 빼듯 떠나버린 상대의 뒷모습을 바라보며 아오키는 멍하니 서 있었다.

녀석이다, 2개월 전에 자동차 속에서 마법사처럼 사라져버렸던 그 또 한 명의 시나가와 시로다. 전혀 생각지도 못했던 곳에서 다시 만나게 될 줄이야.

아오키는 거의 무의식적으로 그 사내의 뒤를 쫓았다. 언덕을 내려와 분수 부근까지도.

하지만 생각해보니 이 사내는 도쿄로 돌아갈 터였다. 정차장으로 갈 것이 뻔했다. 제아무리 엽기적인 일을 좋아하는 아오키라 할지라도 지금의 모습 그대로 도쿄까지 미행할 용기는 없었다. 게다가 주머니 사정이 여의치가 않았다. 시계를 꺼내 보니 그가 분명히 탈 것이라 여겨지는 도쿄행 급행의 발차까지는 급히 달려가야 간신히 탈 수 있을 정도의 시간밖에 남지 않았다. 일단 집으로 가서 여장을 꾸릴 여유는 도저히 없었다.

아오키는 포기하고 쓸데없는 미행은 그만둔 채 터벅터벅 집으로 향했다.

공원에서 나와 넓은 신작로를 오륙백 미터쯤 가면 그의 저택이 있었다. 깊은 생각에 잠겨 그 길을 절반쯤까지 걸어왔을 때, 그는 문득 한 가지 무시무시한 생각에 사로잡혀 흠칫 발걸음을 멈췄다.

너무나도 뜻밖의 만남이었던 때문일까, 그때까지 그는 그 사내의 목소리에 대해서 잊고 있었나 생각해보니 얼굴을 보지 않아도 그건 틀림없이 붉은 방에서 익히 들었던 또 한 명의 시나가와 시로의 목소리 아니었던가. 어째서 그 사실을 깨닫지 못했던 것일까. 그런 생각이 들자 그와 관련해서 문득 상대방 여자의 목소리도 떠올랐다.

'그래, 그것도 처음 듣는 목소리가 아니었어.'

순간 번개처럼 한 가지 전율할 만한 생각이 번쩍 그의 머릿속에서 번뜩였다.

'말도 안 돼. 그건 있을 수도 없는 일이야. 너, 어떻게 된 거 아니야. 마치 아라비안나이트처럼 황당무계한 망상이잖아.'

라고 다시 생각을 해보아도 조금 전 여자의 아양을 떨던 목소리가 귀에 들러붙어 떨어지려 하지 않았다. 설마 싶었지만, 설마 하고 생각했던 시나가와 시로가 공원의 어둠 속에서 나타나기까지 하지 않았는가. 그가 전혀 알지 못하는 음지의 세계에서 어떤 뜻밖의 일이 일어나고 있을지는 알 수 없는 일이었다.

아오키는 갑자기 달리듯 걷기 시작했다. 멀리로 보이는 자기 집의 서양식 건물 2층에 시선을 고정시킨 채 숨을 헐떡이며, 어둠 속 돌멩이에 발부리를 걸려가며 무시무시한 기세로 걷기 시작했다.

석간신문에 두 시나가와 시로의 사진이 나란히 실리다

아오키 아이노스케는 요즘 악몽에 시달리고 있었다. 친구인 과학잡지의 사장 시나가와 시로가 몽유병 환자처럼 이중으로 흐릿하게, 여기에도 저기에도 존재했다. 게다가 얼굴에서부터 체격, 목소리까지 한 치의 차이도 없는 두 사람이 같은 방에서 대면하기까지 했다. 그는 시나가와 시로와 함께 또 한 명의 시나가와 시로를 뒤쫓았지만 상대방은 마치 도깨비와도 같아서 교묘하게 몸을 피하고 모습을 감춰버리고 말았다. 아오키도 시나가와도 지난 수개월 동안 이 혐오스러운 녀석의 탐색에 매달리고 있는 꼴이었다.

그러나 지금까지는 특별히 피해를 준 것도 아니고, 참으로 기분 나쁘기는 하지만 직접적인 공포를 느낄 정도의 사건이 있었던 것도 아니었으나, 최근에 참으로 섬뜩하고 어처구니없는 일이 일어나고 말았다. 그 일이란 어느 날 밤, 나고야의 쓰루마이 공원에서 또 다른 한 명의 시나가와가 어딘가의 사모님과 은밀하게 대화하는 모습을 아오키 아이노스케가 본 일이었다. 게다가 그 상대방 여자의 얼굴은 제대로 보이지 않았지만 목소리가 아무래도 낯설지가 않았다. '혹시'라는 생각이 들자, 아오키는 새파랗게 질려서 그 진위를 확인하기 위해 자신의 집으로 달려가지 않을 수 없었다.

그러나 그의 아름다운 아내는 특별히 이상한 모습도 보이지 않고 상냥하게 그를 맞아주었다. 현관으로 들어서 외투 등을 걸어두는 조그만 홀에 가슴을 두근거리며 멈춰 서 있는데 한쪽 문이 열리고 밝은 전등 빛이 슥 흘러나오더니 요시에가 조그맣고 단정한 얼굴을 그곳으로 내밀었다.

"어머, 무슨 일 있으셨어요?"

오히려 그녀가 평소와 달리 창백해진 그의 모습을 이상히 여겼을 정도였다.

아오키는 아무런 말 없이 방으로 들어가 소파에 몸을 묻었다.

그는 다달이 도쿄에 갈 때, 3번에 1번 정도는 아내를 데리고 갔기에 아내와 시나가와는 농담을 주고받을 정도의 사이가 되어 있었다. 시나가와가 나고야에 있는 집을 방문한 적도 두어 번 있었다.

따라서 또 한 명의 시나가와 시로가 그것을 이용해서, 즉 오랜 친구인 시나가와 시로인 척 요시에에게 접근해서 그녀를 어떤 구렁텅이에 빠뜨린 것이라고 생각하지 못할 이유도 없었다.

아내이기에 그는 이미 불감상태에 있었지만, 일반적으로 말해서 그녀는 충분히 아름다운 사람이었다. 그 정체를 알 수 없는 유령 같은 사내가 자신과 조금도 다르지 않은 시나가와 시로의 존재를 깨닫고 그것을 이용해서 어떤 좋지 않을 일을 계획한다면 우선 아오키의 아내는 가장 매력적인 사냥감임에 틀림없었다.

요시에 쪽에서 생각을 해봐도 그건 전혀 있을 수 없는 일은 아니었다. 아오키는 엽기를 좋아하는 자신의 성격 때문에, 그리고 쉬 싫증을 내는 성격 때문에 아내의 존재를 거의 무시한 채 살아왔다. 한 달에 열흘 정도는 도쿄에 머물렀으며, 나고야에 있을 때도 대부분은 밤늦게까지 밖에서 시간을 보냈기에 아내와 다정하게 이야기를 나누는 경우는 매우 드물었다. 요시에가 사랑에 굶주려 있으리라는 것은 참으로 당연한 사실이었다. 게다가 그녀는 결코 예전의 여자대학을 나온 사람과 같은 고지식한 여성이 아니었다. 다시 말해서 그녀 쪽에도 충분히 빈틈은 있었다. 악마가 잠깐 손을 내밀기만 하면 되는 것이었다.

아이노스케는 소파에 몸을 묻은 채 가능한 한 요시에 쪽은 보지 않으며 다시 한 번 이런 생각들을 해보았다. 그런데 아내는 어쩜 저렇게도 아무렇지 않을 수 있는 걸까?

"여보, 왜 그렇게 아무 말씀도 하지 않으시는 거예요? 화나셨어요?"

그녀는 더없이 천진했다.

"그런 건 아니야. 하녀들은 벌써 잠들었나?"

"네, 조금 전에요."

"당신, 오늘 밤에 어디 갔다 왔어?"

"아니요, 아무 데도."

그녀는 이렇게 대답한 뒤 테이블 위에 엎어놓은 빨간 표지의 소설책 쪽으로 눈길을 주었다. 자연스러웠다. 아이노스케는 자신의 아내가 이런 연극을 할 수 있는 여자라고는 믿을 수 없었다.

'난 지금 제정신이 아니야. 말도 안 되는 망상에 사로잡혀 있는 거야. 조금 전의 사내도 정말 시나가와 시로의 얼굴이었던 걸까?'

다시 떠올려보려 하자 점점 애매해지기 시작했다.

"지금 공원에서 시나가와 시로를 만났어."

그는 이렇게 말하며 요시에의 태도에 주의를 기울였다.

"시나가와 시로 씨? 도쿄의?"

그녀는 정말로 놀랐다.

"어째서 저희 집에 오시지 않은 거죠?"

물론 그녀는 기괴한 제2의 시나가와 시로에 대해서는 아직 아무것도 몰랐다.

잠시 이야기를 나누고 나자 아이노스케는 완전히 마음이 놓였다. 이렇게 천진한 여자가 무슨 짓을 할 수 있겠어, 라며 경멸을 해주고 싶을 정도였다.

일주일쯤, 아무런 일도 없이 흘러갔다. 그 사이에 요시에에 대해 새로이 의심할 만한 일도 무엇 하나 일어나지 않았다. 주의를 기울이고 있었으나 그 사내에게서 편지가 온 듯한 기색은 보이지 않았다.

그러던 어느 날, 약간은 압박감이 느껴질 정도로 봄도 무르익어 화창한 날이었는데 아이노스케는 요시에를 데리고 도쿄행 특급에 올랐다. 오후의 기차는 먼지 가득하고 후텁지근했으며, 거기에 따분하기까지 했다. 어디서나 흔히 볼 수 있는 농가와 밭과 숲과 간판이 짜증 날 만큼 언제까지고 계속되었다. 아내에게는 특별히 말도 걸지 않았다.

누마즈에서 도쿄의 석간을 샀다. 2면의 커다란 사진. 도쿄 역에 도착한 S박사와 마중을 나온 모 씨. S박사란 일본인에게도 유명한 독일의 과학자, 여행 도중 상해에서 오사카를 거쳐 오늘 아침 도쿄에 도착한 것이었다. 오늘 밤에 강연회가 있다고 적혀 있었다. 아이노스케는 백발의 박사에게 특별히 흥미를 느끼지는 못했으나 마중을 나온 모 씨, 모 씨의 가장 구석에 통속 과학잡지의 사장인 시나가와 시로의 모닝코트를 입은 모습이 보였기에 어떻게 된 일인가 싶었다. 시나가와는 강연회의 통역을 맡은 모양이었다.

'참 오지랖도 넓군.'
하고 싱긋싱긋 웃으며 여전히 그 사진을 보다 묘한 것을 발견했다.

'시나가와 녀석, 욕심도 많지. 2번이나 얼굴을 내밀었어.'

이렇게 생각하다 흠칫했다. 한 장의 사진에 동일인물이 둘 등장할 수 있을 리 없었다. 이번에도 역시 예의 유령사내였다. 사진에는 박사를 마중 나온 사람들 외에도, 그와는 상관없는 사람들의 얼굴이 뒤쪽에 찍혀 있었는데 그 얼굴들 사이에서 또 한 명의 시나가와 시로가 웃고 있는 모습이 선명하게 담겨 있었다.

예상한 대로 유령사내는 시나가와 시로의 존재를 깨닫고 그 뒤를 미행하고 있는 것이었다. 뭔가 좋지 않은 일을 꾸미고 있는 것이었다.

"요시에, 이걸 좀 봐."

아이노스케는 아직도 아내를 얼마간 의심하고 있었기에 이 사진으로 그녀를 시험해봐야겠다는 음흉한 생각을 문득 떠올린 것이었다.

"어머, 시나가와 씨네요. S박사의 통역을 맡으신 분은."

"그건 아무래도 상관없는데, 뒤쪽에서 쳐다보고 있는 이 얼굴을 좀 봐."

라고 말하며 손가락으로 유령사내를 가리켰다.

"어머나, 시나가와 씨하고 똑같이 생겼네요. 정말 똑같이 생겼어요."

이건 참으로 명랑했다.

"사실은 말이지 시나가와 시로랑 조금도 다르지 않은 사내가 (그것도 녀석은 악한이야) 어딘가에 존재해. 나는 그 녀석을 몇 번인가 본 적이 있어."

라고 이번 기회에 독자들도 알고 있는 사실을 대략 들려주었다 (자신의 형편상 붉은 방을 들여다본 일에 대해서는 생략했지만).

바깥은 날이 저물기 시작해 회색빛이었다. 커다란 비구름 같은 나무들이 뭉게뭉게 창밖을 달려갔다. 천장의 전등이 어두컴컴한 바깥의 빛과 한데 뒤섞여 묘한 적갈색으로 보였고 차 안에 있는 사람들의 얼굴에 이상한 그림자가 드리워져 있었다. 그런 가운데서 그는 섬뜩함을 가득 담아, 때로는 상대방의 눈을 가만히 바라보기도 하며 그 이야기를 했다.

"세상에, 무서워요. 무슨 일인가를 꾸미고 있는 걸까요?"

그녀는 얼마간 창백해진 것처럼 보였다. 그러나 누가 들어도 두려움을 느낄 이야기였다. 얼마간 창백해졌다고 해서 그녀를 의심할 이유는 없었다.

그녀가 만약 몰래 이 제2의 시나가와 시로와 불의를 저질러왔다면 크게 당황한 빛을 감추지 못했을 것이다. 너구리 다다노부[13]의 정체를 알게 된 시즈카고젠처럼 깜짝 놀라지 않을 수 없었을 것이다. 그런 기색도 보이지 않았다.

'역시 나의 착각이었나. 이거 참.'

이에 아이노스케는 한층 더 크게 안도할 수 있게 되었으나, 이 안도가 과연 참된 안도로 끝나게 될지.

---

13) 새끼 너구리로, 북의 가죽이 된 부모가 그리운 나머지 인간인 사토 다다노부의 모습으로 변신해 그 북의 주인인 시즈카고젠을 지켰다고 한다.

아오키·시나가와 두 사람, 실물환등에 몸서리치다

도쿄에 도착한 아이노스케는 역에서 S박사의 강연장으로 전화를 걸어 시나가와에게 자신이 알아낸 사실을 설명하고 그의 일이 끝나는 시간을 확인한 뒤, 그날 밤 늦게 시나가와의 집으로 찾아갔다.

"난 조금도 눈치채지 못했었어. 그런데 자네의 전화를 받고 깜짝 놀라, 그 신문사의 아는 기자한데 전화로 부탁해서 지금 막 그 사진의 사본을 받은 참이야. 신문의 사진만으로는 사실을 알 수 없으니까."

아이노스케가 들어서자 8첩짜리 거실에서 기다리고 있던 시나가와가 말했다. 자단으로 만든 책상 위에 환등기계와 같은 묘한 형태의 도구와, 그 옆으로 뒤에 종이를 대지 않은 사진 한 장이 반짝반짝 빛을 내며 놓여 있었다. 예의 석간에 실렸던 사진과 같은 것이었다.

"이 기계는?"

"에피디아스코프라고, 불투명한 것을 크게 비춰주는 환등기계야. 이걸로 이 사진 속의 또 한 녀석을 확대해서 봐야겠다고 생각해서 말이지."

그것은 그의 직업상, 잡지사에서 물건을 받아다 판매하고 있는 실물환등기계였다.

그렇게까지 해서 확인할 필요도 없는 일이었으나 두 사람 모두 환등이라는 것에 일종의 매력을 느끼고 있는 사람들이었으며, 확대된 상대 얼굴의 주름 하나하나에 천착적인 흥미가 없는 것도 아니었다.

전등을 끄자 무늬가 없는 연노란색 장지 위에 사진 속 두 시나가와의 얼굴 부분만이 놀랄 만큼 커다랗게 떠올랐다.

진짜 시나가와는 진지한 얼굴, 또 다른 쪽은 히죽 웃으며 수정을 하지 않아 그림자와 반점이 곳곳에 있는 얼굴로 어둠 속 두 사람을 향해 불쑥 다가온 듯한 느낌이었다.

"내가 한번 웃어볼 테니 저 사진 속 얼굴과 비교를 해봐."

시나가와는 이렇게 말하고 기계의 뒤쪽, 광선이 새어 나오는 곳으로 자신의 얼굴을 가져가 괴담 속 괴물처럼 히죽 이를 드러내 보였다.

"똑같아. 마치 그렇게 하고 있는 자네의 얼굴이 그대로 맞은편 장비에 비친 것 같아."

이렇게 말하는 동안에도 아이노스케는 뒷골에 오싹함이 느껴졌다.

"이쯤에서 그만두기로 하세. 왠지 섬뜩한 기분이 들기 시작했어."

아이노스케는 평소에도 환등에 일종의 이상한 공포를 느끼고 있었다. 게다가 그림자와 실물을 합쳐 얼굴이 조금도 다르지 않은 3명의 시나가와 시로가 있었다. 그가 어린아이처럼 겁을 먹은 것도 당연한 일이었다.

전등을 켜고 보니 당사자인 시나가와도 파랗게 질려 있었다.

"녀석, 내 그림자처럼 언제나 주위를 맴돌고 있는 거야. 그렇게 생각할 수밖에 없지 않겠는가?"

"처음에는 멀리 있던 것이 조금씩 조금씩 천천히 다가오고 있는 것 같다는 느낌이야."

"이봐, 이봐, 겁주지 말라고." 자신도 모르게 흠칫하며 시나가와가 말했다. "아직 특별히 피해를 입은 건 아니지만 더는 그냥 내버려 둘 수가 없어. 아주 위험한 것 같다는 생각이 들어. 뭔가 음모를 꾸미고 있는 거야. 모르는 만큼, 그리고 상대가 어디의 누구인지 정체를 전혀 알 수 없는 만큼 더 무서워. 나는 우리

잡지에 이 사실을 광고해볼까 생각 중이야."

"광고라니?"

"이 사진을 싣는 거야. 그리고 나와 이렇게 똑같이 생긴 사람이 있다. 나는 이 제2의 자신의 존재에 대해서 상당한 위험을 느끼고 있다. 부디 이름을 밝히고 나타나주었으면 한다. 또는 이 인물을 알고 있는 사람은 이 사실을 전해주었으면 한다. 이런 글을 대대적으로 싣는 거지. 그렇게 해두면 얼마간은 예방이 될 거라 생각하는데."

"자네 잡지에는 아주 좋은 읽을거리가 될 거야. 하지만 자네가 걱정하고 있는 위험은 이미 시작된 걸지도 몰라. 왜냐하면……."

아이노스케는 얼마 전에 쓰루마이 공원에서 있었던 일을 전부 들려주었다.

"그렇다면 자네는 부인을 아직도 의심하고 있는 건가?"

이야기를 듣고 난 시나가와가 수줍음인지 공포인지 모를 표정으로 물었다.

"아니, 지금은 거의 의심하고 있지 않아. 아마도 다른 여자였을 거야. 하지만 장소가 마침 우리 집 근처였잖아. 뭔가 의미가 있는 것처럼도 여겨져."

갑자기 입을 다문 채 무엇인가를 생각하던 시나가와가, "혹시."라고 한마디 하며 자리에서 벌떡 일어나 방을 나갔다가 봉합

된 편지 한 통을 들고 돌아왔다.

"이걸 잠깐 읽어보게."

아이노스케는 별 이상한 소리도 다 한다고 생각하며 별 생각 없이 봉합된 편지를 받아 안에 든 편지지를 펼쳐보았다.

「옳지 않은 일인 줄은 알면서도, 바로 그렇기 때문에 세상 모든 것을 잊을 만큼 기뻤습니다. 그날 밤의 일, 당신의 몸짓, 당신의 말씀, 세세한 부분의 끝까지 하나하나 곱씹으며 마음속에 떠올려 보고는 그때마다 새삼스럽게 얼굴을 붉히고 가슴 설렘을 느끼고 있습니다. 마음껏 웃으세요. 전 그와 같은 사랑을 그날 밤 전까지는 꿈속에서조차 본 적이 없으니까요. 소녀처럼 저는 진심으로, 진심으로 푹 빠져 있어요. 하지만 언제 또 만날 수 있을지. 서쪽과 동쪽에 떨어져서 살고 있고 당신은 바쁘신 몸, 더구나 옳지 못한 길을 가는 사랑의 슬픔, 제가 당신 곁으로 다가갈 수도 없으니 괴롭기만 할 뿐입니다. 참된 사랑의 괴로움, 안타까움을 이제야 비로소 절실하게 깨달은 듯합니다. ……」

아이노스케는 더없이 빠른 속도로 그것을 읽었다. 도저히 차분히 읽을 수가 없어서 마지막 서너 줄은 그냥 건너뛰고 수신인의 이름을 보았다.

「시로 님 귀하. 지인으로부터」

라고 되어 있었다. 누가 봐도 유부녀가 시나가와 시로에게 보낸 연애편지였다.

"나는 짚이는 데가 전혀 없어. 하지만 봉투에 적힌 이름은 틀림없이 나야. 내가 어딘가의 유부녀와 불의를 저지르고 있는 거야. 너무나도 황당한 일이었기에 누군가의 짓궂은 장난이라고만 생각했는데 자네의 지금 이야기를 듣고 나니 이 편지에는 훨씬 더 무시무시한 의미가 있는 걸지도 모르겠다는 생각이 들었어. 다시 말해서 그 쓰루마이 공원에서 이야기했던 여자가 가짜 시나가와 시로에게 보낸 편지가 진짜인 내게 날아든 걸지도 몰라. 왜냐하면, 여기를 좀 보라고. 보낸 사람의 주소와 이름은 적혀 있지 않지만 소인은 분명히 나고야야……. 이봐, 자네, 왜 그러는 거야?"

아이노스케의 입술은 빛깔을 잃었으며 턱 부근에는 소름이 돋아 있었다. 하지만 아무런 말도 하지 않았다.

"이 편지 때문에 그러는 거지?"

"……."

"이봐, 왜 그러는 거야. 그래, 자네 지금 필적을 보고 있는 거로군."

"비슷해. 정말 슬프게도 나는 이 사랑이라는 글자의 특이한 필체를 기억하고 있어."

"자네 부인의? ……하지만 여자들의 필체란 대부분 비슷하잖아……. 여학교의 교본 그대로니까."

"그래, 이번에 집사람이 유독 도쿄에 함께 오겠다고 한 이유를 알겠어. 집사람은 여기서 자네와……, 아니, 또 한 사람의 사내와 마음껏 만날 생각이었던 거야. 그럴 속셈이었던 거야."

그리고 두 사람은 더 이상 할 말을 찾을 수가 없었다. 깊은 밤의 8첩짜리 방에서 두 사람은 멍하니 서로를 마주 보고 있었다.

"나는 그만 돌아가겠네."

아이노스케가 한없이 무뚝뚝하게 말하고 자리에서 일어섰다.

"그럴 텐가."

시나가와도 입에 발린 뻔한 소리로 마음을 달래주려 하지는 않았다.

현관으로 내려가 나막신을 신은 아이노스케가 휙 뒤를 돌아보았다. 현관마루의 장지문에 기대어 시나가와가 배웅을 했다.

"자네에게 한 가지 묻겠는데," 아이노스케가 무표정한 얼굴로 황당하기 짝이 없는 말을 했다. "자네는 진짜 시나가와 시로겠지?"

상대방은 깜짝 놀라 자신도 모르게 뒤를 돌아보았다. 그리고 묘하게 공허한 웃음소리를 냈다.

"하하하하하, 무슨 소리를 하는 거야. 농담은 그만두게."

"그래 맞아. 자네는 시나가와야. 또 다른 사내가 아니었어."

아이노스케는 이렇게 말한 뒤 격자문 밖으로 훌쩍 나갔다.

마치 악몽에 사로잡힌 사람처럼 그의 발걸음은 비틀비틀 불안정했다.

지병인 무료함이 씻은 듯이 가시다

별장으로 돌아와 보니 요시에는 구석구석까지 깨끗하게 청소된 아담한 집에서 할멈과 함께 얌전히 집을 보고 있었다.

좁은 집이었기에 부부의 침실은 장지문 하나를 사이에 두고 있었다. 2층의 8첩짜리 거실에 아이노스케의, 6첩짜리 옆방에 요시에의 이부자리가 깔려 있었다.

아이노스케가 이부자리 속으로 들어가 천장을 보고 누운 채 담배를 피우고 있자니 그 머리맡에 있는 뽕나무 화로에 기대듯 앉아 요시에가 무슨 말인가를 하기 시작했다.

그것은 대체로 도쿄에 머무는 동안의 유락 예정에 관한 것이었는데 오랜만에 보기로 한 가부키가 기대된다는 둥, 후쿠스케14)를 얼른 보고 싶다는 둥, 며칠의 음악회는 누구의 피아노

---

14) 복을 가져온다는 인형 중 하나.

연주가 하이라이트라는 둥, 여자면서도 도쿄풍 소고기전골을 얼른 먹고 싶다는 둥, 이러쿵저러쿵, 한없이 쾌활하고 또한 수다스러웠다.

그녀의 마음에 들어서 여행에까지 들고 다니는 화사한 실내복인, 노란색 바탕에 줄무늬가 들어간 비단으로 지은 하오리15)를 입고, 웨이브가 풀어져 보기 좋은 머리의 골격을 따라 조금 끈적한 듯 들러붙은 서양식 머리모양 아래로 미끈한 목덜미가 들여다보였다.

예의 사건이 벌어진 뒤부터 아이노스케의 아내에 대한 관심이라기보다는 애착이 날이 갈수록 세심해져가는 것만은 사실이었다. 그러나 그것 때문이 아니라, 이렇게 눈앞에 두고 보면 이렇게 천진한 여자가 불의를 저지를 수 있으리라고는 여겨지지 않았다.

"저기 말이지, 펜과 종이를 좀 가져다줘."

아이노스케는 문득 그런 생각이 떠올랐다.

"뭐 하시게요? 편지?"

"어쨌든 좀 가져다줘."

요시에가 만년필과 편지지를 가지고 오자,

"거기에 말이지, 사랑[戀]이라는 글자를 써봐."

---

15) 기모노 위에 입는 짧은 겉옷.

아아, 이 얼마나 순진한 여자란 말인가. 요시에는 그 말을 듣자 시험당하고 있으리라고는 꿈에도 생각지 못하고 부끄럽다는 듯 눈가를 붉게 물들이며, 부부 사이에서 볼 수 있는 그 특유의 음란한 웃음을 지어 보였다.

"호호호호호, 이상하네요. 당신 무슨 일 있으셨어요?"

"됐으니 어쨌든 한번 써봐."

"호호호호호, 선생님 앞에서 글자 연습을 하는 것 같네요."

아주 고분고분 그녀는 펜을 들어 '사랑스러운[戀しい]'이라고 썼다. 그리고 펜을 멈춘 다음 아이노스케를 올려다보며 예의 웃음을 지어 보였다.

"다음에는 뭐라고 쓸까요?"

아이노스케는 아내가 지금 이렇게 고분고분한 것은 그의 사랑에 굶주렸기 때문이다, 그녀는 지금 오랜만에 주고받는 부부간의 유희를 즐기고 있는 것이라는 사실을 알 수 있을 듯한 기분이 들었다. 그러나 대답은 역시 짓궂게도,

"시로 님 귀하."

라고 말했다.

"어머나."

요시에는 깜짝 놀라 심각한 얼굴이 되었다. 그리고 순간 공허한 눈으로 '시로'의 의미를 파악하기 위해 머릿속을 뒤지고 있는

듯한 모습이었다.

'이 사람에게는 죄가 없어. 누가 뭐래도 이렇게 훌륭하게 연기를 할 수 있을 리 없어.'

아이노스케는 완전히 마음이 놓였다. 사랑이라는 글자의 필체는 틀림없이 비슷하지만 의미도 없는 암호에 지나지 않는 것이다. 시나가와가 말한 대로 우연히 같은 교본으로 배운 거야.

"시로 님이라니, 대체 누구를 말하는 건가요?"

요시에가 약간은 창백해진 얼굴로 따지듯 물었다.

"됐어. 이젠 다 좋아졌으니까. 시로 씨 말이야? 시로 씨는 세상 천지에 널려 있지. 초등학교 독본에도."

기분이 매우 좋아진 아이노스케가 말했다.

그로부터 얼마 지나지 않아, 이상한 일이기는 했지만 아이노스케는 전차를 타고 있었다.

전차는 만원이었다. 몸도 제대로 움직이지 못하고 손잡이에 매달려 있었다. 사람들의 머리가, 신사와 상인과 부인과 아주머니와 아가씨의 머리가 뒤죽박죽 하나로 뒤섞여 눈앞으로 밀려들었다. 그런데 그 머리들 속으로 문득 시나가와 시로의 얼굴이 보였다.

"시나가와, 시나가와지?"

아이노스케가 커다란 소리로 외쳤다.

그러자 상대방은 대답을 하는 대신 슥 머리를 집어넣어 사람들 속으로 숨어버렸다.

"앗, 녀석이다. 유령사내다. 여러분, 잠깐 비켜주세요. 저 녀석을 잡아야 하니."

그러나 조금도 몸을 움직일 수가 없었다.

"잡아줘. 저 녀석을 잡아줘."

아이노스케가 마구 소리를 질렀기에 차 안의 모든 얼굴들이 깜짝 놀라 이쪽을 돌아보았다. 뒤죽박죽 엉겨서 아이노스케를 바라보았다. 그런데 끔찍하게도 그 얼굴 모두가 하나도 남김없이 시나가와 시로의 얼굴이 되어 있었다. "앗!"하고 외친 뒤 달아나려 했으나 뭔가 방해가 되는 것이, 부드럽고 무거운 것이, 가슴 위에 묵직하게 얹혀 있었다. 튕겨내려 해도 고무처럼 탄력이 있어서 다시 되돌아왔다. 문득 깨닫고 보니 그것은 따뜻한 요시에의 팔이었다.

"왜 그러세요. 괴로운 듯했어요."

"그냥, 꿈을 꿨어……. 당신이 가슴 위에 이 손을 얹고 있었기 때문이야."

그건 결국 그녀가 옆방에 펴놓은 자신의 침상에서 자지 않았다는 얘기다.

그러나 그로부터 1시간쯤 지난 어느 순간, 아이노스케는 상대방을 밀쳐내고 방의 한쪽 구석으로 훌쩍 물러났다.

요시에는 너무나도 갑작스럽게 돌변한 남편의 태도를 이해할 수 없어서 멍하니 웅크리고 있었다. 그녀는 창백해진 남편의 얼굴에서 무시무시한 적의를 느꼈다. 핏발 선 눈이 분노로 불타오르고 있는 것을 보았다.

그녀는 견딜 수 없는 일종의 모욕을 느꼈기에 고개를 숙이고 몸을 떨며 눈물을 흘렸다.

아이노스케는 그녀를 달래려 하지도 않고 갑자기 옷을 입은 뒤 가련한 아내를 남겨둔 채, 벌써 새벽이 다가오고 있는 집 밖으로 나갔다.

그는 인적 없는 폐허 같은 거리를 닥치는 대로 돌아다녔다.

'확실히, 확실히 여자는 인종이 달라. 어딘가 요물들의 나라에서 온 신의 사자야. 거짓말을 할 때는 마음속에서부터 낯빛까지 전부 그대로 되어버려. 울려고만 하면 언제든지 눈물이 솟아오르는 거야.'

새삼스레 그것을 느꼈다.

'하지만 무의식중에 꼬리를 밟히고 말았어. 그 행위는 분명히 내가 가르친 게 아니야. 나는 그런 피학적 색마가 아니야. 그녀는 유령사내에게서 배운 거야. 그리고 그녀도 언제부턴가 사디즘을 사랑하게 된 거야.'

이건 결코 그의 망상이 아니었다. 움직일 수 없는 증거가 있었다. 그는 예의 붉은 방에서 본 유령사내와 어떤 여성과의 유희를 여러 가지로 기억하고 있었다. 오늘 밤에 보여준 요시에의 행위는 그때의 어떤 장면과 한 치의 차이도 없었다. 그녀는 그를 말로 삼아 걸터앉지 않았던가. 그리고 고삐 대신 빨간 허리끈을 그의 목에 감으려 하지 않았던가. 그가 새파랗게 질려서 훌쩍 물러난 것도 어찌 보면 당연한 일이었다.

제아무리 엽기적인 것을 좋아하는 아이노스케라 할지라도 무료함이 문제가 아니었다. 이것으로 그가 아내에게 싫증이 났다는 것은 착각이었으며, 사실 마음속으로는 깊이깊이 사랑하고 있었다는 사실을 알 수 있다. 하지만 그에게는 이런 마음의 변화가 참으로 뜻밖이었다. 불의의 상대가, 즉 유령사내가 이렇게도 미워질 줄이야, 이상하다고 생각하지 않을 수 없었다.

'빌어먹을 자식, 빌어먹을 자식.'

그는 난봉꾼이나 건달처럼 상대방을 갈가리 찢어버리고 싶다는 생각에 벌컥벌컥 솟아오르는 핏줄기를 떠올려가며 정처도 없이 성큼성큼 걸어가고 있었다.

기적의 브로커를 자칭하는 미청년

 아이노스케는 집을 뛰쳐나온 뒤 한 번도 집으로 돌아가지 않고 친구를 찾아갔다가 클럽으로 가서 당구를 치기도 하고 아사쿠사 공원의 군중 속에 섞여서 영화관 거리를 오가기도 하고, 마음속으로는 극도의 초조함을 느끼면서도 겉으로는 한없이 한가로운 사람처럼 그렇게 시간을 보내는 동안 어느 틈엔가 날이 저물어버리고 말았다.

 그리고 그날 밤 10시 무렵부터 다음 이야기가 시작된다.

 그때 아이노스케는 걷기에 지쳐서 아사쿠사 공원의 연못에 면한 등나무 아래의 기둥에 기대 멍하니 연못 속에 비친 일루미네이션을 바라보고 있었다. 등나무 아래에 늘어선 몇 개의 벤치에는 한 무리의 부랑자들이 조용히 입을 다문 채 그림자처럼 앉아 있었다. 그들은 하나같이 굶주림에 지쳐서 그것을 호소할 힘조차 잃고 완전히 포기한 채 축 늘어져 있는 것처럼 보였다.

그 가운데 주위의 부랑자들과는 달리 굉장히 눈에 띄게 훌륭한 풍채의 청년이 한 명 섞여 있었다. 아사쿠사에서 볼 수 있는 청년이 아니라 긴자에서나 볼 수 있을 법한 청년의 풍채가 아이노스케의 주의를 끌었다. 그러고 보니 아이노스케도 아사쿠사에서 흔히 볼 수 있는 사람은 아니었다. 더구나 이런 등나무 아래 같은 데 멍하니 서 있다니, 도무지 어울리지가 않았다. 그런 이유로 이 두 사람, 아이노스케와 긴자형 청년은 우연히도 서로의 존재를 의식하게 되었다.

그때 아이노스케의 머릿속으로 어떤 생각이 얼핏 떠올랐다. 그것은 그가 예전부터 알고 있던 아사쿠사 스트리트 보이였다. 엽기적인 것을 좋아하는 그가 그런 것을 모를 리 없었다.

12층16)을 잃고 에가와 아가씨의 공굴리기 공연장을 잃어 묘하게 썰렁해진 아사쿠사에는 그다지 흥미를 느끼지 못했다. 굳이 말하자면 퇴폐적인 야스키부시17)와, 목마관과, 목마관 및 수족관의 2층에 있는 두 모조품과, 공원의 부랑자들과, 거기에 이

---

16) 능운각(凌雲閣)의 통칭으로 도쿄 아사쿠사에 세워졌던 12층짜리 건물을 말한다. 일본 최초로 전동식 엘리베이터가 설치되어 '아사쿠사 12층' 혹은 '12층'으로 널리 알려졌으나 1923년 관동대진재 때 절반이 무너져 해체되었다.
17) 시마네 현 야스키 시의 민요.

스트리트 보이들이 간신히 아사쿠사의 기괴한 매력의 흔적을 간직하고 있었는데, 그러한 것들이 빚어내는 공기가 그나마 2개월에 1번 정도로 그의 발길을 아사쿠사로 향하게 하고 있었다.

청년은 아이노스케를 유심히 바라보고 있었다. 감색 빛이 감도는 봄옷에 같은 색 학생모 비슷하게 생긴 사냥모자의 깊은 챙 아래, 어둠 속의 유연한 선처럼 뽀얀 얼굴이 도드라져 보였다. 아름다운 젊은이였다.

아이노스케는 결코 패더래스트[18]가 아니었기에 그다지 기쁘지는 않았으나, 그렇다고 특별히 불쾌함이 느껴질 정도는 아니었다.

"뱀처럼 동면을 할 수 있으면 좋을 텐데."

바로 옆에서 갑자기 이런 가느다란 목소리가 들려왔기에 돌아보니 눈앞 벤치의 영양이 부족해 보이는 듯한 자유노동자가 옆에 있던 조금 나이 먹은 듯한, 역시 마찬가지로 거지처럼 보이는 사내에게 말을 건 것이었다.

"동면이 뭔데?"

교육을 받지 못한 연장자가 힘없는 목소리로 물었다.

"겨우내 땅 속에서 아무것도 먹지 않고 잠을 잘 수가 있어."

---

18) pederast. 남색을 좋아하는 사람.

"아무것도 먹지 않고?"

"응. 뱀의 몸은 그렇게 되어 있어."

그리고 두 사람 모두 입을 다물어버리고 말았다. 조용한 연못 속에 작은 돌멩이를 풍당 던진 것과 같은 대화였다.

연못 건너편의 숲속에서 끊임없이 목마관의 19세기풍 악대가 들려왔다. 바람의 방향에 따라서 터무니없이 큰 소리가 되기도 하고, 어떤 때는 작아져서 노점상들이 호객하는 소리와 뒤섞여 쿵쿵 큰북 소리만 들려오기도 했다. 뒤편 공터에서는 쇼세이부시[19]의 바이올린 연주와 맹인 거지의 나니와부시[20]가 각각 시커멓게 몰려든 구경꾼들에 가려 일종의 묘한 이중주를 이루고 있었다. 이중주가 아니라, 말하자면 공원 전체가 하나의 커다란 오케스트라와도 같았다. 서커스의 악대, 야스키부시의 큰북, 쇠고기 요릿집 신발 지키는 사람의 손님을 부르는 소리, 쇼세이부시, 거지의 나니와부시, 아이스크림을 외치는 소리, 바나나 장수의 고함, 풍선장수의 피리소리, 사람들이 신은 나막신의 딸그락거리는 소리, 술 취한 자의 횡설수설, 아이의 울음소리, 연못 속 잉어가 튀어 오르는 소리 등과 같은 천차만별의 악기가 빚어내는 싸구려, 그러나 소년 시절의 달콤한 추억이 있는 오케스트

---

19) 1873년 무렵부터 인기를 얻기 시작한 유행가.
20) 샤미센 반주에 맞춰 의리나 인정 등을 노래하는 대중적인 창.

라.

"여보!"

갑자기 귓가에서 속삭이듯 옛날식으로 부르는 목소리가 있었다. 돌아보니 조금 전의 아름다운 청년이 자리에서 일어나 어느 틈엔가 그의 옆까지 다가와 있었다.

아이노스케는 놀라 당황했다. 아사쿠사 동성애자의 유혹에는 한번 데인 적이 있었기 때문이었다.

"왜?"

묘하게도 그는 여자 같은 말투로 되물었다. 마치 직업여성과 이야기를 나누고 있기라도 한 것처럼.

"실례합니다만, 당신 지금 뭔가 어려운 일을 당하지 않으셨습니까? 어찌해야 좋을지 모를 일이 있으신 것 아니십니까? 하지만 그건 어떻게든 풀릴 겁니다. 기적을 만들고 있는 곳이 있습니다. 거기서는 당신께 필요한 것을, 글쎄요, 아마 1만 엔 정도면 준비할 수 있을지 모릅니다."

청년이 수수께끼처럼 이상한 말을 속삭였다. 아무리 그래도 1만 엔(지금의 1천만 엔 정도)이라니, 어마어마한 금액이었다. 혹시 가엾게도 정신이 이상해진 것 아닐까, 아이노스케는 상대방의 얼굴을 가만히 바라보았다.

연못에 비친 영화관의 일루미네이션이 반대로 턱 아래에서부터 청년의 얼굴을 밝게 비추고 있었다. 아름다웠다. 하지만 이상한 아름다움이었다. 가면처럼 좌우가 완벽한 균형을 이루고 있어서 어딘가 만들어놓은 듯한 느낌이었고, 무표정했기에 안쪽 깊은 곳에서 솟아오르는 듯한 으스스함이 감돌고 있었다. 역시 정신이 이상해진 것이라고 생각했다.

"아아, 저는 그게 아닙니다. 여자가 아닙니다." 아이노스케의 마음을 꿰뚫어본 청년이 웃으며 말했다. "그것보다 훨씬 더 가치가 있는, 당신은 상상조차 해본 적이 없는 일을 하고 있습니다. 예로부터 신만이 할 수 있었던 굉장한 기적의 브로커입니다. 그런데 당신은 어려움을 겪고 계시지 않으십니까? 기적이 필요하지는 않으십니까?"

"기적이라니, 무슨 뜻이죠?"

상대가 스트리트 보이가 아니라는 사실을 알았기에 안심했으나, 그가 하는 말은 도무지 이해할 수가 없었다. 하지만 정신이 이상해진 것은 아닌 듯했다.

"기적에 대해서 여쭤보신 겁니까? 그렇다면 당신은 필요 없으신 겁니다. 정말로 원하는 분들은 그렇게 말씀하시지 않으시니. 안녕히 계십시오."

청년은 흐느적흐느적 다시 원래 있던 부랑자들 사이로 돌아갔다.

아사쿠사와 같은 번화가에는 가끔 이런 이해할 수 없는 일들이 있다. 아사쿠사는 도쿄라는 도회의 피부에 핀 독한 종양의 꽃이기 때문이다. 거기에는 정상이 아닌 모든 것들이 우글우글 몰려 있다. 그러나 아이노스케는 아직 한 번도 이렇게 이상한 남자를 만난 적이 없었다. 아름답지만 묘하게 으스스한 느낌의 가면 같은 얼굴이 언제까지나 잊히지 않고 눈가에 남아 있었다.

이 청년은 누구였을까? 그저 의미도 없이 여기에 나타났다가 사라져버릴 인물이 아니다. 이 이야기의 후반부에 이르러 그는 다시 한 번 독자 앞에 모습을 드러낼 것이다. 그때가 되면 그가 말한 이른바 기적이라는 것이 무엇을 의미하는지, 독자 여러분도 확실히 알게 될 것이다.

아이노스케는 아무런 이유도 없이 무서운 생각이 들어 등나무 아래에서 나왔다. 그리고 정처도 없이 밝은 번화가 쪽으로 걸어 갔다.

놀라움은 혼자 오지 않는 법일까? 그렇게 유리창 속의 채색 스틸 앞을 군중 속에 섞여 걸어가고 있을 때 수없이 움직이는 머리 너머로 그는 깜짝 놀랄 만한 얼굴을 발견했다. 다름 아닌 시나가와 시로였다.

아이노스케는 상대방이 눈치채지 못하도록 하며 인파를 헤치고 뒤를 쫓았다. 진짜 시나가와가 아닌 것만은 분명했다. 과학잡지의 사장이 저런 양복을 입은 것은 본 적이 없었다. 게다가 시나가와 시로가 이런 시간에 아사쿠사를 돌아다닌다는 것은 이상한 일이었다. 틀림없이 그 녀석이라는 생각이 들자 아이노스케는 가슴이 두근거리기 시작했다. 이번에야말로 놓치지 않겠다.

유령사내는 들뜬 모습으로 군중을 헤치고 좁은 길을 굽이굽이 돌아 마침내 가미나리몬 앞의 전찻길로 나왔다.

택시의 행렬. 사내는 그 가운데 하나가 잡아끄는 대로 차에 올라 모습을 감추었다. 아이노스케도 한 대를 골라 뛰어올랐다. 자동차 추격전이 다시 시작되었다. 그러나 이번에는 예전의 아카사카 미쓰케에서처럼 멍청한 짓은 하지 않으리라. 이렇게 다짐하며 그는 앞서 가는 차를 날카로운 시선으로 감시했다.

피투성이 머리를 가지고 노는 사내

거의 1시간 가까이 달려서 사내가 탄 자동차는 교외에 있는 이케부쿠로 역에서 1㎞나 떨어진 한 널따란 공터에 멈춰 섰다. 차에서 내린 것은 틀림없이 그 녀석이었다. 아이노스케는 마침내 성공한 것이었다. 그는 자신도 차에서 내려 어둠 속을 기듯 남자의 뒤를 따라갔다.

널따란 공터 한쪽에 으슥할 정도로 나무에 둘러싸여 거뭇한 집 한 채가 오도카니 서 있는 것이 보였다. 서양식 2층 건물로 돌문이 달려 있었다. 남자는 그 문으로 들어가 현관의 문을 열쇠로 열고 슥 실내로 모습을 감추었다. 그 모습을 보니 집 안에는 사람이 아무도 없는 듯했다. 유령사내는 이 유령의 집에서 혼자 살고 있는 것일까?

한동안 기다려보았으나 어느 창에도 등불의 그림자조차 비치지 않았으며, 쥐 죽은 듯 고요한 실내에서는 인기척조차 느껴지지 않았다. 녀석, 불도 켜지 않고 그대로 침대에 들어가 버린 것일까? 아이노스케는 과감하게 돌문으로 들어가 집 옆쪽으로 돌아가서 어디 엿볼 만한 곳은 없는지 찾아보았다.

창이 있기는 했으나 하나같이 내부가 어두워서 얼굴을 들이대도 아무것도 보이지 않았다. 찾기에 지쳐 문득 뒤를 돌아보니 정원의 나무 일부가 이상하게 약간 밝아 그곳만 도드라져 보이는 느낌이었다. 어디에선가 아주 흐린 빛이 비추고 있는 것이리라. 그래, 그렇게 된 거로군. 2층에 있다는 사실을 깨닫고 건물에서 조금 떨어져 위를 올려다보니 역시 2층의 유리창 가운데 하나가 약간 빨갛게 보였다. 하지만 아주 어두운 빛이었다. 전등이 아니라 틀림없이 촛불이리라.

전등도 없는 것을 보니 역시 빈집일까? 그렇다면 유령사내가 입구의 열쇠를 가지고 있던 것은 어째서일까? 그는 빈집 안에서 시대에 맞지 않게 촛불을 밝혀놓고 대체 무엇을 하려는 것일까?

그러나 생각해보니 유령사내에게는 아주 잘 어울리는 은신처였다. 녀석 이런 유령의 집 같은 곳에 사람의 눈을 피해 숨어 있다가, 생각지도 못했던 장소에 불쑥 나타나서는 여러 가지 악행을 저지르고 있는 것이다. 마침내 시나가와 시로의 추측이 맞아떨어지기 시작했다. 그 괴물이 이 유령의 집 안에서 시나가와 시로라는 신분을 이용해서 어떤 몸서리칠 만한 음모를 꾸미고 있을지는 알 수 없는 일이었다.

밤의 어둠과 이상할 정도의 고요함과 낡은 서양식 건물과 촛불의 빛이 그에게 문득 묘한 생각을 떠오르게 했다. 지킬 박사와 하이드 씨! 시나가와 시로라는 사내는 통속 과학잡지라는 견실한 직업에 종사하고 있어서 근면한 듯 보이지만, 그의 마음에 또 하나의 악마가 살고 있어서 때때로 하이드 씨가 되어버리는 것 아닐까? 아무리 생각해봐도 시나가와가 그런 끔찍한 사내로는 보이지 않았지만, 오히려 그게 좋지 않은 것이다. 지킬 박사는 어디 하나 흠잡을 데 없는 고덕한 학자이지 않았던가. 그런데 일단 그의 속에 있는 하이드 씨가 모습을 드러내면 아무런 관계도 없는 거리의 어린아이를 밀쳐 넘어트리고 그 머리를 짓밟아 파리나 개미라도 밟아 죽이듯 죽여버리는 흉악하기 짝이 없는 괴물로 변해버리지 않았는가.

아이노스케는 어둠 속에서 자신도 모르게 몸서리를 쳤다.

'말도 안 돼. 너 어떻게 된 거 아니야? 겁쟁이 녀석. 그런 일은 소설가의 병적인 공상의 세계에나 존재하는 거야. 무엇보다 이 유령사내와 시나가와 시로가 동일인이라는 건 과학적으로도 있을 수 없는 일이잖아. 동일인이 어떻게 2개의 얼굴을 신문의 사진에 동시에 내밀 수 있겠어.'

또 한편으로 제국 호텔에서 식사를 하면서 그 같은 날 같은 사내가 교토의 시조도오리를 걷다니, 그런 불가사의하기 짝이 없는 재주를 사람이 부릴 수 있을 리 없었다. 비행기……. 아아, 비행기라는 것이 있었다. 그러나 설령 여객 비행기를 이용했다 할지라도 제국 호텔에서 다치카와까지, 오사카의 축항(築港)에서 교토 시조도오리까지의 거리를 생각하면 같은 날 같은 사람이 교토에 나타날 가능성은 전혀 없었다. 하물며 아이노스케와 시나가와가 호텔에서 식사를 한 것은 정오를 조금 지났을 때였으니 그런 재주를 부린다는 건 더욱 불가능한 일이었다.

아니, 아니, 그런 일들을 이것저것 생각할 필요도 없었다. 아이노스케는 예의 고우지마치의 붉은 방에서 시나가와 시로와 또 한 명의 유령사내가 채 1m도 떨어지지 않은 가까운 거리에서 참으로 신기한 대면을 한 것을 자신의 눈으로 직접 목격하지 않았는가?

아이노스케가 어둠 속 정원에 서서 2층에 귀를 기울이며 머릿속으로 이런 생각들을 분주히 하고 있을 때 갑자기 가슴이 덜컥 내려앉을 만한 소리가 들려왔다.

한동안은 물건에서 나는 소리인지 사람의 소리인지 판단할 수가 없었다. 하지만 두 번째 들려온 짧은 비명으로 그것이 여자의 목소리라는 사실을 알 수 있었다. 역시 촛불이 새어 나오고 있는 2층에서 들려왔다. 뭔가 굉장히 잔혹스러운 일이 행해진 듯한 느낌이었다.

게다가 목소리는 그것을 마지막으로 끊겨 다시 깊고 음산한 정적으로 되돌아갔다. 아무리 기다려도 사람의 목소리는커녕 달그락거리는 소리조차 들려오지 않았다.

아이노스케는 더 이상 가만히 있을 수 없었다. 그는 팔자에도 없던 모험을 하기로 했다. 현관으로 들어가서는 상대방에게 들켜 어떤 끔찍한 일을 당하게 될지 알 수 없는 일이었다. 그보다는 다행히도 유리창이니 우선은 밖에서부터 방 안의 모습을 살펴봐야겠다고 생각했다.

마침 그 창 바깥의 4m쯤 떨어진 곳에 커다란 소나무가 서 있었다. 그는 갑자기 전등을 다는 기사처럼 그 줄기를 기어오르기 시작했다. 온몸이 땀으로 범벅이 되어서야 간신히 창과 같은 높이의 가지에 다다를 수 있었다.

그곳의 굵은 가지에 걸터앉아 두 손으로 줄기를 잡고 몸의 안정을 유지하며 그는 2층의 창을 들여다보았다.

유리창은 닫혀 있었는데 유리 전체가 먼지투성이여서 반투명해졌을 뿐만 아니라 촛불이 무엇인가에 가려져 있었기에 한동안은 뭐가 뭔지 알아볼 수 없었으나 가만히 들여다보니 와이셔츠에 바지만 입은 사내가 이쪽으로 등을 보인 채 무엇인가를 하고 있다는 사실을 알 수 있었다. 촛불은 그 사내의 몸에 가려져 있었던 것이다. 그가 틀림없이 유령사내라는 점은 시나가와 시로를 쏙 빼닮은 몸집으로 알 수 있었다.

집은 역시 빈집과 다를 바 없어서 아무런 장식도 가구도 없었으며, 단지 남자 앞쪽으로 테이블처럼 생긴 대의 한쪽이 보일 뿐이었다.

남자는 때때로 몸을 움직였다. 상체를 구부리고 머리를 숙이고 있었기에 그 모습은 마치 무엇인가에 절을 하는 것처럼 보였다. 대체 무엇을 하고 있는 것일까? 남자에게 가려 보이지 않는 테이블 위에 분명히 그 대상이 올려져 있는 듯했는데, 이렇게 깊은 밤, 빈집과도 같은 곳의 방에서 무엇인가 예배하고 있다는 것도 이상한 얘기였다. 게다가 조금 전에 들려왔던 여자의 비명은 대체 무엇을 의미하는 걸까. 보기에 방에는 유령사내 혼자 있을 뿐, 여자는 있는 것 같지도 않았다.

눈이 어둠에 익어감에 따라서 점점 미세한 부분까지 알게 되었다. 우선 남자가 와이셔츠를 팔꿈치 위까지 걷어 올렸다는 사실을 깨달았다. 뭔가 굉장히 힘이 필요한 일을 하고 있는 듯한 모습이었다. 다음으로 그 와이셔츠의 소맷부리에 빨간 얼룩이 점점이 묻어 있다는 사실을 알게 되었다. 피였다. 자세히 보니 드러난 팔에 끔찍한 피의 흔적이 굳어 강물처럼 남아 있었다.

아이노스케는 예배하고 있는 물체를 상상해보았다. 혹시 조금 전에 비명을 올렸던 주인공의 시체가 거기에 누워 있는 것은 아닐까? 하지만 아무래도 시체처럼 커다란 것은 아닌 듯했다.

아이노스케의 호기심은 극점에 달했다.

'아아, 저건 예배를 하고 있는 게 아니야. 입맞춤을 하고 있는 거야.'

남자의 몸짓이 문득 그런 느낌을 전해주었다. 그렇다면 대체 무엇에 입맞춤하고 있는 걸까? 시체에? 끈질기게 보고 있자니 사내가 마침내 몸을 움직였다. 지금까지 가려 있던 조그만 테이블과 그 위에 놓여 있는 물체가 모습을 드러냈다.

동시에 소나무가 바스락바스락 소리를 내며 격렬하게 흔들렸다. 너무 놀란 나머지 아이노스케가 하마터면 가지에서 미끄러져 떨어질 뻔했기 때문이었다. 하지만 그는 순간적으로 정신을 차려 몸의 자세를 안전하게 한 뒤 그 물체를 열심히 바라보았다.

거기에는 인간의, 아직 젊은 여자의 머리가 테이블 위에 올려 있었다. 그것도 지금 막 몸에서 잘라낸 듯 피로 선명하게 물들어 있었다.

아이노스케가 그것을 처음 본 순간 그렇게도 놀란 것은, 혹시 그 머리가 아내 요시에의 것이 아닐까 생각했기 때문이었으나 곧 아내가 아니라는 사실을 알게 되었다. 어딘가의 낯선 아가씨였다.

유령사내는 낯선 모양의 금속제 촛대를 손에 들고 그것을 이리저리 비춰가며 여자의 머리를 유심히 살펴보고 있었다.

머리는 눈을 반쯤 뜨고 눈썹을 찌푸린 채 입을 벌리고 있어서 이와 이 사이로 혀끝이 보였다. 외설에 가까운 고뇌의 표정이었다. 촛불이 적갈색 빛을 던져 이상한 그림자를 만들고 있었다. 하얀 이를 물들인 피가 입술에서 턱으로 뿜어져 나왔으며, 테이블에 접한 잘린 면은 생선의 배처럼 끈적끈적하고 그 사이로 신경인 듯 섬뜩한 느낌을 주는 하얀 끈 같은 것이 걸쭉하게 튀어나와 있었다. 그런 미세한 부분까지 분명히 알 수는 없었으나 아이노스케는 그것을 생생하게 본 듯한 느낌이 들었다.

마침내 끔찍한 일이 일어났다. 유령사내가 자유로운 쪽의 손으로 이상한 짓을 시작한 것이었다. 처음 그는 손가락으로 튀어나온 여자의 혀를 슬쩍슬쩍 입 안으로 밀어 넣는 듯한 행동을 되풀이하다가 혀가 이 사이로 숨어버리자 이번에는 이와 이 사이로 손가락을 넣어 그것을 억지로 벌리더니 손가락 하나가 두 개가 되고 세 개가 되고, 결국에는 손목까지 시체의 입 안으로 밀어 넣었다. 그러자 입 안에 고여 있던 핏줄기가 거품을 뿜으며 그의 손목으로 타고 내렸다. 샘물처럼 독하고 아름답게 흘러나오는 것이 보였다.

차례차례로, 여기에는 도저히 적을 수 없을 만큼 잔혹하고 외설스러운 짓들이 계속되었다. 유령사내의 머리를 가지고 노는 그런 유희는 언제 끝날지 알 수 없을 것처럼 보였다.

유령사내가 전에 붉은 방에서, 그리고 요시에에 대해서 마조흐였다고 해서 그가 사드가 아니라고는 말할 수 없었다. 양자를 겸하고 있는 사람은 동서고금을 통해서 그 예가 적지 않았다. 생각건대 이 유령사내는 경미하고 품위 있는(말이 조금 이상하기는 하지만) 마조히즘과 흉포한 사디즘을 겸비하고 있으며, 거기에 전율할 만한 쾌락살인자임에 틀림없었다.

문득 정신을 차리고 보니 소나무 뿌리 부근에서 이상하게 기침을 하는 것 같은 소리가 들려왔다. 그리고 그 소리가 시시각각 커져감에 따라서 개 짖는 소리라는 사실을 알 수 있었기에 아이노스케는 깜짝 놀랐다. 악마는 용의주도하게도 개를 기르고 있었던 것이다. 어딘가에 가 있던 그 개가 돌아와 나무 위의 수상한 사람을 발견한 것이었다. 바라보니 유령사내도 그 소리를 들은 듯 이쪽을 돌아보고 공포의 표정을 정면으로 보이며 창 쪽으로 걸어왔다.

'이젠 틀렸다.'고 생각했지만 어쨌든 달아날 수 있는 데까지는 달아나보기로 하고 아이노스케는 땅 위를 향해서 훌쩍 뛰어내렸다. 뛰어내린 순간, 탄력이 있는 따뜻한 고깃덩이가 상당한 기세로 부딪쳐왔다. 의외로 커다란 녀석이었다.

아이노스케는 그 동물 때문에 한동안 애를 먹었으나 마침내 치명적인 일격을 가하고 정신없이 대문 쪽으로 내달렸다.

그러나 그때는 이미 늦었다.

문까지 와보니 와이셔츠의 소매를 걷어붙인 그 사내가 먼저 달려와서 떡하니 기다리고 있었다. 손에서는 총기가 번뜩이고 있었다.

"도망치면 다칠 겁니다."

유령사내가 차분한 목소리로 말했다.

"당신에게 잠깐 할 얘기도 있으니 일단 집으로 들어가주지 않겠습니까?"

아이노스케는 상대방이 명령하는 대로 움직일 수밖에 없었다.

사내는 아이노스케의 등에 권총을 대고 뒤에서 밀듯이 해서 현관을 올라가 1층의 구석진 곳에 있는 한 방으로 그를 데리고 들어갔다.

가구도 없는 먼지투성이의 휑뎅그렁한 방이었다.

"저를 어쩔 생각이죠?"

방으로 들어서자 아이노스케가 간신히 입을 열었다.

"어쩌지 않을 겁니다. 제가 모습을 감출 동안만 여기에 가만히 계셨으면 합니다. 그런데 손발이 자유로워서는 위험하니 당신의 몸을 묶어놓을 생각입니다."

시나가와 시로와 조금도 다르지 않은 사내가 목소리까지 시나가와의 목소리로 선고를 내렸다.

가엾은 아오키 아이노스케는 곧 손발이 묶여 먼지투성이 판자 바닥에서 나뒹굴게 되었다. 그 머리 부근에 당당한 모습의 유령 사내가 버티고 서 있었다.

"당신의 이름은 아주 잘 알고 있습니다. 아오키 씨시죠? 저는 당신의 친구인 시나가와 씨도 알고 있고, 뿐만 아니라 당신의 아내인 요시에 씨까지도 알고 있습니다. 하하하하하하, 제 이름 말입니까? 역시 시나가와 시로입니다. 하하하하하, 제 몸 어딘가에 시나가와 시로가 아닌 부분이 있습니까?"

남자의 손과 와이셔츠의 소매에는 아직도 검붉은 피가 묻어 있었다.

아이노스케는 뭐라 형용할 수 없는 기분이었다. 그를 이런 처참한 꼴로 만들어놓고 비웃고 있는 것은 친구인 시나가와 시로와 한 치도 다른 곳이 없는 사내였다. 그리고 그와 동시에 아내를 훔친 더없이 증오스럽고 방심할 수 없는 놈이자, 또 잔학하기 짝이 없는 쾌락살인자였다.

"이봐, 진실을 얘기해줘. 자네 정말 시나가와가 아니란 말인가?"

아이노스케는 그것을 물어보지 않을 수 없었다.

"글쎄요, 어떨까요? 만약 제가 시나가와라면 어쩔 생각이십니까?"

"만약 시나가와라면 한 가지 부탁이 있어. 나는 조금 전에 본 것도 절대로 다른 사람에게는 말하지 않겠어. 단, 자네와 집사람과의 관계만은 진실을 들려주었으면 해. 시나가와, 부탁이야."

"하하하하하하, 결국은 시나가와라고 하시는군요. 하지만 죄송한 말씀입니다만, 저는 시나가와가 아닙니다. 사모님 말입니까? 글쎄요, 그건 상상에 맡기겠습니다. 당신도 알고 있지 않나요?"

아이노스케는 자신도 모르게 이를 앙다물고 신음소리를 냈다.

"자, 그럼 그렇게 얌전히 계시기 바랍니다. 안녕히 계십시오."

유령사내는 이렇게 내뱉고 방을 뛰쳐나가자마자 쿵 문을 닫고 바깥쪽에서 짤그락짤그락 자물쇠를 채워버렸다.

아이노스케는 나무 바닥에 쓰러진 채 너무나도 터무니없는 일에 생각할 기력조차 잃고 한동안은 멍하니 있었다. 유령사내가 이렇게 끔찍한 살인자일 것이라고는 상상조차 하지 못했다. 처음에는 구단에서의 소매치기, 다음은 붉은 방에서의 기괴한 유희, 쓰루마이 공원에서의 부도덕한 속삭임, 틀림없이 악당일 것이라고 생각하기는 했으나 설마 이 정도로 극악무도한 사람일 줄은 몰랐다. 생각해보니 예전에 시나가와 시로가 어떤 커다란 음모를 꾸미고 있을지 모른다며 두려워했던 것도 결코 기우는 아니었다.

아이노스케, 자신의 아내를 미행해 괴이한 집에 이르다

　아이노스케는 괴이한 집의 한 방에서 밤을 지새웠다. 그리고 결국 경찰관에게 구출되기까지의 경위는 자세히 써봐야 조금도 재미있는 일이 아니니 아주 간단히 말하자면,

　문에 자물쇠를 걸고 악마가 떠난 뒤에는 어둠과 정적의 길고 긴 시간이 남았을 뿐이었다. 아이노스케는 그곳의 나무 바닥에 늘어진 채 격렬한 공포로 떨었으며 온갖 망상에 시달렸다. 그 가운데서도 가장 현저한 것은 천장에서 똑똑 무엇인가가 방울져 떨어지는 환청이었다. 그것이 길고 긴 하룻밤 내내 끊어졌다가는 다시 이어졌다. 즉, 그는 그 방 바로 위 2층에 조금 전 보았던 여자의 머리를 잘라낸 몸통이 피투성이가 되어 아무렇게나 쓰러져 있는 모습을 환상으로 본 것이었다.

　하룻밤의 몸부림으로 그렇게 단단히 묶어놓지 않았던 줄은

어느 틈엔가 풀려버리고 말았으나, 설령 손발의 자유를 얻었다 할지라도 짐승의 우리처럼 자물쇠가 걸린 문과 철창이 달린 창에 가로막혀 벗어난다는 것은 꿈에도 생각지 못할 일이었다.

한잠도 자지 못한 그는 날이 밝자 바깥의 널따란 공터로 사람이 지나가지 않을까 그것만을 기다렸다. 길이 아니었기에 사람은 좀처럼 지나가지 않았지만 드디어 열대여섯 살쯤의 소년이 창 너머 산울타리 밖을 하모니카를 불며 지나고 있었다.

아이노스케는 악마가 아직 같은 집에 있을 것이라 믿고 있었기에 소리 내어 부르지 않고 수첩을 찢어 글을 쓴 뒤, 추 삼아서 은화를 싸 창에서 소년의 발 아래로 던졌다.

다행스럽게도 그의 의지가 통해서 소년은 바로 부근의 파출소로 달려가 주었다. 그리고 잠시 후 경관이 찾아왔는데 참으로 묘하게도 아이노스케의 말에 따라서 경관이 살펴보니 예의 피투성이 머리와 여자의 몸은 흔적조차 찾아볼 수 없었으며 바닥 어디에서도 핏자국 하나 발견되지 않았다.

더욱 뜻밖인 것은 그를 구출하러 온 경관은 단 하나의 문도 부술 필요가 없었다는 사실이었다. 다시 말해서 입구는 물론 아이노스케가 감금되었다고 믿고 있었던 방의 문조차 잠겨 있지 않았던 것이었다. 그는 하룻밤 동안 종종 그 문을 열려고 해보았으나 언제나 밖에 자물쇠가 걸려 있는 것처럼 느껴졌었다. 악마는 어느 틈에, 또 무엇을 위해서 그것을 풀어놓고 간 것일까? 그게 아니라면 아이노스케가 너무나도 혼란스러운 나머지 그렇게 잘못 믿고 있었던 것일까?

아침 햇살과 함께 요괴가 물러난 듯한 느낌이어서 어젯밤의 일은 전부 그의 꿈이나 환상에 지나지 않는 것처럼 여겨지기도 했다. 경찰도 이상하다는 듯한 얼굴로 그를 가만히 바라보았다.

그렇게 해서 결국 이 괴이한 집에서의 사건은 어영부영 끝나버리고 말았다. 경관에게는 아이노스케가 이야기한 괴사건보다 아이노스케 자신의 정신상태가 훨씬 더 기괴하게 보였다. 그랬기에 이 사건은 한 정신이상자의 기괴한 환상으로 자세히 조사해볼 필요도 없이 묻혀버릴 것임에 틀림없었다.

사실 아이노스케가 엽기의 끝을 추구하다 마침내 그 커다란 범죄를 저지르기에 이른 심리적 이상은 이때 이미 싹튼 것일지도 몰랐다. 그는 여우에 홀린 듯한 심정으로 어젯밤의 일이 꿈인지 생시인지도 모르는 채 흐느적흐느적 별장으로 돌아왔다. 그리고 거기서는 그가 불륜의 아내라 믿고 있는 요시에가 그의 이상한 아침 귀가를 기다리고 있었다.

이야기는 그로부터 사흘 뒤의 밤으로 옮겨간다. 그 사이에 있었던 아이노스케 부부의 심리적 갈등은 묘사해봐야 재미가 없기 때문이다.

아이노스케가 그날 밤 8시 무렵, 부근에서 있었던 축제를 둘러보고 집으로 돌아올 때, 별 생각 없이 전찻길 옆을 걷고 있는데 덜컥 그를 놀라게 하는 일이 있었다.

놀라기는 놀랐다. 하지만 사실 그것은 그가 기다리고 기다리던 일이기도 했다. 즉, 아내인 요시에가 혼자서 지나가던 택시를 불러 세워 거기에 타려 하고 있었던 것이다. 그가 집을 비운 틈을 이용한 밀회임에 틀림없었다.

'드디어 꼬리를 잡았군.'

아이노스케는 두근거리는 가슴으로 상대방이 눈치채지 못하도록 다른 택시를 불러 세워 거기에 올랐다. 말할 것도 없이 미행이었다. 자동차를 이용한 추격전에는 이미 익숙해져 있었다.

그는 질투심에 불타오르고 있었다. 아내가 점점 더 아름답게 보이기 시작했다. 비록 간부(姦婦)라고는 하지만 그 아름다운 자신의 아내를 이렇게 미행하고 있다, 도둑과 탐정처럼 추적하고 있다는 사실이 그의 엽기적인 마음을 묘하게 자극했다. 추적 그 자체가 어딘가 성욕적인 일인 것처럼 여겨지기까지 했다. 앞서 달리는 자동차의 뒤쪽 창으로 아내의 하얀 목덜미가 얼핏얼핏 보였다.

그런데 거의 30분이나 미행을 계속했을 때쯤, 아이노스케는 문득 창밖 집들의 풍경에 주의를 기울이다, 아아, 본 적이 있는 곳이라는 사실을 깨달았기에 한 가지 생각이 덜컥 가슴을 내려앉게 했다. 차는 틀림없이 먼젓번 밤과 같은 거리를 지나 이케부쿠로로 향하고 있었다. 정차장이 벌써 앞쪽으로 보이기 시작했다.

그렇다면 밀회의 장소는 틀림없이 예의 기분 나쁜 집일 것이었다. 그는 먼젓번 밤의 기괴한 일들을 생생하게 떠올렸다. 유령 사내가 쥐고 있던 칼, 피투성이 여자의 머리, 그리고 기괴하기 짝이 없는 살인음락(殺人淫樂).

아내는 상대를 완전히 신용하고 있는 듯했지만, 어쩌면 그 빈집 안에서는 먼젓번 밤에 보았던 여자와 같은 운명이 그녀를 기다리고 있을지도 모르지 않는가? 물론 둘은 진짜로 서로를 사랑하고 있을지는 몰랐다. 하지만 아무리 사랑하고 있다 할지라도 녀석은 평범한 인간이 아니다. 무시무시한 쾌락살인자였다. 그의 입장에서 보자면 사랑스럽기에 더욱 그 사람의 선혈을 마시고 싶을지도 모를 일이었다.

아니나 다를까 요시에가 탄 자동차는 그 섬뜩한 빈집 앞에 멈춰 섰다. 널따란 공터 앞에서 내린 아이노스케가 어둠 속에 웅크린 채 지켜보고 있자니 희끔한 아내의 모습이 괴물처럼 시커멓게 솟아 있는 그 빈집 속으로 빨려 들어가듯 사라졌다.

당연히 집 안에서는 예의 괴물이 아름다운 먹잇감을 기다리고 있을 터였다.

격렬한 질투심과 함께 아내의 목숨을 걱정하는 마음이 한데 뒤섞여 아이노스케는 앞뒤 가리지 않고, 자기 몸의 위험도 잊고 갑자기 요시에의 뒤를 따라 빈집 속으로 뛰어들고 말았다.

이번에도 문은 잠겨 있지 않았기에 들어가는 것은 간단한 일이었으나 서양식 건물의 복도가 시커먼 어둠 속에 잠겨 있었기에 요시에가 어느 방에 있는지 감이 잡히지 않았다. 그래도 어쨌든 안쪽으로 더듬거리며 천천히 걸어가자니 문득 이야기를 나누는 소리가 낮게 들려오기 시작했다. 내용을 알아들을 수는 없었지만 틀림없이 요시에의 목소리와, 또 하나는 예의 괴물의(시나가와 시로를 쏙 빼닮은) 목소리였다.

그는 그 목소리를 따라 발소리를 죽여 어둠 속을 더듬어 나갔는데 아차 싶은 순간 무엇인가에 발이 걸려 커다란 소리를 내고 말았다.

뚝 그쳐버린 이야기 소리, 동시에 덜커덕거리는 소리, 번쩍 들어온 불. 전등을 정면으로 받은 아이노스케는 깜짝 놀라 자리에 몸이 굳어버리고 말았다. 바로 눈앞의 문이 열리더니 전등을 등지고 예의 괴물이 버티고 서 있었다.

"이거, 아오키 씨 아니십니까? 이렇게 자주 찾아오시다니 이 집이 아주 마음에 드신 모양입니다. 어쨌든 안으로 들어오시기 바랍니다."

남자가 무서운 눈으로 그를 노려보며 목소리만은 섬뜩할 정도로 정중하게 말했다.

그러나 아이노스케도 지지 않았다. 거기에는 아내인 요시에가 개재되어 있었다. 먼젓번 밤과는 상황이 달랐다. 그는 상대방의 말대로 성큼성큼 그 방 안으로 들어갔다. 그리고 부덕한 아내는 어디에 있는지 핏발 선 눈으로 두리번두리번 둘러보았다.

아이노스케, 마침내 살인이라는 대죄를 범하다

 그러나 텅 빈 방 안에 아내의 모습은 이미 없었다. 바로 조금 전까지 이야기소리가 들려왔으니 어딘가로 달아날 틈도 없었을 것이다. 창에는 예의 쇠창살이 달려 있었다. 딱 하나 달아날 길은 옆방으로 통하는 문이었다. 그런 생각이 들어서였는지 아이노스케는 그 문 너머에서 옷깃 소리가 들린 듯한 느낌이 들었다. 게다가 방의 구조로 보아 그곳은 침실임에 틀림없었다. 침대까지 놓여 있을지 모른다는 생각이 들자 그는 한층 더 흥분되어 다짜고짜 그 문으로 돌진했다.
 "아아, 그렇게 형사처럼 남의 집을 수색해서는 곤란합니다."
 유령사내가 잽싸게 문 앞에서 두 팔을 벌리고 시나가와 시로의 얼굴로 히죽히죽 웃으며 멈춰 선 아이노스케를 뚫어져라 바라보았다.

그 차분하기 짝이 없는 상대의 모습이 아이노스케를 한층 더 화나게 만들었다. 당장 뛰어들어 목이라도 졸라 없애버리고 싶은 심정이었으나 완력으로는 당해낼 수 없다는 사실을 알고 있었다. 그는 도움을 청하기라도 하듯 두리번두리번 주위를 살펴보았다.

순간 번쩍하고 눈을 찌르는 것이 있었다. 그에게는 얼마나 다행스러운 일인지. 참으로 부주의하게도 그곳의 테이블 위에 권총 한 자루가 놓여 있지 않은가?

그는 총알처럼 테이블로 뛰어들어 거의 무감각해진 손으로 허둥지둥 그 권총을 쥐더니 휙 몸을 돌려 총구를 악한의 가슴으로 향했다.

"이거 실수를 했군. 권총을 깜빡 잊고 있었습니다. 하하하하."

괴물은 꿈쩍도 하지 않았다. 태연히 두 팔을 벌린 채였다.

아이노스케는 너무나도 대담한 적의 모습에 문득 어떤 사실을 깨닫고 움찔했다.

"이놈, 그렇다면 이건 빈총이란 말이군."

"하하하하, 정말 눈치가 빠른 분이십니다. 빈총이 아닙니다. 분명히 총알이 장전되어 있습니다. 그런데 당신, 총을 쏴보신 적 있으십니까? 쏘는 법은 알고 계십니까? 게다가 보십시오, 당신의 손은 중풍에 걸린 사람처럼 부들부들 떨리고 있지 않습니까? 하하하하, 권총이란 누구의 손에 들려 있느냐에 따라서 그렇게 두렵지 않은 것이 될 수도 있습니다."

"거기서 비켜. 비키지 않으면 정말 쏠 거야."

아이노스케가 목소리를 떨지 않기 위해 필사의 노력을 하며 외쳤다.

"쏘세요."

괴물은 여전히 히죽히죽 웃고 있었다. 상대방에게 발포할 용기가 없다고 업신여기고 있는 것이다.

쏘아버릴까? 방아쇠를 당기면 팡 하고 날아갈 것이다. 하지만 쏘면 어마어마한 일이 벌어지고 만다. 쏴서는 안 돼. 쏴서는 안 돼.

그러나 쏘면 안 된다고 생각할수록 방아쇠에 건 손가락이 저절로 굽어졌다. 누군가 말려줬으면 좋겠다고 생각하면서도 결국은 방아쇠를 움직이고 말았다. 아차 싶은 순간 부르르 떠는 듯한 소리가 들리더니 화약 냄새가 코를 훅 찔렀다.

눈을 돌리려 했으나 시선에 못이라도 박힌 것처럼 상대방을 바라본 채 움직이지 않았다.

유령사내는 마치 다른 사람이라도 된 듯 이상한 표정으로 말없이 버티고 서 있었다. 두 눈을 있는 힘껏 부릅뜬 채 아이노스케 쪽을 향하고 있었으나, 묘하게도 그가 노려보고 있는 것 같다는 느낌은 조금도 들지 않았다.

벌리고 있던 두 손의 끝만이 무엇인가를 붙잡으려는 것처럼 귀엽게 조금 움직이는가 싶더니 곧 양쪽 옆구리 쪽으로 축 늘어지고 말았다.

하얀 와이셔츠 가슴에 불에 탄 듯한 조그만 구멍이 뚫려 있었다. 깊이를 알 수 없을 듯한 검은 구멍이었다. 바라보고 있는 동안 그 구멍에서 물감처럼 새빨간 동맥의 피가 벌컥벌컥 거품을 뿜으며 솟아오르더니 가느다란 냇물이 되어 줄줄 흘렀다.

동시에 사내의 커다란 몸이 녹아내리듯, 혹은 무너져 내리듯 털썩 앞으로 고꾸라졌다.

그 한순간에 일어난 일들이 아이노스케의 눈에는 영화의 슬로 모션처럼 이상할 정도로 천천히, 그것도 미세한 점까지 분명하게 보였다.

그는 장애물이 제거되었기에 상대방의 몸을 뛰어넘어 문으로 다가가 그 건너편에서 떨고 있을 아내 요시에를 예감하며 있는 힘껏 그것을 열었다.

어두워서 잘은 알 수 없었지만 인기척은 없었다.

"요시에, 요시에."

아이노스케가 갈라지는 목소리로 외쳤다. 그러나 반응은 없었다.

그는 방으로 뛰어 들어가 술래잡기의 술래처럼 구석구석 돌아다녔다. 그러다 녹초가 되어버린 요시에의 몸 대신, 떡하니 입을 벌리고 있는 또 하나의 출입구를 마주했다.

한쪽 입구에서 침실이라고만 생각하고 있던 것은 터무니없는 착각이었고, 그 방에는 다른 출입구가 있었던 것이다.

반미치광이처럼 되어버린 아이노스케는 어두운 방에서 방으로 사람의 기척을 찾아 헤맸다. 주머니에 성냥이 있다는 사실을 깨달은 것은 한참이 지난 뒤였다. 그는 성냥을 하나하나 그어가며 다시 한 번 집 안을 찾아보았다. 2층에도 올라가보았다. 그러나 어디에도 아내의 모습은 없었다.

달아난 것이다. 어디로 달아난 것일까? 설마 집은 아니겠지. 어디지, 어디지.

이런 생각을 하며 그는 어느 틈엔가 원래의 방으로 돌아와 있었다. 그리고 아까 그대로의 모습으로 엎어져 있는 유령사내의 사체를 보았다.

"아아, 나는 살인자야."

얼음처럼 오싹한 것이 등줄기를 타고 올랐다. 그는 그제야 자신이 저지른 죄를 느낀 것이었다.

"아아, 이젠 끝장이야."

머릿속에서 온갖 과거의 모습들이 지진처럼 흔들흔들 무너져 내렸다.

그는 무엇을 생각할 힘도 없이 오래도록 자리에 서 있었다.

'아니지, 이 녀석 혹시 죽은 척하고 있다가 갑자기 벌떡 일어나서 나를 겁주려는 생각 아닐까?'

문득 묘한 생각이 들어서 그는 시체 쪽으로 다가가 그 얼굴을 빛 쪽으로 휙 돌려보았다. 그러나 옅은 갈색 양피지 같은 얼굴은 웃지 않았다. 웃는 대신 어떤 충격이 있었는지 턱이 툭 벌어지더니 열린 입의 하얀 이 사이에서 비단실처럼 가느다란 피가 뺨을 타고 죽 흘러내렸다.

그것을 본 아이노스케는 흠칫 손을 떼고 여기저기 부딪히며 갑자기 문 밖으로 뛰어나와 인가 쪽으로 앞의 널따란 공터를 무시무시한 속도로 달리기 시작했다.

살인자, 자포자기해서 술을 마시며 돌아다니다

 그로부터 1시간쯤 지나서 아이노스케는 별장의 문 앞으로 불쑥 모습을 드러냈다. 어디서 차를 내린 것인지, 어디를 어떻게 걸어온 것인지 제정신이 아니었다. 끊임없이 등 뒤의 추격자를 느끼며 혹시 요시에가 집에 와 있는 것은 아닌지, 마침내 집까지 와버린 것이었다.

 마음을 다잡고 문을 가만히 열어보니 낯익은 요시에의 짚신이 바로 눈에 들어왔다. 분명히 집에 돌아와 있는 것이었다.

 어떤 이유에서인지 그는 소리를 내지 않고 현관을 올라 거실로 들어갔다. 거기에 자리에서 막 일어서려던 요시에가 있었다. 눈과 눈이 마주친 두 사람의 몸이 돌처럼 굳어버린 듯, 아이노스케는 우뚝 선 채로, 요시에는 한쪽 무릎을 세운 채로 움직이지 않게 되어버렸다.

"당신, 언제 돌아왔지?"

오랜 시간이 흐른 뒤 아이노스케가 한숨을 내뱉듯 말했다.

"어머, 전 어디에도 가지 않았는데요."

요시에가 무슨 유령이라도 본 사람처럼 두려운 표정으로 숨을 몰아쉬며 대답했다.

"정말이야? 어디까지나 외출하지 않았다고 우겨댈 생각이야?"

"당신 왜 그러시는 거죠? 거짓말이 아니에요."

요시에가 예의 무서우리만큼 천진한 모습으로 뻔뻔하게 대답했다.

아이노스케는 아내의 경탄할 만한 기교에 충격을 받았다. 차라리 그것은 무시무시할 정도였다. 느닷없이 뺨을 맞은 듯한 기분으로 파고들 틈조차 없었.

그는 말없이 2층의 방으로 올라가 문갑에서 은행 수표와 실인(實印)을 꺼내 그것을 품속에 욱여넣은 뒤 그대로 집을 나섰다. 요시에가 현관까지 따라 나와 무슨 말인가 하는 것을 등 뒤로 느꼈으나 뒤도 돌아보지 않았다.

반사적으로 큰길까지 걸어가, 반사적으로 손을 들어 택시를 세우고, 운전수가 행선지를 묻자 되는 대로 '도쿄 역'이라고 말했다.

그러나 차가 달리는 동안 마음이 바뀌었다. 진짜 시나가와 시로를 한번 만나보고 싶기도 했으며, 만나지 않으면 안 될 것처럼 느껴지기도 했다. 운전수에게 시나가와의 집을 가르쳐주었다.

10시를 넘은 시간이었기에 시나가와는 이미 침상에 들어가 있었으나 전보를 배달 온 사람처럼 요란하게 문을 두드리는 소리에 눈을 떴고, 할멈이 전해준 말에 잠옷 차림으로 현관까지 나갔다.

"그래, 들어오게. 이 시간에 무슨 일이지?"

그렇게 말하는 시나가와의 얼굴을 뚫어져라 바라보던 아이노스케가,

"자네, 시나가와 맞지? 살아 있는 거지?"

라고 엉뚱한 소리를 했다.

"응? 무슨 소리 하는 거야? 하하하하, 이런 밤에 사람을 깨워 놓고 농담은 그만둬. 그건 그렇고 안 올라올 거야?"

당황스러웠는지 시나가와가 약간 무뚝뚝하게 말했다.

"아니, 이젠 됐어. 자네가 살아 있기만 하다면, 그걸로 됐어. 아침이 되면 전부 알 수 있을 거야. 그럼 잘 있어."

그 '잘 있어.'라는 말이 마치 긴 이별을 고하는 것처럼 슬프게 들렸기에 시나가와가 이상하다는 듯,

"자네, 뭔가 좀 이상한데. 설마 취한 건 아니겠지? 그러지 말고

일단 올라와."

이렇게 권했으나 아이노스케는 그 말을 절반도 듣지 않고 밖으로 뛰어나가 기다리게 해두었던 차에 급히 오르더니 빨리빨리, 라고 재촉해서 행선지도 알려주지 않은 채 차를 달리게 했다.

그로부터 그는 차례차례로 행선지를 바꾸어 2시간 정도 도쿄 안을 차로 돌아다녔다. 결국에는 운전수가 녹초가 되어 이제 그만 해달라고 말했을 정도로.

"저기, 손님. 차고가 멀어서 그러니 이제 그만 해주시지 않겠습니까?"

운전수가 가장 느리게 차를 몰며 이런 말들을 장황하게 늘어놓았다.

문득 창밖을 보니 커다란 술집 하나가 지금 막 문을 닫으려 하는 것이 보였다.

"내리겠네. 내리겠네."

갑자기 차를 세운 아이노스케가 10엔(지금의 1만 엔 정도) 가까이 차비를 낸 뒤 차 밖으로 나오더니 지금 문을 닫고 있는 술집 안으로 다짜고짜 뛰어들었다.

"한잔 마시게 해줘."

"벌써 문을 닫았습니다."

일하는 아이가 힐끗힐끗 아이노스케의 풍채를 바라보며 무뚝뚝하게 말했다.

"한 잔이면 돼. 얼른 마시고 바로 갈 테니 부탁 좀 하자."

너무 간곡했기에 안에 있던 지배인이 거들었고, 아이가 컵에 술을 따라왔다.

"아니, 됫박에다 줘. 됫박이 좋아."

그렇게 5홉짜리 됫박에 8부 정도 술이 담긴 것을 받아들더니 모서리에 입을 대고 죽 들이켰다. 술에 약한 편은 아니었으나 지금까지 이런 식으로 마셔본 적이 없었기에 독이라도 마신 것처럼 오싹했다. 갑자기 얼굴이 뜨거워지기 시작했다.

한 잔 더 달라는 것을 술집에서 귀찮아하며 끝내 승낙하지 않았기에 그는 하는 수 없이 비틀비틀 걷기 시작했다. 왠지 있는 힘껏 소리를 지르고 싶은 심정이었다.

'나는 살인자다. 지금 막 사람을 죽이고 왔다.'라고.

그러나 진짜로 소리를 지르지는 않았다. 그 대신 아주 오래된, 학생 시절에 배운 노래를 한숨처럼 웅얼거리며 일부러 흐느적흐느적 갈지자로 걸었다.

밤 깊은 가로등이 눈에 띄는 텅 빈 거리를 이삼백 미터쯤 가니 아직 영업을 하고 있는 바가 하나 있었기에 거기로 들어가 양주와 일본주를 짬뽕으로 잔뜩 마셨다. 그리고 무엇인가 영문을 알 수 없는 말을 투덜투덜 중얼거리며 여급에게 쫓겨날 때까지 앉아 있었다.

"그렇게 마시고 싶으면 요시와라 제방에 가면 되잖아요. 거기서는 아침까지라도 마실 수 있으니."

여급의 독살스러운 말에 생각을 해보니, 이른바 요시와라 제방이라는 곳은 바로 앞에 있었다.

그는 다시 비틀비틀 묘한 콧노래를 부르며 아직 장사를 하고 있는 바를 찾아 걷기 시작했다.

어두컴컴하고 초라해 보이는 바가 하나 눈에 띄었기에 그곳으로 들어갔다.

데운 술을 시켜서 벌컥벌컥 마시며 구석 쪽을 보니 양복을 입은 청년 하나가 이쪽을 향해 생글생글 웃고 있었다. 다른 손님은 없었기에 이상히 여겨져, 혼란스러운 머리를 괴롭혀가며 기억을 되살려보는 동안, 퍼뜩 떠올랐다. 언젠가 아사쿠사 공원의 등나무 아래서 만났던 아름다운 젊은이였다. 이 부근을 본거지로 삼는 불량청년일지도 몰랐다.

"아아, 또 뵙습니다."

이렇게 말하며 청년이 일어나 그의 옆으로 자리를 옮겼다.

"상대를 해드릴까요?"

"그래, 같이 마시자. 난 말이지, 오늘 아주 기쁜 일이 있었어. 어때 우리 노래를 부를까?"

"하지만 당신은 조금도 기쁜 것 같지 않습니다." 청년이 의미심장하게 말했다. "기쁘기는커녕 아주 근심스러운 사람처럼 보입니다. 지금 술로 마음을 달래려는 거죠?"

"그럼 내 얼굴에 지금 살인을 하고 왔다고 쓰여 있기라도 하단 말인가?"

아이노스케가 허탈하다는 듯 말하고 껄껄 웃었다.

"네, 어쩌면 그럴지도 모르겠습니다." 청년은 태연했다. "하지만 그런 건 대수롭지 않은 일입니다. 전, 살인보다 몇 십 배나 더 끔찍한 일을 알고 있습니다. 물론 기억하고 계시겠지요? 지난번에 말했던 기적. 이 도쿄의 어딘가에 말입니다, 죄인을 무죄로 만들기도 하고 죽은 사람을 되살리기도 하고 살아 있는 사람을 쥐도 새도 모르게 죽이기도 하고, 자유자재로 기적을 행하는 무시무시한 곳이 있습니다."라며 청년의 목소리가 점점 작아지더니 결국에는 속삭임으로 변해갔다. "당신, 지금 기적이 필요하지 않으신가요? 하지만 그것을 살 쇳가루를 당신이 가지고 계실지. 전에도 말씀드린 것처럼 1만 엔(지금의 1천만 엔 정도)입니다. 단 한 푼이라도 모자라서는 안 됩니다."

"자네는 내가 살인을 저지른 죄인이라도 되는 양 생각하고 있는 모양이군."

"네, 그렇게 생각하고 있습니다. 사람이라도 죽이지 않았다면 당신처럼 그렇게 무서운 얼굴을 하지는 않는 법이니까요. 하지만 겁먹지 않으셔도 됩니다. 저는 당신 편입니다. 어떻습니까? 제게 사실을 털어놓지 않으시겠습니까?"

청년이 그의 귓가에 속삭이며 어머니가 자식에게 하듯 그의 등을 가만히 쓰다듬었다.

가면처럼 단정한 청년의 용모가 그에게 어떤 신비한 영향을 주었다. 그 청년이야말로 저승에서 파견된 자신의 구세주가 아닐까 여겨졌다. 한껏 긴장되었던 마음이 구석에서부터 풀어지며 의지를 하고 싶어지는 듯한, 감미로운 눈물이 솟아오르기 시작했다.

"사실은 말이지, 난 오늘 밤 어떤 사내를 권총으로 쏴 죽였어. 그 사내의 시체는 지금도 한 빈집에서 나뒹굴고 있어. 하지만 자네는 정말 내 편이겠지?"

아이노스케가 망막에 핏발이 선 눈을 섬뜩함이 느껴질 만큼 상대방의 얼굴에 고정한 채, 결투라도 벌일 듯한 진지함으로 속삭였다.

"걱정하실 것 없습니다. 제 눈을 보십시오. 형사의 눈이 아니지 않습니까? 저는 범죄자의 친구입니다. 범죄자를 손님으로 모시는 기적의 브로커이니. 하지만 저는 좀도둑 따위는 상대하지 않습니다. 제 손님은 1만 엔이라는 대금을 지불할 수 있을 정도의 커다란 범죄자뿐입니다."

청년 역시 아주 진지한 얼굴로 꿈같은 이야기를 했다.

"좋았어. 그럼 사실을 말하기로 하지."

기운을 얻은 아이노스케가 술 냄새 나는 입술을 청년의 잘생긴 귓가에 댔다.

아이노스케, 마침내 큰돈을 주고 기적을 구매하다

 아이노스케는 잘 돌지 않는 혀로 사건에 대해서 대충 이야기한 뒤, 솟아오르는 눈물을 숨기려 하지도 않고 마치 술에 취해 우는 사람처럼 훌쩍거리며 말을 이었다.
 "상대는 살인귀야. 우리 집사람이 목숨을 잃을 판이었다고. 그러니 내 행위는 일종의 정당방위에 지나지 않아. 하지만 법률이 그런 사정을 참작해주지는 않겠지. 무엇보다 증거가 없어. 우리 집사람은 그 빈집에 갔었다는 사실을 부정하고 있어. 나를 위해서 유리한 증언을 해줄 리 절대 없어. 유리한 증언은커녕, 그녀에게 있어서 나는 연인의 원수야. 게다가 간통을 저지른 사람 중 한 명은 죽어버렸어. 그리고 녀석들의 관계를 알고 있는 사람은 나 말고 아무도 없어. 다시 말해서, 여기에 하나의 살인이 벌어졌어. 살해당한 놈은 무시무시한 쾌락살인자야. 하지만 그 사실을 아는 사람은 아무도 없어. 단 한 조각의 증거도 없어. 그러니 나는 그저 살인자로 사형대에 오르게 될 뿐이야."

"알겠습니다. 알겠습니다." 청년이 아이노스케의 넋두리를 가로막으며 말했다. "그러니까 당신은 살인자로서 받아야 할 처벌에서 벗어나기만 하면 되는 거 아닙니까? 그럼 거래를 해요. 1만 엔이 비싸다고 생각하시나요?"

"얘기해줘. 1만 엔으로 무엇을 사는 건지."

"기적입니다. 상상할 수도 없는 기적입니다. 그 이상의 설명은 할 수 없습니다. 저를 믿지 못할 사람이라고 생각하신다면 이것으로 결렬입니다."

청년은 이렇게 말하고 언젠가의 밤처럼 그 자리에서 떠나려 했다.

"자, 여기에 수표가 있어. 얼마가 됐든 금액을 써넣기로 하지."

아이노스케는 이제 돈 따위 마치 쓰레기보다 못하게 여겨졌다. 청년은 수표를 보더니 안주머니에서 만년필을 꺼내 그에게 건네주었다.

"정확히 1만 엔이면 됩니다."

"자, 1만 엔. 하지만 내일 아침이 아니면 현금으로 바꿀 수 없어. 그 전에 내 범죄가 발각될지도 모르잖아."

"그건 운명입니다. 어쨌든 해보기로 합시다. 내일 아침 9시,

이걸 현금으로 바꾸면 그 즉시 기적의 장소로 데려가겠습니다."
청년이 손목시계를 보고 "지금 2시 반입이다. 이제 6시간 정도만 참으시면 됩니다. 그 정도는 술을 마시다보면 금방 지나갑니다."

그러나 설마 바에서 밤을 지새울 수도 없었기에 아이노스케는 괴청년의 안내로 요시와라 부근의 싸구려 여인숙에서 묵었다. 생각했던 것보다 그렇게 지저분한 곳은 아니었으나 지독하게 취했고 또 어쩐지 근질근질했기에 지칠 대로 지쳐 있었지만 잠에 들지 못했으며, 깜빡 졸았나 싶으면 말로 표현할 수 없을 만큼 무시무시한 꿈에 시달리는 자신의 고함소리에 놀라 번쩍 눈을 떴는데 그러고 나면 온몸이 기분 나쁜 땀으로 흠뻑 젖어 있어서 결국은 아침까지 한잠도 자지 못했다.

배달이 오기를 기다렸다가 신문을 가져다달라고 했으나 막상 보자니 무서웠지만, 또 그렇다고 해서 보지 않고는 견딜 수가 없었다. 눈을 질끈 감고 사회면을 펼쳤는데 펼쳤는가 싶더니 소름 돋는 벌레라도 본 양 베개 부근으로 휙 집어던졌다. 간신히 내용을 읽은 것은 그런 행동을 네다섯 번이나 되풀이하고 난 뒤였다.

그런데 거기에는 이케부쿠로의 괴이한 집에 대한 기사도, 유령사내의 사체에 관한 기사도, 단 한 줄도 실려 있지 않았다.

'이거 뭔가 좀 이상한데. 아하, 그래, 그래. 어젯밤 늦게 일어난

일이 오늘 아침 신문에 실릴 리가 없지.'

이렇게 생각하고 아이노스케는 맥이 풀려버렸다. 석간이 나올 때까지 기다려야 한다는 생각이 들자 견딜 수 없는 기분이 들었다.

"에잇, 될 대로 되라지. 어차피 들켜버리고 말 거야. 어차피 사형대야."

그는 이렇게 중얼거리며 다시 벌렁 드러눕더니 기름내에 찌든 이불깃에 얼굴을 묻었다. 정신이 아득해질 정도로 자포자기한 심정이었다.

그러나 얼마 지나지 않아서 생각지도 않았던 행복의 바람이 그의 인내 나는 침상으로 불어왔다. 거의 10시가 되었을 무렵, 어젯밤의 괴청년이 좌우 균등한 얼굴로 생글생글 웃으며 들어온 것이었다.

"길보입니다. 모든 일이 잘 풀렸습니다. 돈은 아무런 문제도 없이 받았습니다. 여기, 1만 엔 돈다발입니다."

청년이 주머니에서 100엔짜리 지폐다발을 꺼내 툭툭 쳐 보였다.

잠시 후, 두 사람 나란히 싸구려 여인숙에서 나왔다. 아이노스케가 태양을 두려워하며 낮에는 움직이기 싫다고 고집을 부렸으나 괴청년은 가볍게 웃어넘기고,

"그래서 안 된다는 겁니다. 잔챙이 같은 범죄자들은 밤의 어두운 곳만 골라서 마치 좀도둑처럼 살금살금 돌아다니기 때문에 바로 붙잡히고 마는 겁니다. 한낮에 큰길을 당당하게 다녀보십시오. 인상착의를 알고 있는 사람이라도 설마 그 녀석은 아닐 거라며 놓쳐버리고 마는 법입니다. 이것이 요령입니다. 그래서 저는 기적의 장소로 사람을 안내할 때면 가능한 한 대낮에 안내하기로 하고 있습니다. 자, 가세요. 자동차가 기다리고 있으니."

이렇게 재촉을 했기에 아이노스케도 마침내 움직일 마음이 들었다.

여인숙에서 나와 눈부신 4월의 태양 아래를 이삼백 미터쯤 걸어가자, 그곳의 대로에서 멋진 자동차 한 대가 기다리고 있었다. 그 운전수도 괴청년과 한 패거리인 듯, 그들은 눈짓으로 신호를 주고받은 뒤 서로 고개를 끄덕였다.

자동차는 마침내 아이노스케와 괴청년을 싣고 달리기 시작했다.

"조금 성가시겠지만 눈가리개를 해주셨으면 합니다. 매우 비밀스러운 장소이기에 설령 손님이라 할지라도 그곳을 알려드리고 싶지는 않습니다. 이건 저희들의 규칙이니 반드시 허락을 해주셨으면 합니다만."

차가 조금 달리자 청년이 이상한 말을 하기 시작했으나 될

대로 되라고 체념하고 있는 아이노스케였기에 물론 이 요청도 받아들였다. 그러자 청년이 주머니에서 한 뭉치의 붕대를 꺼내 마치 다치기라도 한 사람처럼 그의 눈에서부터 머리 부분을 칭칭 감아버리고 말았다. 일반적인 눈가리개를 하면 밖에서 보고 의심할 염려가 있기에 붕대를 감아 부상자처럼 보이게 하려는 것이리라. 참으로 빈틈이 없는 수법이었다. 그렇게 30분 정도 전속력으로 달리던 자동차가 멈춰 서자, 아이노스케는 청년이 손을 끄는 대로 어디인지도 모를 돌바닥 위로 내려섰다.

"계단을 조금 내려가야 합니다. 발밑을 조심하시기 바랍니다."

청년의 속삭임과 함께 벌써 돌계단의 입구에 도착해 있었다. 상당히 긴 돌계단이었다. 내려가서는 꺾어지고, 내려가서는 꺾어지고. 지하로 10m 정도는 족히 내려온 듯싶었다.

마침내 널따란 평지로 들어섰다. 그곳의 바닥에는 돌이 아니라 미끌미끌한 판자가 깔려 있었다.

"고생 많으셨습니다."

청년의 목소리가 들리더니 머리에서 붕대를 풀기 시작했다. 붕대가 벗겨진 눈으로 둘러보니, 조금 전 여인숙에서 나와 걸었던 길의 화사한 대낮의 밝음과는 달리 그곳은 음산한 땅 속 밤의 세계였다.

바닥은 나무판이었고 10평쯤 되는 아틀리에풍의 간소한 서양식 방이었는데 전등이 달려 있기는 했지만 괴물처럼 아주 많은 그림자들이 무리를 이루고 있었기에 언뜻 이상한 별세계 같다는 느낌을 주었다. 그도 그럴 것이 그 방의 사방에 마치 500나한이라도 되는 양 실제 사람 크기의 남녀 인형이 알몸으로 늘어서 있었기 때문이었다.

"깜짝 놀라신 듯하군요. 하지만 여기는 인형 공장이 아닙니다. 세상의 그런 평범한 장소가 아닙니다. 곧 아시게 될 겁니다. 금방입니다."

괴청년 자신이 인형이라도 되는 양, 아주 단정한 얼굴에 옅은 웃음을 묘하게 지으며 말했다.

인형들 뒤로 선반이 여러 개 보였는데 거기에는 화학자의 실험실처럼 무수한 약병들이 놓여 있었다. 그 선반이 끊긴 곳이 2군데 있었는데, 지금 들어온 입구와 안쪽으로 통하는 문이었다. 그 안쪽에는 대체 어떤 설비가 되어 있을까? 그리고 어떤 자가 살고 있는 것일까? 아이노스케는 뭐라 표현할 수 없는 귀기(鬼氣) 같은 것에 사로잡혀 전율을 금치 못했다.

우두커니 그곳에 잠시 서 있자니 맞은편 문의 손잡이가 아주 조심스럽게 슬금슬금 돌다가 마침내 그 문이 소리도 없이 반쯤 열리고 어둠 속에서 누군가의 모습이 흐릿하게 나타났다.

후편 하얀 박쥐

제3의 시나가와 시로

 그렇다면 그 이후 이 엽기적인 것을 좋아하는 가엾은 사람은 어떻게 되었는지, 그 이상한 실험실에서 어떤 기괴한 일이 일어났는지 등등은 잠시 후의 즐거움으로 남겨두기로 하고, 여기서는 조금 다른 방면에서 사건 전체의 모습을 바라보기로 하자. 왜냐하면 이 두 시나가와 괴사건은 사실 엽기심 강한 한 사람의 신변에 관한 이야기일 뿐만 아니라 한때는 도쿄 전체를, 아니 일본 전체를 떠들썩하게 만들었던 매우 커다란 범죄사건의 이른바 서막을 이루는 것으로, 그것이 이제 본 무대로 옮아가려 하고 있기 때문이다. 나도 지금까지처럼 한가롭게 붓을 움직일 수는 없게 되어버린 것이다.

 아오키 아이노스케의 아내 요시에는 그날 밤 아이노스케가 무엇 때문에 그렇게 이상한 모습을 하고 있었던 것인지 전혀 짐작이 가지 않았다. 독자 여러분께서도 이미 눈치채셨을 테지만 그녀에게는 아무런 죄도 없었다. 단지 아이노스케가 너무나도 무서운 낯빛을 하고 있었기에 그녀 역시 자신도 모르게 표정이 굳어버려 아이노스케의 오해를 뒷받침하는 듯한 결과를 낳고 만 것이었다. 괴물의 기만에 아이노스케의 머리가 그 정도로 이상해지고 만 것이었다.

이튿날 저녁까지 기다려도 아이노스케가 돌아오지 않았기에 전날 밤의 무서운 얼굴빛도 그렇고, 아무래도 보통 일은 아닌 것 같다는 느낌이 들어 더는 가만히 앉아 있을 수가 없었다.

이에 도쿄에서는 남편과 가장 친하게 지내고 있는 시나가와 시로를 찾아가 상의를 해봐야겠다고 요시에는 생각했다. 어쩌면 시나가와의 집에서 묵고 있을지 모를 일이기도 했다.

그렇게 외출 준비를 마치고 할멈에게 집을 봐달라고 한 뒤 평소 늘 이용하던 택시 회사까지 200m쯤의 길을 걷고 있자니, 이 무슨 우연이란 말인가. 마치 약속이라도 해두었던 것처럼 맞은편에서 오고 있던 시나가와 시로와 딱 마주쳤다.

"아아, 시나가와 씨."

"어디 가십니까?"

"댁에 가려던 참이었어요. 실은 남편이 이상한 모습으로 외출을 한 채 돌아오지 않았는데 혹시 댁에 계신 거 아닐까 해서요."

"아아, 그러셨군요. 그렇다면 걱정하실 것 없습니다. 사실은 마작 모임이 있어서요, 이케부쿠로에 있는 한 집에 들어앉아 있습니다. 저도 어젯밤에는 거기서 묵었습니다만, 오늘도 일을 마치고 지금부터 그곳으로 가려던 참이었습니다. 그런데 당신도 모시고 갈까 싶어서요. 모두 알고 계시는 사람들입니다. 가시지 않겠습니까? 아오키 군도 당연히 기뻐할 겁니다."

"어머, 그랬군요. 그럼 이왕 이렇게 나왔으니 저도 이대로 따라갈게요."

이렇게 해서 어깨를 나란히 하고 두 사람은 택시 회사로 향했는데 이는 또 어찌 된 일이란 말인가? 이 시나가와는 대체 어느 시나가와란 말인가?

그의 말이 하나에서부터 열까지 거짓말이라는 것은 독자 여러분이 잘 알고 있다. 어쨌든 예의 유령사내는 아오키에게 살해당해 이 세상에는 존재하지 않는다. 그렇다면 진짜 시나가와 시로가 이런 거짓말로 요시에를 유인하려 하는 것일까? 행선지는 이케부쿠로였다. 이케부쿠로는 예의 쾌락살인자가 날뛰던 괴이한 집이 있는 곳 아닌가? 이 사내는 아무래도 요시에를 그곳으로 데려갈 심산인 듯했다. 설마 진짜 시나가와가 그런 짓을 할 리는 없었다. 아오키가 이케부쿠로에 있다고 거짓말을 할 리가 없었다. 그렇다면 여기에 있는 사내는 유령사내도 아니고 진짜 시나가와 시로도 아닐 테니, 이 무슨 기괴한 일이란 말인가? 이번에는 전혀 다른 제3의 시나가와 시로가 나타난 것이란 말일까? 조금 이상한 말이지만, 시나가와라는 사람, 대체 몸을 몇 개나 가지고 있단 말인가(하지만 독자 여러분, 너무 황당무계하다고 화를 내서는 안 된다. 이 수수께끼는 곧 간단히 풀릴 테니).

도중에는 아무런 이야기도 나누지 않고 자동차가 이케부쿠로에 있는 한 집에 도착했다. 아니나 다를까 그것은 예의 괴이한 집이었으나 요시에는 그런 줄도 모르고 시나가와를 쏙 빼닮은 사내의 뒤를 따라서 그 집으로 들어갔다.

"어머, 이상한 집이네요. 이건 그냥 빈집 같은데요."

아무런 가구도 없이 먼지만 수북하게 쌓인 널따란 나무 바닥의 방을 둘러보고 요시에가 으스스하다는 듯 물었다.

"남편은 어디에 있죠?"

시나가와를 쏙 빼닮은 사내가 손을 등 뒤로 돌려 딸깍 문을 잠그고 싱글싱글 웃으며 대답했다.

"남편? 남편이라니요?"

"어머……."

입술에서 핏기가 가신 요시에는 몸이 굳어 멈춰 서버리고 말았다. 굉장히 무시무시한 사실을, 지금 자기 앞에서 웃고 있는 것이 시나가와와 아주 비슷하게 생긴 다른 사람이라는 사실을,

어렴풋이나마 깨달았기 때문이었다.

"당신, 누구시죠? 시나가와 씨 아니었나요?"

마른 입술로 그녀가 간신히 말했다.

"시나가와 시로. 아아, 그 사람 좋은 과학잡지의 사장을 말하는 건가요? 아닙니다, 저는 그 사람의 그림자입니다. 그림자라서 이름도 없습니다. 말하자면 제2의 시나가와라고 할 수 있습니다. 하지만 진짜보다는 조금 더 영리합니다."

괴물이 정중한 말투로 끊임없이 미소를 지으며 별일도 아니라는 듯 설명했다.

"이상하십니까? 이상하시겠지요. 쌍둥이가 아닌 이상 이렇게 닮은 사람이 둘 있을 리가 없으니까요. 그렇게 생각하지 않나요? 바로 그겁니다, 바로 거기에 우리 인간의 커다란 약점이 있는 겁니다. 예로부터 범죄자들이 어째서 이 커다란 약점을 깨닫지 못한 것인지 저로서는 도무지 이해할 수가 없습니다. 이걸 이용하지 않는다는 건 거짓말 아닐까요? 이걸 이용하면 어떤 커다란 일도 아주 간단히, 국가를 뿌리째 흔들어놓을 수도, 혹은 전 세계를 일대 동란에 빠뜨릴 수도 있습니다. 예를 들어서 제가 시나가와 시로가 아니라 그보다 몇백 배나 더 훌륭한 사람과 똑같은 얼굴을 하고 있다고 생각해보시면……. 이제 아셨겠지요? 그게 얼마나 무서운 의미를 가지고 있는지……."

그는 점점 연설이라도 하는 듯한 투가 되어 이야기를 듣고 있는 아름다운 사람을 앞에 두고 흥분해서 무슨 말인가를 계속하려 했다. 조금 더 그냥 내버려두었다면 얼마나 끔찍한 비밀을 털어놓았을지 알 수 없는 일이었다. 그러나 한참 흥이 올랐을 때 생각지도 못했던 일이 벌어지고 말았다.

사건은 본무대로

그 순간 어리둥절하게 악마의 연설을 듣고 있던 요시에가 무엇을 본 것인지 갑자기 크게 놀라 '꺄악' 앞뒤 가리지 않고 비명을 지르며 한쪽 벽에 거미처럼 찰싹 달라붙고 말았다.

"응? 왜 그러시죠?"

남자가 일부러 무슨 일이냐는 듯 물었으나 그녀가 놀라리라는 것은 처음부터 알고 있었다.

"아아, 바닥의 이 검붉은 흔적 말인가요? 생각하신 대로 피입니다. 하하하하, 그런데 피는 피지만 사람의 피는 아닙니다. 동물의 피도 아닙니다. 연극에서 쓰는 물감입니다. 바로 이겁니다. 잘 보세요."

그는 이렇게 말하며 주머니에서 아교로 만든 조그만 구슬을 꺼내 벽에 힘껏 던졌다. 아교가 터지고 짙은 핏줄기가, 그 벽이 살아 있는 사람의 가슴이라도 되는 양 줄줄 흘러내렸다.

"하하하하, 아시겠습니까? 이건 저의 소중한 무기입니다. 빈 권총과 피가 담긴 아교 구슬, 이 두 가지 도구를 이용해 위험할 때면 저는 일부러 상대방에게 총을 쏘게 하고 가슴의 셔츠 안쪽에서 이것을 터뜨려 죽은 척합니다. 그렇게 하는 편이 상대방을 죽이는 것보다 안전하고 더 흥미롭지 않은가요? 제가 죽은 줄 알고 당황하는 상대방의 모습을 바라보는 것만으로도 말입니다. 하하하하."

사내는 재미있어 죽겠다는 듯 한참을 웃다가 마침내 웃음을 멈추고 청산유수처럼 다시 말을 이었다.

"말만 들어서는 실감이 잘 안 나겠지만, 사실 저는 어젯밤에 바로 저 핏자국이 나 있는 곳쯤에서 당신의 남편에게 살해당하고 말았습니다. 남편께서는 말이죠, 제정신이 아니었기에 저의 멋진 연기에 속아 정말로 살인죄를 저지른 것이라고 생각해서 미친 사람처럼 되어버리고 말았습니다. 그리고 절망에 빠져서 요시하라의 바를 돌아다니며 술을 마셨는데 그런 그를 제 부하가 비밀스러운 장소로 데리고 가서 지금은 잘 숨겨두었습니다. 그러니까 여기서 그 살인이 행해진 뒤입니다. 그런데 말입니다, 제가 총에 맞은 건 연극이었지만, 이 집에서는 연극만 행해지고 있는 게 아닙니다. 훨씬 더 끔찍한 일도, 물감이 아닌 피가 흐르는 일도,

아주 없다고는 할 수 없습니다." 남자는 여기서 싱글벙글 크게 웃었다. "사실을 말씀드리자면 당신 남편께서는, 그 진짜 피가 흐르는 장면을 보셨습니다. 저기 보이시죠? 저기 정원에 있는 커다란 소나무 위에 기어올라서 말이죠. 그래서 저는 그 입을 막기 위해 그 사람에게 살해당하기로 한 겁니다. 그렇게 되도록 일을 꾸민 겁니다. 멋지게 성공했습니다. 그렇게 해서 그 사람이 범인이라고 생각했던 사람은 죽어버렸기에 밀고를 하려 해도 상대방이 사라져버렸을 뿐만 아니라, 그 사람 자신은 살인이라는 커다란 죄를 저질렀다고 한 치의 의심도 없이 믿고 있기에 반미치광이처럼 되어버렸습니다. 참으로 절묘한 방법 아닙니까? 이런 아교 구슬로 아주 멋진 이중의 효과를 거두다니."

여기까지 말한 괴물이 요시에의 표정을 가만히 살펴보다가 어딘가 으스스한 목소리로,

"아아, 당신 떨고 있군요. 무서운가요? 제가 이렇게 모든 사실을 털어놓는 것이 무서운가요? 이처럼 아무렇지도 않게 방법을 털어놓는 배후에는 어떤 속내가 있는 건지 이미 꿰뚫어보신 거로군요. 당신은 정말 머리가 좋으십니다. 상상하신 대로입니다. 하지만 그렇게 벽에 찰싹 붙어 있지 않아도 됩니다. 지금 당장 그럴 생각은 아니니까요. 소중한 사냥감을 그렇게 호락호락 죽여버릴 제가 아닙니다. 당신에게 들려주고 싶은 이야기가 아직 많

이 남아 있습니다. 자, 이쪽으로 오십시오."

괴물의 촉수와도 같은 기다란 팔이 슥 뻗어와 요시에의 부드러운 목덜미를 잡더니 끈적하고 강한 힘으로 당겨 자기 옆으로 끌어왔다. 요시에는 온몸의 힘이 빠져 소리를 지를 수도 저항할 수도 없이 그저 악몽에 시달리는 듯한 기분이었다.

"저는 처음부터 이런 악당은 아니었습니다. 그 잘난 척하는 과학잡지의 사장님을 잠깐 놀려주고 싶다는 생각에서 영화의 군중 속에 섞여 얼굴을 화면에 크게 내밀기도 하고 그 비밀스러운 집에서 일부러 저의 묘한 모습을 보게도 하며 즐거워했던 건데, 거기에 당신의 남편이 개입했습니다. 그리고 저의 존재에 대해서 당사자인 시나가와 시로보다 더 이상한 흥미를 갖기 시작했습니다. 그래서 이 사람도 좀 놀려줘야겠다 싶어 당신과 목소리가 아주 비슷한 아가씨를 찾아내 밀회를 하는 것처럼 연극을 꾸몄더니 그 사람은 그대로 걸려들고 말았습니다."

"……."

"어떻습니까? 정말 굉장하지 않습니까? 저 역시 일이 이렇게까지 제 뜻대로 될 줄은 몰랐습니다. 그런데 당당한 과학잡지의 사장님과 탐정을 좋아하고 엽기심이 강한 당신의 남편을 상대로, 아주 맞춤한 연습무대에서 제 뜻대로 성공을 거두었습니다. 이대로라면 무슨 일을 해도 걱정할 거 없겠다고 저는 아주 커다란 자신감을 얻었습니다. 그랬기에 지금까지는 꿈속에서나 행하던 일들을 실행하기 시작한 것입니다. 그 어떤 제왕도 흉내 낼 수 없는 쾌락에 빠져들기 시작한 겁니다. 그런데 그것이 세상에 밝혀진다 할지라도 제 죄를 대신 뒤집어쓸 사람이 있습니다. 저는 이 세상에 속해 있는 사람이 아닙니다. 시나가와 시로의 그림자에 지나지 않습니다. 그러니까 저의 죄는 시나가와 시로가 전부 짊어지게 되는 겁니다. 정말 멋진 일 아닙니까?"

"……."

"그 쾌락이란 대체 어떤 종류의 것이냐고 묻고 싶으십니까? 그건 곧 아시게 될 겁니다……. 어쨌든 말을 계속 이어가자면," 하고 그가 한층 더 강하게 요시에를 잡아끌어 뺨이라도 비빌 듯하며, "그렇게 가짜 당신하고 몰래 만나는 것처럼 연극을 하는 동안, 정말 알 수 없는 일입니다, 가짜로는 만족할 수 없게 되었습니다. 진짜 당신을 갖고 싶어졌습니다. 그래서 말입니다, 당신의 남편을 그렇게 만든 것도 하나는 제 비밀을 눈치챘기 때문이기도 하지만, 진심을 말씀드리자면 제게 방해가 되는 사람을 내쫓아 당신을 온전히 제 것으로 만들고 싶었기 때문이었습니다. 아아, 당신 차가운 손으로 떨고 계시네요. 목덜미에 작고 아름다운 땀방울이 맺혀 있네요. 같이 가시죠……. 당신 상상할 수 있으시겠어요? 이 유희가 어떤 종류의 것인지."

가엾은 새끼 참새는 이 정체를 알 수 없는 괴물에게 완전히 겁을 먹어 그렇게 별실로 끌려 들어갔다. 거기서 어떤 일이 벌어졌는지는 아무도 모른다. 하지만 아마도 누구나 상상하고 있는 그대로의 일이 벌어졌을 것이다. 우리는 얼마 전 아오키 아이노스케가 소나무 위에서 엿보았던 그 피비린내 나는 유희를 잊을 수 없을 것이다.

현대식 한 손 미인

 위의 일이 벌어진 며칠 뒤, 계절로 말하자면 이 이야기가 시작된 지 벌써 반년 정도 지난 5월 끝 무렵에 가까운 어느 후텁지근한 날의 일이었다.

 우시고메의 에도가와 공원 서쪽 끝에 흔히 대폭포라 불리는, 지금은 살풍경한 콘크리트 수문에 지나지 않지만 그래도 역시 대폭포처럼 물이 떨어지는 곳이 있다. 무사시노의 서쪽에서 흘러든 작은 강이 거기서 폭포를 이루고, 예전에는 벚꽃 명소였던 에도가와가 되어 크게 굽이치다 이이다바시 부근에서 소토보리[21]로 흘러든다.

 그 대폭포 옆에는 배를 빌려주는 집이 몇 군데 있어서 여름밤의 더위를 식히기 위해 배를 젓는 사람들도 많아 교외의 조금

---

21) 外堀. 옛 에도 성의 해자 가운데 바깥쪽에 있던 것의 총칭.

알려진 명소가 되어 있었는데, 앞서도 이야기한 것처럼 그날은 늦봄의 후텁지근한 날이었기에 이른 시간부터 동네 아이들이 배를 빌려 얕고 탁한 물에서 삿대를 움직여가며 대폭포 아래의 소용돌이치는 격랑에 맞서 흥을 돋우고 있었다. 개중에는 성급하게도 벌써 알몸이 되어 지저분한 물 속으로 뛰어드는, 야만인 같은 개구쟁이 소년들도 있었다.

대폭포는 폭 10m, 낙차 6m쯤 될 듯했는데, 거대한 유리 같은 물줄기, 하얀 물결이 뒤엉키는 물웅덩이, 사방을 흔드는 웅장한 소리, 비록 작기는 하지만 폭포의 아름다움을 전부 갖추고 있었다. 그래 봐야 겨우 수문 아니냐며 방심해서 물웅덩이 쪽으로 배를 몰고 갔다가 끝내 목숨을 잃는 사람도 1년에 한두 명쯤은 있었다. 물웅덩이는 매우 깊어서 그 밑바닥에 어떤 요물이 살고 있는 것이라는 말도 안 되는 괴담까지 생겨났을 정도였다.

그러나 동네 아이들은 물질에 능하다. 위험한 곳을 잘 알고 있어서 아무런 두려움도 없이 헤엄쳐 다녔다. 바로 그때 작은 배 한 척에서 훌러덩 알몸이 되어버린 열대여섯 살쯤의 골목대장이 시커먼 몸을 거꾸로 뒤집어 텀벙 물웅덩이 부근의 깊은 곳으로 뛰어들었다.

"기다리고 있어. 재미있는 걸 찾아가지고 올 테니."

소년이 배 위에 있는 친구들에게 이렇게 외친 뒤, 돌고래처럼 몸을 비틀어 물속 깊은 곳으로 잠겨 들어갔다. 뱃놀이를 하던 사람이 떨어뜨린 지갑 같은 것이 바닥의 진흙 속에 묻혀 있는 경우가 종종 있기 때문이었다.

그는 물속에서 눈을 부릅뜨고 밑으로 밑으로 내려갔다. 바닷속처럼 해초들이 숲을 이루고 있지는 않았지만 그 대신 나무토막, 짚더미, 흐물흐물한 천 조각, 개인지 고양이인지 모를 작은 동물의 뼈 등이 탁한 물의 바닥에서 둥실둥실 움직이고 있는 모습은 바닷속보다도 훨씬 더 으스스하게 보였다.

물웅덩이 바로 아래를 보니 6m의 높이에서 떨어진 수백 섬의 물이 그대로 깊은 바닥 근처까지 거대한 기둥을 이루다 기운이 다하면 헤아릴 수도 없는 새하얀 거품으로 부서져 보글보글 수면 위로 끓어오르는 무시무시한 모습을 연출하고 있었다.

그러나 늘 보아온 소년은 대수롭지 않게 여겼다. 그보다는 바닥에 떨어진 잡동사니 가운데 배에 있는 친구들에게 가져다줄 선물이 될 만한 물건이 어디 떨어져 있지 않을까, 숨이 허락하는 한 진흙 사이를 헤엄쳐 돌아다녔다.

한 10m쯤 떨어진 곳의 진흙 속에서 솟아올라 하늘거리는 하얀 물체가 문득 눈에 띄었다. 몇백 번이고 헤아릴 수 없을 정도로 같은 물속에 잠수한 소년이었으나 그렇게 이상한 느낌을 주는 물건을 본 것은 이번이 처음이었다. 동물의 뼈는 아니었다. 훨씬 더 크고 흐물흐물해서 뭔가 살아 있는 것처럼 여겨졌다.

그는 호기심이 일어 그것을 향해 다가갔다. 물결을 헤치고 나갈 때마다 그것의 모습이 뚜렷해지기 시작했다. 흙탕물 속이기에 변두리의 전력이 달리는 영화관처럼 주변 일대가 이상하게 거뭇거뭇했다. 그런 가운데 선명하게 푸르스름한 그것은 정말 진흙 속에서 솟아오른 물체처럼 다섯 개로 갈라진 끝부분이 물을 부여잡고 버둥거리고 있었다.

살아 있는 인간의, 그것도 여자의 단말마와도 같은 괴로움의 손목이었다. 그 한쪽이 진흙 속에서 불쑥 솟아올라 버둥거리고 있는 것이었다.

소년의 몸이 적을 만난 새우처럼 굉장한 속도로 물속에서 휙 방향을 트는가 싶더니 허겁지겁 허둥대며 물 위로 올라가 얼마간 들이마신 흙탕물을 웩웩 뱉어냈다. 그리고 마침내 말을 할 수 있게 되자 배 위의 친구들에게,

"주, 주, 죽은 사람이 있어."

라고 더듬더듬 말했다.

소년 자신이 죽은 사람처럼 창백해져 있었다.

"정말? 죽었어?"

"잘 모르겠어. 아직 움직이고 있었어."

"그럼 얼른 도와주자. 모두 힘을 합쳐서 도와주자."

용감한 한 명이 씩씩하게 말했다. 물질에 능한 소년들 사이에 영웅적인 분위기가 감돌기 시작했다.

"도와주자, 도와줘."

저마다 외치며 옷을 벗어던지고 시합이라도 하듯 텀벙텀벙 물속으로 뛰어들었다.

도합 4명, 미끌미끌하고 검붉은 몸뚱이들이 흙탕물 속을 비스듬히 가로질러 바닥을 향해 돌진했다.

처음 발견했던 소년도 친구들의 가세에 힘을 얻어 질 수 없다는 생각에 기억해두었던 곳으로 헤엄쳐 들어가 하얗게 하늘거리는 것을 힘껏 꾹 쥐었다. 뒤따라온 소년 하나도 앞을 다투듯 그것을 쥐었다. 흐물흐물 섬뜩한 감촉. 있는 힘껏 휙 잡아당겼는데 아무런 무게감도 없이 쑥 빠져버리고 말았다.

손만 있을 뿐 몸통은 없었다. 그것이 우연히도 진흙 속에서 솟아오른 것처럼 떨어져 있었던 것이었다.

소년들은 배로 되돌아갔다. 창백한 여자의 한쪽 손은 배 위로 던져졌다. 예리한 칼날로 잘라냈는지 잘린 면이 아주 깔끔했다. 복숭앗빛 살에 감긴 하얀 뼈가 살짝 끝을 드러내고 있었다. 손가락 하나에서 반짝반짝 빛나고 있는 것은 섬세하게 세공한 백금 반지였다. 통통한 손가락에 깊이 박혀 있었다.

그 뒤에 벌어진 소동에 대해서는 자세히 쓸 필요도 없으리라.

배 대여소의 주인이 아이들의 말에 놀라 파출소로 달려갔다. 관할 경찰서에서 몇 명의 담당관이 와서 사람을 고용해 물속을 샅샅이 수색해보았으나 앞서 이야기한 팔(왼쪽 팔이었다) 외에는 아무것도 발견되지 않았다.

그것이 잠겨 있던 곳에서 던져진 것인지 훨씬 상류에서 던져진 것이 흐르고 흘러 수문까지 넘어 물웅덩이에 떨어진 것인지 여러 설이 분분했으나 폭포 부근에 사람을 죽인 흔적이 없는 것으로 봐서 아마도 후자가 맞는 듯하다는 말을 한 순사가 배 대여소의 주인에게 했다.

팔은 관할 경찰서를 거쳐 감정을 위해 경시청으로 넘겨졌다. 이튿날 신문이 이 기사로 떠들썩했다는 사실은 말할 필요도 없으리라. 떠돌이나 거지의 팔이 아니었다. 아름다운 여자의 팔, 게다가 손톱까지 잘 다듬어져 있었다는 점, 백금 반지 등이 유복하게 자란 젊고 아름다운 여자를 떠오르게 했다. 사람들의 호기심을 자극하는 사회면 기사로는 안성맞춤이었다.

한 신문의 편집자가 '현대식 한 손 미인'이라는 표제어를 붙였다. 즉, 한쪽 팔을 잘린 미녀가 도쿄의 어딘가에 아직 살아 있다는, 참으로 기괴한 공상을 은근슬쩍 내비친 것이었다. 그는 틀림없이 루이코 쇼시[22]가 번안한 탐정소설 『한 손 미인』의 애독자였던 것이리라.

명탐정 아케치 고고로

위에서 이야기한 사건이 벌어진 이튿날, 아케치 고고로는 친분이 있는 나미코시 경감(당시 그는 수사과의 중요 지위에 있었다)을 경시청으로 찾아가 사람이 없는 한 방에서 이야기를 나누고 있었다.

이는 우연의 일치였다. 아케치 고고로가 '미인 한 손 사건'에 특별한 흥미를 가지고 있었던 것은 아니었다. 당시 세상을 떠들썩하게 만들었던 다른 사건에 대해서 그가 수사의 주역을 맡고 있었기에 자연스럽게 수사과를 방문할 일도 있었던 것이다. 특히 나미코시 경감과는 『거미사내』 이후 친하게 지냈기에 서로 허물없이 이야기에 열중하기도 했다.

그때 순사가 들어와 사람이 찾아왔다며 호랑이 경감 앞으로

---

22) 구로이와 루이코의 필명 가운데 하나.

주뼛주뼛 명함 한 장을 내밀었다.

"과학잡지 사장, 시나가와 시로. 이거 묘한 사람이 찾아왔는데. 얘기라도 좀 들어달라는 말인가?"

"뒤에 용건이 적혀 있습니다."

순사가 말했다.

"대폭포에서 발견된 여자의 한쪽 팔 사건에 대해서 꼭 말씀드리고 싶은 것이 있습니다. 흠, 그 외팔 사건이군. 뭔가 있을지 모르겠는데, 아케치."

"아는 사람인가?"

"응, 얼굴은 알고 있어. 친하다고는 할 수 없지만. 한번 만나보기로 하지."

"그럼 나는 그만 가보겠네."

"아니, 아니. 같이 있어주는 편이 좋을 듯한데. 이번에도 자네의 지혜를 빌려야 할 일이 없으라는 법도 없으니까. 하하하하."

이는 호랑이 경감의 멋쩍음을 감추려는 말이었다. 그는 아케치 고고로를 경외하고 있으면서도 노련한 형사 출신인 자신이 사립 탐정에게 도움을 받고 있다는 사실을 평소 조금은 체면이 서지 않는 일이라고 느끼고 있었던 것이다.

잠시 후, 순사의 안내로 독자 여러분도 잘 알고 있는 시나가와 시로가 들어왔다. 과학잡지의 사장답게 검은 상의에 줄무늬 바지를 입은 고지식한 모습이었다. 서로 인사가 끝나자 그는 바로 용건을 밝혔다.

"사실은 행방불명인 여자가 있습니다. 벌써 5일쯤 됐습니다. 아니, 여자만이 아닙니다. 그 여자의 남편도 여자보다 하루나 이틀 먼저 어딘가로 모습을 감춰버리고 말았습니다. 이름은 아오키 아이노스케로 제 친구인데 오늘 아침 신문을 보기 전까지는 별일 아닐 거라 생각하고 있었습니다. 아오키라는 사람은 변덕이 아주 심하고, 또 원래 집이 나고야에 있기에 제게 말하지 않고 집으로 가버린 걸지도 모르겠다고 생각해서 사실은 경찰에도 아직 신고하지 않았습니다.

그런데 어제 문의를 해두었던 나고야의 본가에서는 아직 돌아오지 않았다는 대답을 받았고, 오늘 아침에 예의 신문기사가 실렸습니다. 아무래도 심상치 않은 일이 벌어진 거 아닐까 매우 걱정이 됩니다. 그도 그럴 것이 여자의 손가락에 끼워져 있다고 신문에 실린 반지 말인데, 그게 지금 말한 아오키의 아내인 요시에 씨의 반지와 똑같이 생겼습니다. 그래서 혹시나 하는 마음에, 전 그 반지를 정확히 기억하고 있으니 실물을 한번 봐야겠다 싶어 이렇게 찾아온 것입니다."

"그렇습니까? 잘 오셨습니다. 바로 보여드리도록 하겠습니다."

솔깃한 소리에 벌써 범죄의 단서라도 잡은 양 기뻐하며 그것을 보관해놓은 방으로 자신이 직접 갔던 경감이 한 순사에게 병에 담긴 한쪽 팔을 들게 해서 되돌아왔다.

덮여 있던 하얀 천을 벗기자 방부액에 담긴 섬뜩한 물건이 손가락을 위로 한 채 병 속에 돋아난 것처럼 서 있었다.

"보십시오. 이 반지입니다."

시나가와는 책상 위에 놓인 병 가까이로 얼굴을 가져가 잠시 바라보았으나 탁한 방부액 때문에 잘 보이지 않았기에, 경감의 허락을 얻어 병을 창가로 가져가 뚜껑을 열고 한동안 면밀하게 살펴보더니 원래의 자리로 돌아와서는 약간 창백해진 얼굴로,

"역시 맞습니다. 틀림없이 아오키 요시에 씨의 팔입니다."
라고 낮은 목소리로 말했다.

"잘못 보신 건 아니겠지요?"

나미코시 씨도 매우 진지한 태도였다.

"절대로. 저 특수한 조각은 아오키 군이 좋아하는 것이어서 일부러 새기게 한 것이니 요시에 씨 이외의 사람이 끼고 있을 리 없습니다."

시나가와 씨는 이렇게 말하고 다시 병이 있는 곳으로 다가가서 세심하게 살펴보더니, 곧 깊은 한숨과 함께 병의 하얀 천을 원래대로 덮고,

"끔찍한 일이야. 정말 끔찍해."

라고 혼잣말을 했다. 그 말투에 뭔가 의미가 담겨져 있는 듯했기에 경감이 놓치지 않고,

"짚이는 일이라도 있으신가요?"

라고 물었다.

"있습니다. 사실은 그 일도 말씀드리려고 찾아온 것입니다만, 너무나도 이상한 일이기에 제 말을 믿어주실지 걱정이 됩니다."

"어쨌든 들어보기로 하겠습니다. 물론 범인에 관해서겠죠?"

"그렇습니다. 갑자기 이런 말씀을 드리면 이 사람 머리가 이상해진 거 아닐까, 꿈이라도 꾸고 있는 거 아닐까 의심하시리라 여겨집니다만, 이번 사건의 뒤에서 아마 저와 조금도 다르지 않은, 누가 봐도 저와 똑같이 생긴, 또 한 명의 제가 실을 조종하고 있다고 믿을 만한 이유가 있습니다."

"뭐라고요? 무슨 말씀이신지 잘 모르겠습니다만."

경감이 이상하다는 듯한 얼굴로 되물었다. 옆에서 듣고 있던 아케치 고고로도 이 이상한 이야기에 흥미를 느꼈는지 시나가와 시로의 얼굴을 뚫어져라 바라보았다.

"그렇습니다, 무슨 말인지 이해 못 하시는 것도 당연한 일입니다. 저 역시도 처음에는 제 머리가 어떻게 된 거 아닐까 의심스러웠을 정도였습니다. 하지만 저는 벌써 6개월 동안이나, 저와 조

금도 다르지 않은 그 괴물에게 시달리고 있습니다. 저뿐만이 아닙니다. 조금 전에 말씀드린 아오키 군도 이 사실을 잘 알고 있습니다. 솔직히 말씀드리자면 저는 오래 전부터 이미 이런 일이 일어나지나 않을까, 일어나지나 않을까 두려워하고 있었습니다. 저와 조금도 다르지 않은 그 사람이 굉장한 악당이라는 사실을 잘 알고 있었기 때문입니다. 이번 사건도 그 녀석의 치밀한 계획입니다. 목숨을 잃은 건 제 친구의 아내, 아니 아내뿐만 아니라 아오키 군 자신도 지금은 살아 있는지 죽었는지 알 수가 없습니다. 두 사람 모두 저와 관계가 깊은 사람들입니다. 그 일을 저지른 사람이 저와 조금도 다르지 않은 사람이라면 어떻게 되겠습니까? 틀림없이 의심을 받는 건 바로 제가 될 겁니다. 그렇습니다, 바로 접니다. 저는 그것이 두렵습니다. 그렇기에 사정을 잘 설명해서 저는 이번 사건과 아무런 관계도 없다는 사실을 분명히 말씀드리기 위해 악당보다 먼저 서둘러 온 것입니다."

"들어보도록 하겠습니다. 가능한 한 자세히 얘기를 해보시기 바랍니다. 여기에 계신 분은, 알고 계실지 모르겠습니다만 유명한 사립탐정인 아케치 고고로 씨입니다. 말씀하신 것 같은 사건에는 아케치 군도 틀림없이 흥미를 가지고 있을 겁니다."

시나가와 씨는 아케치라는 말을 듣고 그쪽을 힐끗 본 뒤 얼굴을 살짝 붉혔다. 이유는 알 수 없었다. 아케치의 뛰어난 재능을 알고 있어서 이 뜻밖의 만남을 기뻐한 것일지도 몰랐다.

그는 길고 긴 이야기를 시작했다. 그것은 독자 여러분도 전부 알고 있는 이야기이니 여기서는 생략하기로 하겠지만, 변두리 영화관에서 본 이상한 영화와, 신문의 사진에 나란히 얼굴이 찍힌 두 시나가와 시로, 붉은 방에서 있었던 놀라운 대면, 그 또 한 명의 시나가와가 아오키의 아내와 불륜의 관계를 맺고 있었던 듯하다는 사실, 아오키가 그 때문에 매우 괴로워하고 있었다는 사실, 일주일쯤 전(그것이 아오키의 얼굴을 마지막으로 본 것이었는데)에 그가 늦은 밤에 갑자기 찾아와서,

'자네, 분명히 시나가와 시로 군이지? 살아 있는 거지?'
라고 묘한 말을 한 채 어딘가로 훌쩍 사라져버렸다는 사실, 얼마 지나지 않아서 아내인 요시에가 행방불명되었다는 사실, 그때 아오키의 별장 근처에서 시나가와와 요시에가 나란히 걸어가는 모습을 본 사람이 있었다는 사실 등등등을 자세히 이야기하고, 따라서 이 두 사람의 행방불명 사건 뒤에는 틀림없이 그 괴물이 있을 것이다, 그리고 그 끔찍한 죄를 진짜 시나가와 시로에게 뒤집어씌우려 음모를 꾸미고 있는 게 틀림없다고 결론 내렸다.

이 기괴하기 짝이 없는 이야기가 나미코시 씨를, 그리고 아케치 고고로까지 자극한 것은 틀림없는 사실이었다. 나미코시 씨는 안 그래도 빨간 얼굴을 흥분으로 더욱 빨갛게 물들여가며 이야기

를 열심히 들었다.

이야기를 마치고 듣는 사람이 사정을 잘 이해한 듯싶자 시나가와 씨는 한결 마음이 놓인 듯 "필요하면 언제든 불러주시기 바랍니다."라는 말을 남기고 인사를 한 뒤 자리에서 물러났다.

"소설 같은 이야기야. 쌍둥이도 아닌데 그렇게 조금도 다르지 않은 사람이 있을 수 있다니, 도저히 믿어지지가 않아."

나미코시 씨는 시나가와의 말에 따라서 수사를 시작해야 할지 말아야 할지 망설이고 있는 듯한 모습이었다.

"아주 재미있군. 믿고 안 믿고를 떠나서 이건 아주 재미있는 사건인 듯해."

아케치가 개구쟁이 같은 표정으로 말했다.

"재미있기는 재미있지만."

"아니, 내 말은 자네가 생각한 것과는 의미가 달라. 조금 전의 사내, 적어도 마술에 있어서는 전문가 뺨치는 솜씨를 가지고 있다는 얘기야."

"뭐, 뭐라고?"

아케치가 이상한 말을 했기에 나미코시 씨는 약간 당황한 듯한 모습이었다.

"어쨌든 팔이 담겨 있는 그 병을 살펴보게. 자네는 이야기에 정신이 팔려서 그 사람의 거동에 주의를 기울이지 않은 듯하지만, 그 녀석 정말 대단한 녀석이야."

그 말을 듣고 깜짝 놀란 듯 자리에서 일어난 나미코시 씨가 창가로 다가가 병을 덮고 있는 하얀 천을 벗겨보았다. 동시에 "앗."하는 외침. 병 바닥에서 잘린 손가락 하나가 둥실둥실 떠다니고 있었다.

반지가 보이지 않았다. 경감은 벌어진 입을 다물 수 없었다.

"정말 굉장한 마술사 아닌가? 반지에 새겨진 조각을 살펴보는 척하며 얼른 손가락을 잘라 반지만 빼낸 거야. 중요한 증거를 훔쳐낸 거야. 손가락에 꽉 끼워져 있어서 자르지 않고는 빼낼 수 없었던 거야."

"자네는 그걸," 경감이 시뻘게진 얼굴로 외쳤다. "알면서도 입을 다물고 있었던 거야?"

"응, 너무나도 멋진 솜씨에 감탄해서 말이지. 하지만 걱정할 거 없어. 반지는 여기에 있으니."

아케치는 이렇게 말하고 조끼 주머니에서 가느다란 백금 반지를 꺼내 보였다.

"어느 틈에?"

"그 사람을 문까지 배웅하기 위해 일어섰을 때. 녀석, 설마 여기에 마술사가 한 명 더 있으리라고는 꿈에도 생각지 못했을 거야."

"아아, 이번에도 자네의 취흥인가? 그건 그렇다 쳐도, 정작 중요한 그 녀석을 놓쳐버리고 말지 않았는가? 반지보다 녀석이 더 중요하잖아. 증거 인멸을 위해서 찾아올 정도이니 녀석이 범인일지도 몰라."

"내 생각은 조금 달라. 반지가 없어졌다는 사실은 금방 들통나고 말 거야. 그런데 얼굴을 드러낸 채 훔치러 온 녀석이 진짜 범인일까? 설마 그런 무모한 짓을 할 사람은 없을 거야. 아마도 부하쯤 되는 녀석이겠지. 지금 소란을 피우면 거물을 놓쳐버리고 말아. 너무 그렇게 서두를 것 없어. 이번 사건은 아주 재미있을 듯하니 나도 힘을 좀 보태기로 하지. 아니, 녀석을 뒤쫓을 필요는 없어. 이 정도의 범인이라면 가만히 앉아 있어도 저쪽에서 먼저 접근해오게 되어 있으니. 실제로 지금 있었던 일도 보기에 따라서는 우리에 대한 도전이라고 볼 수 있지 않겠는가?"

어쨌든 범인이 경찰에게 싸움을 걸어온 것만은 사실이었다. 하지만 그 외의 점에 있어서는 천하의 아케치도 커다란 착각을 하고 있었던 것이다. 그 정도로 범인의 수법이 뛰어난 것이었다. 아케치가 착각을 하고 있다는 사실은 곧 밝혀지고 말았다. 그런 이야기를 주고받느라 30분 정도 헛되이 시간이 흘렀다. 그때 조금 전에 찾아온 사람이 있다고 알려주었던 순사가 이해할 수 없다는 얼굴로 다시 명함을 들고 들어왔다.

"시나가와 시로."

이번 명함에는 과학잡지 사장이라는 직함이 없었다.

"조금 전의 사내잖아."

"그런 것 같습니다."

"그런 것 같다고? 얼굴을 보면 알잖아."

"네, 그런데……."

어째서인지 순사는 묘한 표정으로 대답을 하지 못했다.

"어쨌든 끌고 오도록 해. 놓쳐서는 안 돼."

경감이 엄한 말투로 명령했다.

기다릴 것도 없이 시나가와 시로가 문가에 모습을 드러냈다. 안내를 해온 순사가 놓치지 않겠다는 듯 그 뒤에 버티고 서 있었다.

"뭐 잊으신 것이라도?"

경감이 억지로 웃음을 지어 보이며 말했다.

"네?"

시나가와는 깜짝 놀란 모습이었다.

"당신은 30분쯤 전에 반지를 빼서 가져가지 않았습니까? 도중에 반지를 잃어버리기라도 하셨다는 말씀이신가요?"

"네? 제가 30분쯤 전에 여기에 왔었다고요? 제가 말입니까?"

시나가와 씨는 뭐가 뭔지 모르겠다는 듯한 모습이었으나 곧 방 안의 분위기와 경감의 표정에서 어떤 무시무시한 사실을 깨닫고는 슥 핏기 가신 얼굴로 그 자리에서 돌처럼 굳어버리고 말았다.

"그놈이야, 그놈이 선수를 친 거야."

멍한 눈으로 한 곳을 바라본 채 중얼중얼 혼잣말을 하던 시나가와 씨가 마침내 정신을 차리고,

"잘 보십시오. 틀림없이 저였습니까? 이런 옷을 입고 있었습니까?"

듣고 보니 같은 검은색 상의에 줄무늬 바지이기는 했으나 옷감이나 무늬가 달랐다. 정말 꿈에서나 볼 법한 일이었다. 너무나도 어처구니없는 일에 자리에 있던 사람 모두 입을 다물어버리고 말았다.

"그렇다면 그 녀석, 하나에서부터 열까지 사실을 이야기한 거였어. 우리를 속이기 위해 헛소리를 해댄 게 아니었어."

아케치 고고로조차 이 생각지도 못했던 기괴한 일에 놀라 자신도 모르게 자리에서 일어나 창백한 얼굴로 외쳤다. 그는 지금까지 이와 같은 모욕을 당한 경험이 한 번도 없었던 것이다.

마그네슘

 우스운 연극, 하지만 생각해보면 세상에 이처럼 무시무시한 연극도 없었다. 결국 조금 전의 시나가와는 대담무쌍한 가짜로, 그 녀석이 바로 진짜 살인자였다는 사실이 밝혀졌다.

 진짜 시나가와 시로의 상세한 진술 및 증거물건의 제출로 인해서(증거물건이란 예의 유령사내가 찍힌 석간의 스크랩과 아오키가 시나가와에게 사건에 관해서 보낸 편지, 아이노스케의 서재에서 발견한 일기장 등이었다) 경찰 당국도 이 신기하기 짝이 없는 사실을 믿지 않을 수 없게 되었다.

 이에 아오키의 일기장을 통해서 알게 된 이케부쿠로의 괴이한 집을 조사하기도 하고, 그 고지마치 음매소의 여주인을 취조하기도 하고, 할 수 있는 모든 조사를 계속해보았으나 유령사내는 그런 모든 일을 미리 예상하고 있었던 듯 아무리 뒤져보아도 단서가 될 만한 것은 머리카락 하나 나오지 않았다.

약 1개월 동안 유령사내는 기분 나쁜 침묵을 지키고 있었다. 미인 외팔 사건으로 불꽃놀이처럼 세상을 떠들썩하게 해놓고는 그대로 자취를 감춰버리고 말았다.

나미코시 호랑이 경감과 아케치 고고로의 눈앞에 홀연 모습을 드러내 대담하기 짝이 없는 도전을 시도했을 정도의 그, 경찰의 수사가 무서워 종적을 감춘 것이 아니다, 아주 대대적인 어떤 음모를 꾸미고 있는 것이다, 그 준비기간이 아닐까? 적어도 과학 잡지의 사장인 시나가와 시로 한 사람만은 그렇게 확신하고 있었다. 그는 아주 평범한 사람이 말을 걸어도 깜짝 놀라서 펄쩍 뛰어오를 만큼 신경이 예민해져 있었다.

시나가와의 예상은 과연 적중했다. 1개월 뒤인 7월 중순의 어느 날 밤, 참으로 기묘한 장소에서 기묘한 짓을 하고 있던 유령사내의 모습이 발견되었다. 그런데 그런 기묘한 짓을 했는데도 그가 대체 무슨 짓을 한 것인지, 어떤 범죄가 행해진 것인지 조금도 짐작을 할 수 없는 아주 이상한 사건이었다.

그날 밤의 늦은 시각, A신문 사회부 기자와 사진부원이 어깨를 나란히 하고 고지마치 구의 한적한 고급 주택가를 걷고 있었다. A신문에서는 당시 흥밋거리로 「대도쿄의 심야」라는 기사를 연재하고 있었는데, 이 두 기자는 그날 밤 방향을 조금 바꿔서

부호거리 탐방을 목표로 삼고 있었다.

그들이 지금 막 접어든 곳은 부호 중에서도 부호들이 살고 있는 거리, 한쪽은 모 후작의 삼림과도 같은 대저택, 한쪽은 까마득하게 높은 돌담 위에 콘크리트 벽이 100m쯤이나 계속 이어져 있는 천만장자 미야자키 쓰네에몬 씨의 호화로운 저택이었다.

"이 어마어마한 돌담 아래의 도랑 안에서 거적을 뒤집어쓰고 자고 있는 거지 할머니라는 그림은 어때?"

"글쎄, 이런 곳에 거지가 있을까? 그보다는 이 높다란 담을 넘고 있는 도둑놈을 상상하는 편이 훨씬 더 그럴듯하지 않겠어?"

그들이 이런 농담을 속삭이며 언덕길을 내려가고 있자니 흐린 가로등 불빛이 닿지 않는 어둠 속에서 무엇인가가 움직이고 있는 것이 눈에 들어왔다. 예민한 신문기자의 신경에 퍼뜩 어떤 느낌이 왔다.

"쉿, 누군가 있어. 숨어."

두 사람은 앞쪽을 조심스럽게 살피며 돌담을 기듯이 해서 살금살금 걸어갔다.

도둑이었다. 놀랍게도 바로 지금 그 이야기를 하고 있지 않았는가?

마침 언덕의 아래에서부터 돌담의 가장 높은 곳이었다. 그 돌담 위에 반듯하게 콘크리트 벽이 세워져 있었기에 전체의 높이는

6m쯤이나 되었다. 그 대신 빛에서 가장 멀었기에 그들이 일을 하기에는 가장 마음 든든한 곳이었다. 살펴보니 담의 꼭대기에서부터 밧줄 하나가 드리워져 있었는데, 복면을 한 사내 하나가 그것을 타고 지금 내려오는 중이었다. 밑에서는 양복 차림의 두 일당이 망을 보며 기다리고 있었다.

담을 내려오는 사내는 뭔가 굉장히 큰 짐을 짊어지고 있었다.

"놈들은 3명이야. 소란을 피워서는 위험해."

"이건 좀 안타깝군. 어떻게 이 집에 알릴 시간은 안 될까?"

"안 돼, 안 돼. 문까지 100m나 되는걸."

두 기자는 모기 소리처럼 조그만 목소리로 속삭였으나, 직업상 이럴 때면 머리가 기민하게 돌아간다.

"이봐, 묘안이 있어."

라며 사진부원이 상대방의 어깨를 두드렸다.

그리고 2, 3초 정도 소곤소곤 속삭이다 무슨 생각을 했는지 마침내 도둑놈들 쪽으로 조금씩 조금씩 다가가기 시작했다. 20m, 10m, 5m, 거기서 더 접근하면 상대방에게 들키고 말 것이라 여겨지는 아슬아슬한 곳까지 다가갔다.

복면을 한 사내가 간신히 지면으로 내려서 커다란 짐을 밑에 있던 사내의 등에 지워주고 있던 참이었다.

"계획대로 된 모양이군."

"응. 하지만 엄청나게 무거웠어."

"그야 무겁겠지. 탐욕과 영양 과다로 부풀어 올랐으니."

복면을 쓴 사내가 익숙한 손놀림으로 밧줄을 풀어 팔에 감았다.

그때였다. 팍 하는 이상한 소리가 들리더니 그 칠흑 같은 저택가가 한순간 대낮처럼 밝아졌다.

말할 것도 없이 사진부원이 마그네슘을 터뜨린 것이었다. 어째서 그런 짓을 한 것일까? 도둑놈들을 놀라게 하기 위해서였을까? 그것도 있었다. 하지만 동시에 그는 사진기의 셔터를 쥐고 있었다. 다시 말해서 범인의 사진을 찍은 것이었다.

계획은 뜻대로 되었다. 아무리 그래도 그런 한밤중에 사진사가 나타날 줄은 꿈에도 생각지 못하는 법이다. 도둑놈들은 이상한 폭음과 눈앞이 캄캄해질 정도의 불빛에 그저 놀라고 말았을 뿐이었다.

개중 한 명이 준비해온 권총을 꺼내 어둠 속을 향해서 발포하려 했으나 곧 다른 두 사람에 의해 제지당하고 말았다. 저항을 하면 오히려 소란이 더욱 커질 뿐이었다. 그러면 도둑을 잡기 위해 오는 사람의 숫자도 늘어날 터였다. 이럴 때 그들이 취해야 할 유일한 수단은 그저 도망치는 것뿐이었다. 자동차가 기다리고 있는 곳까지 숨이 끊어져라 달리는 것뿐이었다. 그들은 짐을 짊어진 사내를 가운데 끼고 양쪽에서 도와가며 걸음아 나 살려라 달리기 시작했다.

달아나는 상대를 본 사진부원이 기뻐하며 그들의 등 뒤에서 다시 마그네슘 한 발을 팍 터뜨렸다.

"뒤쫓을까?"

"됐어, 됐어. 현장의 사진을 찍어뒀으니. 서두를 거 없어. 그보다는 이 사실을 이 집 사람들에게 알려주기로 하자고."

이렇게 해서 문 쪽으로 되돌아가려 한 순간, 기자의 눈에 얼핏 들어온 물건이 있었다.

"이봐, 놈들이 뭔가를 흘리고 갔는데."

"음, 달려가던 녀석의 몸에서 무엇인가가 떨어진 모양이군. 손수건 아닐까?"

"아니야. 종잇조각 같은데. 어쨌든 주워오기로 하지."

기자가 20m쯤 달려가 도둑이 떨어뜨린 종잇조각을 주워왔다.

"뭔가 적혀 있어. 증거품이 될지도 모르겠는데."

두 사람은 가장 가까이에 있는 가로등 아래로 가서 종잇조각에 적힌 내용을 읽어보았다.

| 수상 | 오카와라 고레유키 | ······ 4 |
| 내무장관 | 미즈노 히로타다 | ······ 5 |

경시총감	아카마쓰 몬타로	…… 3
경보국장	이토자키 야스노스케	…… 6
이와부치 방적사장	미야자키 쓰네에몬	…… 1
사립탐정	아케치 고고로	…… 2

(작가의 말. 위의 사람들 외에도 10여 명의 고관, 부호, 최고 작위에 있는 사람들, 원로〈아케치만은 예외로 가난뱅이〉 등의 이름이 늘어서 있었지만 쓸데없이 길어지기만 할 뿐이니 전부 생략하고 이름 아래에 번호가 붙어 있는 6명만을 밝혀두었다. 양해 바란다.)

"이건 또 뭐야. 어이가 없군. 유명인들의 순위표잖아. 별 한심한 낙서도 다 봤네. 원로, 내각의 인사들을 비롯해서 유명한 사람들은 빠짐없이 늘어놓았어. 그야 어찌 됐든 사람들을 잘도 뽑아 놓기는 했네."

"잘도 뽑아놨군. 정말 잘 뽑았어. 내가 생각해도 이보다 잘 뽑을 수는 없을 거야. 하나같이 적절하게 뽑았어. 아무리 그래도 아케치 고고로는 좀 이상한데. 이 양반이 과연 도둑맞을 만한 물건을 가지고 있을까?"

"하하하하, 농담 같지도 않군. 그만하고 이 집 사람들에게 얼른 알리도록 하세."

사진부원이 종잇조각을 버리려 했으나 또 한 명의 기자가 서

둘러 말렸다.

"잠깐만, 그 속에 미야자키 쓰네에몬의 이름이 있잖아. 게다가 옆에 (1)이라는 번호도 붙어 있고. 이봐, 여기가 바로 그 미야자키의 집이야."

"뭐라고? 그럼 이 사람들의 이름은 도둑질을 할 일정표란 말이야? 그렇다면 내일 밤은 (2)번인 아케치 고고로, 모레는 (3)번인 경시총감의 집에 들어갈 생각이었단 말인가? 이거 정말 어처구니가 없군."

그 종잇조각은 두 신문기자의 상상력을 초월한 것으로 그저 장난으로밖에는 보이지 않았으나, 그냥 버리기도 어딘가 아깝다는 생각이 들었기에 한 사람이 그것을 주머니에 넣고, 그들은 마침내 미야자키 저택의 당당한 대문 앞까지 가서 그곳의 벨을 요란스럽게 울리기 시작했다.

아카마쓰 경시총감

 그 이튿날 오전, 아카마쓰 경시총감은 출근하자마자 형사부장의 보고를 듣고는 곧 중대한 일이라고 판단, 그 일을 직접적으로 맡고 있는 나미코시 경감을 자신의 방으로 불렀다. 번쩍번쩍 빛나는 커다란 데스크 위에는 어젯밤 신문 사진부원의 기지로 찍은 미야자키 저택 괴적(怪賊)의 현장사진과, 예의 유명인의 순위가 적힌 종잇조각이 놓여 있었다.

 "이 사진의 가운데에 찍힌 인물이 예의 외팔 사건과 관계가 있는 자인 시나가와 시로라는 사람임에 틀림없는가?"

 총감이 다시 한 번 확인하듯 물었다. 사진을 보니 아니나 다를까 세 사람 가운데 양복을 입은 한 명이 다름 아닌 시나가와 시로였다.

 "네. 시나가와 시로거나, 아니면 또 한 명의 사내입니다. 하지만 이런 악행을 저지른 것을 보니 역시 또 한 명의 사내일 것이라 여겨집니다."

나미코시 씨가 정중하게 말했다. 상대는 높은 분이었다. 1년에 손가락으로 뽑을 수 있을 정도로밖에 직접 이야기를 나눈 적이 없는 훌륭한 분이었다.

"음, 그 유명한 유령사내인지 뭔지 하는 놈이란 말이군."

"그렇습니다. 그날 이후로 모습을 완전히 감추어버린 괴물입니다."

"그리고 자네는 이 셋 가운데 또 다른 한 명의 사내도 알고 있다고 하던데."

"네. 저뿐만이 아닙니다. 고등계 사람이라면 누구나 알고 있습니다. 위험하기로 이름난 사람입니다."

"공산당원인가?"

"그게, 당원인지 분명히 알 수 없기에 더욱 애를 먹고 있습니다. 아주 영리한 놈이어서 도무지 꼬리를 잡을 수가 없습니다. 표면적으로는 K무산당에 적을 두고 있습니다."

"하하하하, 유령사내와 공산당이 손을 잡았단 말인가? 이거, 녀석들도 아주 멋진 무기를 손에 넣었군. 하하하하."

총감의 호걸 같은 웃음을 지우려는 듯, 경감이 웃음기 없는 얼굴로 대답했다.

"그렇습니다. 참으로 무시무시한 무기입니다. 저도 오랜 시간 이 일을 하고 있습니다만, 이렇게 허무맹랑한 사건은 상상조차 하지 못했습니다. 생각하면 생각할수록 머리만 어지러워질 뿐입니다."

"그런데 이 녀석들의 체포는?"

"아직 체포하지 못했습니다. 물론 수사는 시작했습니다만 녀석들의 소굴은 이미 텅 비어 있었습니다. 하지만 설령 체포했다 할지라도 어찌할 수 없었을 겁니다. 가택침입죄 외에는 아무런 죄도 없으니."

"흠. 그렇다면 역시 무엇 하나 도둑맞은 물건이 없다는 말인가?"

총감이 말하며 탁상 위에 있는 사진으로 힐끗 눈길을 주었다. 거기에는 한 도둑이 자신들의 몸과 거의 같은 크기의 커다란 짐을 짊어진 모습이 선명하게 찍혀 있었다.

"그렇습니다. 오늘 아침에 제가 직접 가서 미야자키 씨 본인을 만나 자세히 물어봤습니다만, 미야자키 씨의 집에서는 먼지 하나 분실한 것이 없다고 합니다."

"하지만 이 짐의 상태로 봐서는 아무래도 물건이 든 것처럼 보이는데."

"그렇습니다. 저도 물론 그렇게 생각했습니다. 이 사진만이 아닙니다. A신문 기자는 도둑놈들이 '그야 무겁겠지. 탐욕과 영양 과다로 부풀어 올랐으니.'라고 말한 것도 들었다고 합니다. 그 말로 짐작건대 아무래도 이건 사람이라고밖에 여겨지지 않습니다. 그래서 그쪽으로도 면밀히 조사를 해보았습니다만, 미야자키 씨의 집에서 가족이나 하인 가운데 종적을 감춘 사람은 아무도 없었습니다."

"거기에 사람들의 명부가 발견되었단 말이지? 와하하하하, 나도 조금 있으면 희생양이 되겠군."

총감의 커다란 웃음소리를 들은 나미코시 씨가 이상하다는 듯한 표정을 지었다. 총감은 대체 어떻게 생각하고 있기에 이 괴사건을 웃어넘기고 있는 것일까?

"나미코시 군, 수사에 있어서 나는 문외한이야. 하지만 때로는 문외한의 생각이 자네들보다 오히려 정확히 사건을 파악한 것일 수도 있어."

"무슨 말씀이신지."

경감이 약간의 모욕감을 느끼며 되물었다.

"이 사건에 대해서 말인데, 전혀 다른 시점에서 볼 수도 있지 않을까 싶어서……. 모르겠는가? 예를 들어서 그 시나가와라는 인물과 유령사내를 동일인물이라고 생각해보는 건 어떻겠나?"

"네? 그렇다면 이 모든 것이 처음부터 꾸며낸 이야기였다는……."

"바로 그거야. 내 생각은 너무 상식적일지 모르겠지만, 이 세상에 조금도 다르지 않은 사람이 그렇게 존재하리라고는 여겨지지 않아. 50여 년간에 걸친 내 생애의 경험으로 봤을 때 그런 말도 안 되는 얘기를 그대로 받아들일 수는 없어."

"그렇지만, 그렇지만……."

"자네는 통속 과학잡지의 편집자가 어떤 심리상태에 있는지 알고 있는가? 그들은 성실한 학자가 아니야. 말하자면 소설가라고 할 수 있지. 호기심을 자극하는 진기한 내용들을 모아서 그걸 독자에게 자랑하고 기뻐하는 무리들이야. 세상 사람들을 깜짝 놀라게 해주겠다는 심리, 그게 깊어지면 광적인 음모까지 꾸밀지 모를 일이야. 잘은 모르겠지만 외국의 유명한 범죄자 중에는 무슨무슨 박사라는 학자가 종종 등장해……. 그들도 역시 사람들을 깜짝 놀라게 해주겠다는 마음을 품은 학자들이야. 자네는 그렇게 생각하지 않는가?"

"하지만 확실한 증거가. 실제로 시나가와 유령사내는 1m도 되지 않는 가까운 거리에서 대면까지 했습니다. 그 사실은 시나가와 자신의 증언만이 아니라, 아오키 아이노스케의 일기장에도 분명히 기록되어 있습니다."

"그 일기장은 나도 봤어. 봤기 때문에 유령사내의 존재를 믿을 수 없게 되었다고 말할 수도 있는 거야. 왜냐하면 그 대면의 과정이 아주 부자연스럽기 때문이야. 시나가와는 옹이구멍을 통해서 들여다봤어. 그때 또 한 명의 사내, 아오키였지? 그 아오키는 동시에 옹이구멍을 들여다볼 수 없었어."

"하지만……."

"끝까지 들어봐. 아오키는 전에 한 번 옹이구멍을 통해서 시나가와의 모습을 들여다보았어. 그랬기에 그날 밤에는 단지 거기에 온 사내의 몸 중 일부만을 보았을 뿐이지만 복장이 같았기에 그 제2의 시나가와라고 믿어버린 걸지도 몰라. 나는 당시의 일기를 읽고 바로 그런 생각이 떠올랐지만 아직 확신에까지는 이르지 못했었어. 그런데 이번 사건이 일어났어. 순위표 같은 명단도 나왔어. 도난품이 없는 도난이야. 다시 말해서 과학잡지의 사장이 만들어낸 기발한 탐정소설이라고 여겨지지 않는가? 공산당원이라는 것도 자네들의 신경과민으로 시나가와가 고용한 하찮은 사내들일지도 모르지 않는가. 녀석이 그런 위험인물로 이름을 팔면 연극이 한층 더 사실처럼 여겨질 테니 말이야."

참으로 놀라운 추리였다. 나미코시 경감은 나이 든 경시총감의 벗겨진 머리에서 이렇게 굉장한 추리가 나오리라고는 꿈에도 생각지 못했다. 그래, 그런 생각도 불가능하지는 않았다. 총감의 추리가 얼마나 적절하고 면밀한 것이었는지는 이 이야기의 전편인 「두 사람, 기괴한 곡마를 훔쳐보다」를 다시 읽어보면 독자 여러분도 바로 수긍할 수 있을 것이다.

그러나 나미코시 경감의 머리에는 유령사내에 대한 신앙이 깊이 뿌리 내리고 있었다.

"그렇다면 그 미우라의 집 지붕 아래에 있는 방에서의 대면은 가짜를 사용해서 시나가와가 아오키에게 유령사내의 존재를 믿게 한 연극이라는 말씀이십니까? 그리고 어젯밤의 사건도 시나가와가 A신문의 사진부원이 올 것을 진작부터 알고 한 일이라는 말씀이십니까?"

"물론 우리는 그렇게 빙빙 에둘러서 미친 짓을 하며 기뻐하는 사람의 마음을 이해할 수는 없어. 하지만 전혀 구분이 되지 않을 정도로 똑같이 생긴 두 사람을 상상하기보다는 그래도 얼마간 있을 법한 일이라 여겨져."

"그렇다면 영화에 비친 얼굴은? 석간신문의 사진은?"

"그래, 그런 것도 있었지. 하지만 생각해보게, 신문사에 절친하게 지내는 사람이 있다면 사진의 군중 속에 사내의 얼굴 하나 솜씨 좋게 끼워 넣는 것은 일도 아니야. 군중 속에 누가 있든 신문의 가치에는 영향을 주지 않으니까. 영화에 대해서는, 감독이라는 사람과 입을 맞춰서 다른 날짜를 쓴 편지를 보내게 했다면 단번에 의문이 풀리지."

나미코시 경감은 총감의 아주 간단한 일이라는 듯한 해석을 듣고 어처구니가 없다는 생각이 들었다. 이 늙은 정치가는 정말 놀라운 상상력을 가지고 있었다. 호걸 정치가의 단순한 머리라고 경멸하고 있었는데 그것은 커다란 착각이었다.

"그렇다면, 그렇다면, 이케부쿠로 빈집에서의 여성 참살사건은? 아오키의 행방불명은? 대폭포에서 발견된 한쪽 팔은?"

경감이 최후의 항의를 시도해보았다.

"여자의 머리는 인형이었을지도 몰라. 한쪽 팔은 근처 병원에 있던 해부 시체의 팔이었을지도 모르지. 그렇지 않고서야 경찰력을 총동원한 1개월간의 대대적인 수색에 아무런 단서도 잡히지 않을 리 없지 않은가? 적어도 경시청의 입장에서는 그렇게 믿는 편이 유리할 듯해. 아오키 부부도 마찬가지야. 아직 어딘가에 살아 있을 거라는 생각이 들어. 하하하하하하."

총감은 다시 웃었다. 나미코시 씨는 이 이상한 웃음이 아무래도 마음에 들지 않았다. 그 웃음소리 뒤에 뭔가 아직 해명되지 않은 것이 숨어 있을 것 같다는 기분이 들었다.

하지만 논리상으로는 더 이상 한 마디도 반박할 수 없었다. 좀 더 유력한 증거를 잡기 전까지는 항변의 여지가 없었다. 그는 마침내 머리를 숙였다.

"놀랐습니다. 총감님께서 일개 범죄사건에 대해서 이렇게 면밀하게 생각하고 계셨다니, 오랜 세월 사건을 담당해온 저희로서는 참으로 부끄럽기 짝이 없는 일입니다."

정직한 나미코시 경감은 진심으로 승복한 모양이었다.

"하하하하, 드디어 손을 들었는가?" 총감이 타고난 호걸스러움으로 되돌아가 호탕하게 웃었다. "나미코시 군, 하지만 말일세, 나를 과대평가해서는 안 돼. 사실은 벼락치기 지식에 지나지 않아. 내게 지혜를 빌려준 사람이 있어."

"네? 무슨 말씀이신지?"

"아케치 고고로야. 하하하하, 그 사람이 말이지 며칠 전에 이런 이론을 세워보았다네. 그걸 조금 수정해서 말해본 것뿐이야."

"그럼," 경감이 한층 더 놀라며 말했다. "아케치 군도 그렇게 믿고 있습니까?"

"아니, 믿고 있지는 않아. 믿어야 할 확실한 증거는 아무것도 없어. 단지 그런 식으로 뒤집어서 보는 것도 가능하다고 보고해주었을 뿐이야."

"그래서?"

"그래서 아케치 군 자신이 시나가와 시로를 가까이서 따라다니며 감시하겠다는 거야. 그렇게 해서 다음에 유령사내가 모습을 드러냈을 때 진짜 시나가와에게 수상한 점이 없다면 그때는 이 현대판 괴담을 믿을 수밖에 없으리라는 거야. 나는 그 사람의 논리가 마음에 들었고, 이런 미궁에 빠진 사건은 전문가가 버둥대기보다는 우선 믿을 수 있는 제3자에게 맡겨보는 것이 더 좋으리라고 생각했기에 그의 요구를 들어준 거야."

"아케치 군은 어째서 제게 얘기해주지 않은 걸까요?"

나미코시 씨가 분노의 빛을 약간 드러내며 혼잣말처럼 중얼거렸다.

"그 일로 화를 내서는 안 되네. 자네마저 아케치의 논리에 물들어서 방심을 해서는 오히려 더 위험하기 때문이야. 그 사람은 그 점을 우려해서 자네를 일부러 제외하고 내게만 보고를 한 거야. 그러니까 표리 양면에서 적을 공격하겠다는 전법이야. 어쨌든 어젯밤의 사건으로 드디어 이 두 가지 이론의 옳고 그름을 확인할 수 있게 되었어. 그 사건은 오늘 아침의 신문에 조그맣게 실렸을 뿐이니 아케치 군은 아직 모를지도 몰라. 그러니 자네가 직접 시나가와를 찾아가서 일단 분위기를 살펴보고 와주었으면 하는데."

결국 총감이 나미코시 씨를 부른 용건은 이 일을 위해서였다.

현장 부재 증명

 오후 1시, 나미코시 경감은 간다 구 동아빌딩 3층에 있는 과학 잡지 편집부의 문을 두드렸다.

 사환의 안내로 응접실에 들어갔다. 뒤이어 한 사원이 나타나 용건을 물었다. 깔끔하게 빗어 넘긴 긴 머리에 안경을 낀 장년 사원이었다.

 그는 용건을 듣고 물러났다가 자신이 직접 차를 들고 와서는 경감 앞에 공손히 놓았다. 그리고 방에서 물러날 때 무슨 이유에서인지 코 아래의 짧은 수염에 손을 대고 에헴 하고 기묘한 기침을 했다. 아무래도 자연스럽게 나온 기침은 아닌 듯했다.

 마침내 사장인 시나가와 씨가 모습을 드러냈다. 경감은 그의 표정에서 무엇인가를 읽어내기 위해 그를 응시했으나 시나가와는 그저 상냥하게 미소 짓고 있을 뿐이었다. 결코 마음속에 비밀을 간직하고 있는 사람의 얼굴이 아니었다.

경감이 어젯밤의 사건에 대해서 간단히 이야기하자 시나가와 씨는 단번에 웃음이 걷히고 목소리가 떨려왔다.

"드디어 모습을 드러냈습니까? 같이 있던 사람들이 그렇게 위험한 자들이라면 이번에야말로 뭔가 아주 커다란 음모를 꾸미고 있는 게 아닐까요?"

그런데 그는 단지 놀라서 두려워하기만 할 뿐, 어젯밤 자신의 알리바이에 대해서는 이야기하려 들지 않았다. 노련한 나미코시 씨는 마음속으로,

'이건 좀 이상한데. 만약 이 녀석이 일인이역을 맡고 있는 악당이라면 무엇보다 먼저 알리바이를 증명하려 했을 텐데 그런 낌새가 없는 걸 보니 역시 아케치 군의 생각이 너무 과장된 것이었나?'

라고 생각했다. 그랬기에 어쩔 수 없이 자신이 먼저 말을 꺼내,

"어젯밤에는 댁에서 주무셨겠지요?"

라고 물어보았다.

"네, 물론 집에서 잤습니다만……. 아아, 그렇군요. 알겠습니다, 알겠습니다. 제가 깜빡하고 있었습니다."

시나가와 씨가 약간 불쾌하다는 듯한 표정을 짓더니 문 쪽으로 성큼성큼 걸어가 그것을 열고 편집실 쪽에 말했다.

"야마다 군, 야마다 군. 잠깐 와보게."

그 말에 들어온 야마다라는 사원은, 조금 전 경감 앞에 차를 놓고 나갈 때 이상한 기침을 한 사람이었다.

"야마다 군, 이분 앞에서 솔직하게 대답해줬으면 하네. 자네, 어젯밤에 몇 시쯤 잤지?"

"카드놀이로 밤을 새다 동쪽 하늘이 벌써 희붐해질 때였으니 4시 가까이 됐을지도 모르겠습니다."

"카드놀이는 누구랑 했지?"

"뭐라고요?" 야마다 사원이 묘한 얼굴을 했다. "당연하지 않습니까? 사장님하고 회사의 무라이, 가네코 두 사람 아닙니까? 두 사람 모두 집에 갈 수 없게 되어 댁에서 잔 일을 벌써 잊으셨습니까?"

"카드놀이를 시작한 게 몇 시쯤이었더라?"

"글쎄요, 9시쯤 됐을걸요."

"그때부터 날이 밝을 때까지 내가 자리를 뜬 적은 없었지?"

"네, 화장실에 가신 것 외에는."

그러자 시나가와 씨가 경감 쪽을 돌아보며 당당한 얼굴로 말했다.

"들으신 대로입니다. 원하신다면 이번에는 무라이, 가네코 두 사람의 증언을 들려드릴 수도 있습니다. 게다가 이 야마다 군은 저와 마찬가지로 독신이어서 저희 집에서 같이 살고 있으니, 이 사람 몰래 집을 빠져나간다는 건 도저히 있을 수 없는 일입니다."

"아아, 이거, 결코 당신을 의심하고 있는 게 아닙니다." 나미코시 경감이 적잖이 머쓱해진 표정으로, "단지 분명히 해두기 위해서 잠시 여쭌 것뿐입니다."
라고 구차하게 변명을 했으나, 마음속으로는,

'집에 같이 살고 있는 사원의 증언으로는 아무래도 좀.'
하고 반신반의했다.

이후 잠시 잡담을 나눈 뒤 경감은 편집실에서 물러나 동아빌딩의 현관을 나섰다. '이 걸음에 시나가와가 없는 집으로 가서 하인을 조사해보기로 하자.'라고 생각하며 50m쯤 갔을 때, 갑자기 뒤에서 부르는 사람이 있었다.

돌아보니 조금 전의 야마다라는 사원이 뒤따라오고 있었다. 그리고 "같이 경시청으로 갑시다."라고 이상한 소리를 했다.

"네? 경시청에 무슨 볼일이라도 있으십니까?"

"네, 그 유명인 순위표인가 뭔가 하는 걸 한번 보고 싶어서요."

나미코시 씨는 깜짝 놀라 상대방의 옆얼굴을 응시했다.

"당신은 누구십니까?"

"모르시겠습니까?"

통행인의 숫자가 적은 골목으로 접어들자 야마다 사원이 안경을 벗고 물고 있던 솜을 뱉고 콧수염을 떼고 머리카락을 헝클었다.

"아아, 아케치 군."

나미코시 경감이 깜짝 놀라 외쳤다.

안료는 아직 그대로였으나 얼굴 형태는 틀림없이 아케치 고고로였다. 그가 경감의 놀란 얼굴을 무시한 채로 말하기 시작했다.

"조금 전에 내가 했던 증언은 거짓말이 아니야. 어젯밤에 그 양반은 틀림없이 아무 데도 가지 않았어. 난 자네들의 말을 엿듣고 있었는데 그 A신문의 기자가 가짜 사진이라도 만들어낸 것이 아니라면 유령사내의 존재는 확실해진 셈이야."

"가짜 사진이 아니라는 건 한번 보면 알 수 있어." 경감이 당황한 듯 말했다. "그리고 어젯밤 2시 무렵에 마그네슘을 터뜨린 사실을 미야자키 가의 하인 중에도 알아챈 사람이 있으니 그것도 틀림없어……. 그런데 놀랐는걸. 자네 저곳의 사원인가?"

"응, 입사한 지 아직 보름도 되지 않았어. 하지만 소개시켜준 사람이 좋았기에 사장도 완전히 믿게 되었고, 내가 지낼 곳이 없어서 어려움을 겪고 있는 척했더니 당분간 자신의 집에 와서 지내라고 해주었어."

"그럼 자네도 드디어 의심이 풀린 셈이군."

"응. 내 눈으로 직접 보았으니. 하지만 정말 이상해. 어떻게 그렇게 똑같은 얼굴을 가진 사람이 있을 수 있는 걸까? 동서고금을 막론하고 예가 없는 일이야. 시나가와가 혼자서 두 사람인 척한 게 아닐까 내가 의심했다는 사실을 자네도 이상하게 생각하지는 않겠지?"

"당연하지. 사실은 조금 전 총감님께 그 얘기를 듣고 자네의 뛰어난 생각에 감탄했을 정도였어."

"무시무시한 일이야." 아케치가 진심으로 무섭다는 듯 말했다. 아케치쯤 되는 인물에게는 매우 드문 일이었다. "나미코시 군, 이건 결코 보통일이 아니야. 수백 년, 수십 년 동안 전해 내려온 가르침이 만들어낸 인간의 상식이야. 그 상식을 뛰어넘어 느닷없이 전혀 새로운 일이 일어난다는 건 생각할 수도 없는 일이야. 이번 사건의 뒤에는 섬뜩함이 느껴질 만큼 무시무시한 어떤 비밀이 있어. 나는 요즘 온몸의 털이 곤두설 것만 같은 어떤 환상에 시달리고 있어. 과학을 초월한 악몽이야. 인간의 파멸을 예고하는 전조야."

그러나 아케치의 이 암시적인 말을 나미코시 경감은 전혀 이해하지 못했다. 그는 완전히 다른 말을 했다.

"유령사내와 공산당이 손을 잡은 일 말인가? 총감님께는 비웃음만 샀지만, 자네는 이 점을 어떻게 생각하는가?"

"나는 심각하게 생각하고 있어. 녀석이 품고 있는 커다란 음모의 한 표현이 아닐까 생각하고 있어. 미야자키 쓰네에몬 씨의 방적회사는 틀림없이 쟁의 중이었지?"

"맞아. 자네의 생각도 거기에 이르렀군. 쟁의 중이야. 남녀 직공이 하나가 되어 아주 비상식적인 요구를 하고 있어. 하지만 그런 의미에서 미야자키 씨의 집을 습격한 것이라면 집안사람에게 아무런 위해도 가하지 않고, 무엇 하나 훔치지 않았다는 건 이상한 일이야."

"그게 중요한 점이야. 녀석들은 무엇인가를 가져갔어. 하지만 집 안에는 잃어버린 물건이 없어. 이 기분 나쁜 모순……, 무서운 일이야."

"그렇다면 자네는 그 순위표 같은 연명부를 믿고 있는가? 두 번째 습격을 받는 건 자네라고 되어 있는."

그 말을 들은 아케치의 얼굴이 어떤 이유에서인지 창백해졌다.

"뭐, 뭐라고. 그럼 연명부에 내 이름도 있단 말이야? 그게 두 번째에 있어?"

"그래. 그리고 자네 다음이 아카마쓰 경시총감님이야."

나미코시 씨는 이렇게 말하고 쾌활하게 웃어 보이려 했으나 아케치의 이상하다 싶을 정도로 공포에 사로잡힌 표정을 보자 웃고 싶은 마음이 사라져버리고 말았다.

하얀 박쥐

 우연의 일치인지 아니면 거기에 깊은 인과관계가 숨어 있는 것인지, 불온한 기운을 머금고 있던 이와부치 방적회사의 노동쟁의는 마그네슘 사건 이튿날 오후에 이르러 마침내 총파업으로 번지고 말았다.
 미야자키 쓰네에몬 씨의 막대한 부는 대부분 이와부치 방적의 사업에 의해서 쌓아 올린 것이었다. 미야자키 씨의 뛰어난 경영 수완, 상상할 수도 없을 각고의 노력 끝에 이룬 것이라는 사실은 말할 필요도 없지만, 계급 증오로 불타오른 노동자들에게 그런 것은 아무런 문제도 되지 않았다. 극단적으로 말하자면, 그들의 궁극적인 목적은 회사의 운명이야 어떻게 되든 착취자인 미야자키 쓰네에몬을 그들과 마찬가지 일개 가난뱅이로 끌어내리는 데 있었다.

총파업은 완전한 통제하에 벌써 5일 동안이나 계속되었다. 쟁의에 대한 각 신문의 기사는 날이 갈수록 지면이 확대되었다.

미야자키 씨가 기괴한 마그네슘 사건을 무엇인가의 전조로 여겨 커다란 공포를 품게 된 것도 참으로 당연한 일이었다. 사복·제복의 경찰관뿐만 아니라 일부러 고용한 무술에 능한 청년들이 늘 그를 따라다니며 주변을 감시해, 혹시 있을지도 모를 일에 대비했다. 저택의 앞문과 뒷문에 경비를 세운 것은 말할 필요도 없으리라.

그렇게 파업 5일째 되던 날 저녁의 일이었다.

중역회의를 마치고 걱정으로 창백해진 가족들의 배웅을 받으며 집으로 돌아온 미야자키 씨는 자신의 방으로 들어갔다.

보기 좋게 가르마를 탄 백발, 몸에 비해서 크고 불그레한 얼굴, 그러나 연일 계속되는 마음고생 때문인지 이마의 주름에서 야윈 듯 애처로운 모습이 보였다.

그는 옷을 갈아입는 것도 잊고 그곳의 커다란 소파에 힘없이 몸을 묻은 채 하인이 내민 차가운 음료를 받아들었다.

"여보, 목욕물이 끓었는데 나중에 들어가실래요?"

부인도 따라와서 걱정스럽다는 듯 남편의 표정을 살폈다.

"응."

미야자키 씨는 건성으로 대답하고 무엇인가 생각에 잠겨 있었다. 멍한 시선은 테이블 위에 있는 한 통의 편지에 쏠린 채였다.

부인도 하인도 어쩔 줄 몰라 쩔쩔매던 몇 초.

마침내 퍼뜩 정신이 든 사람처럼 미야자키 씨의 멍한 눈에 날카로운 빛이 감돌기 시작했다.

"그런데 이 편지는 누가 가져다놓은 거지?"

이상한 모양의 봉투, 낯선 필체, 그것도 달랑 1통이 테이블 한가운데 놓여 있었다.

"글쎄요. 아오야마 아닐까요?"

"아오야마라면 서재로 가져갔을 거야. 게다가 1통뿐이라는 것도 이상해."

미야자키 씨는 배달시간이 되면 매번 반드시 십여 통의 편지를 받았다. 특히 요즘에는 편지의 양이 많았다. 그런데 서재도 아닌 이 방에 딱 1통만 놓여 있다는 것은 이상한 일이었다. 게다가 우표도 소인도 보이지 않는다는 점이 우편으로 배달된 것이 아니라는 사실을 증명하고 있었다.

편지를 집어 뒷면을 보니 아니나 다를까 보낸 사람의 이름은 없었다. 어떤 이유에서인지 미야자키 씨는 한참을 망설이다 결국 그 봉투를 열었다. 그리고 안의 내용에 시선을 던지자마자 얼굴이 흐려지더니 목이 막힌 듯한 목소리로,

"아오야마는? 아오야마를 불러와."

라고 명령했다.

불려온 서생 아오야마는 그 편지에 대해서 무엇 하나 알지 못했다. 아오야마만이 아니었다. 부인도, 딸도, 하인들 중 누구도, 오늘 아침 청소가 끝난 뒤 이 방에 들어온 사람은 아무도 없었다는 사실을 알게 되었다. 그리고 말할 필요도 없이 청소를 할 때 그런 편지 같은 건 없었다.

미야자키 씨가 그렇게까지 집착한 것도 당연한 일이었다. 그 편지의 내용이 다음과 같이 매우 께름칙한 것이었기 때문이었다.

「우리의 요구는 네 딸의 목숨을 담보로 하는 것이다. 내일 정오까지 기다리겠다. 네 직공들에게 회답을 주어야 한다. 물론 그들의 요구를 무조건 들어주어야 한다. 내일 정오에서 1분이라도 늦으면 네 딸의 목숨은 없을 줄 알아라. 그 어떤 방어도 쓸데없는 것이다. 마수는 물리적 원칙을 무시하고 작용하는 법이다.

이를 단순한 협박이라고 생각한다면 후회할 것이다. 이 편지가 어떻게 너의 방으로 배달되었는지 생각해보기 바란다. 그 점을 생각해보는 것만으로도 우리의 초물리적 수단은 충분히 짐작할 수 있을 것이다.」

글의 마지막 부분에 묘한 문장(紋章)이 그려져 있었다. 지름 3㎝쯤의 검은 달 모양 안에 날개를 펼친 박쥐가 하얗게 도드라져 있었다. 기분 나쁜 하얀 박쥐였다. 정체를 알 수 없는 악마단의 문장이었다.

미야자키 씨는 이런 종류의 협박장에는 익숙해져 있었다. 특히 쟁의 이후부터는 이런 종류의 협박장이 매일 1통 정도는 날아들었다. 그랬기에 미야자키 씨는 이 편지에 대해서도 평소와 다름없는 무관심을 내보이려 노력했으나, 이상하게도 이번만은 허세의 비웃음을 짓고 있는 사람의 마음속에서 도무지 억누를 길 없는 공포의 떨림이 솟아올랐다. 아무리 조사를 해보아도 그 편지가 방에 들어온 경로를 찾을 수 없었다. 방을 비운 동안 창문은 밀폐되어 있었다. 복도로 오려면 누군가의 방 앞을 지나지 않으면 안 되었다. 무엇보다 앞문과 뒷문에는 여러 사람이 경비를 서고 있다. 어떻게 그 속을 뚫고 몰래 들어올 수 있단 말인가? 하인들은 오래 전부터 보아왔기에 심성까지도 전부 알고 있는 사람들뿐이었다. 불가능한 일이 너무나도 간단히 일어나버리고만 것이었다. 편지를 보낸 자가 초물리적인 일이라고 떠들어댄 것도 마냥 허황된 말만은 아니었다.

미야자키 씨는 숙고 끝에 만일의 위험에 대비하기 위해서 이런 기묘한 범죄에 있어서는 특수한 수완을 가지고 있다는 말을 들은 적이 있는 사립탐정 아케치 고고로의 도움을 청하기로 마음을 정했다. 대실업가의 자부심도 사랑하는 딸의 목숨과는 바꿀 수 없는 것이었다.

그날 밤, 우리의 아케치 고고로는 부호의 간절한 부름에 응해서 미야자키 씨의 저택 안으로 들어갔다.

다시 말해서 미야자키 씨는 괴적의 도전에 맞서기로 한 것이었다.

무시무시한 아버지

 편지에 '내일 정오'라고 적힌, 그 정오가 지나자 미야자키 씨도 역시 불안해서 견딜 수가 없었다. 부인과 딸에게까지 분명하게 사실을 밝힌 것은 아니었으나 저택 안의 분위기나 미야자키 씨의 행동으로 그녀들도 대충은 짐작을 하고 있었다.
 1시간, 2시간, 시간이 흘렀지만 주인 부부, 하인 등의 걱정과 두려움은 더욱 커져갈 뿐이었다. 언제? 누가? 어디로? 아무것도 알 수 없었다. 도무지 정체를 알 수 없는 적. 어디를 어떻게 방비하면 되는 건지, 전혀 짐작조차 할 수 없었다. 그것이 사람들을 실제 이상으로 두렵게 만들었다.
 오후 3시, 딸 유키에의 방에서는 유키에를 중심으로 성실한 두 호위병인 아버지 미야자키 씨와 탐정 아케치 고고로가 잡담을 나누고 있었다. 병든 몸인 어머니는 어젯밤 한숨도 잠들지 못한 피로 때문에 별실에 가 있었다.

유키에는 묘령 19세, 미야자키 씨의 외동딸이었다. 어머니보다 아버지를 더 잘 따라서, 엄격할 정도로 예의를 강조하는 어머니에게는 늘 조심스러웠으나 아버지에게는 마음 놓고 어리광을 부렸다. 시건방진 소리도 했다. 미야자키 씨는 나이에 비해서 아직 어리기만 한 이 딸과 농담을 주고받는 것이 즐거움 가운데 하나였다. 그랬던 사람이 오늘은 창백해진 얼굴로 말도 없고, 마치 공포에 질려버린 것처럼 수시로 두리번두리번 주위를 둘러보는 모습은, 평소 쾌활했던 만큼 한층 더 안쓰럽게 보였다.

미야자키 씨는 잠시 이야기를 나누는가 싶다가도 갑자기 자리에서 일어나 안절부절못하고 방 안을 돌아다녔다. 또 자리에 앉았는가 싶으면 쉴 새 없이 담배를 피우기 시작했다. 실업계의 거인도 이 눈에 보이지 않는 적에게는 커다란 불안을 느끼고 있는 듯했다.

"하하하하하, 아케치 씨, 제가 지나치게 신경을 쓰고 있는 모양입니다."

아케치가 그를 가만히 바라보고 있었기에 미야자키 씨가 멋쩍음을 숨기려는 듯 말했다.

"아니, 당연한 일입니다. 이런 일에는 익숙해져 있는 저조차도 이번만은 왠지 이상한 기분이 듭니다. 저는 녀석의 수법을 얼마간 알고 있기 때문입니다만……. 하지만 녀석 역시 사람입니다. 아무리 그래도 이런 방비를 뚫고 들어올 만한 힘은 없을 겁니다. 불가능한 일입니다."

"정말로 불가능한 일일까요?"

"초자연적인 힘이라도 가지고 있지 않은 한."

"그 초자연적인 힘을 가지고 있다고 놈은 장담했습니다."

"허세를 부린 겁니다. 생각할 수 없는 일입니다."

그러나 아케치는 무슨 이유에서인지 매우 당혹스럽다는 듯한 모습으로, 오히려 미야자키 씨의 안색을 읽어내려는 듯 가만히 상대방을 바라보았다.

"허세. 역시 허세겠지요……. 그렇다면 그건 또 어떻게 된 걸까요?"

뒷문 쪽에서 요란스러운 사람들의 목소리. 그것이 점점 커졌다.

서생인 아오야마가 달려 들어왔다.

"뒷문 근처에서 수상한 놈을 붙잡았습니다. 권총을 가지고 있다고 합니다. 아케치 씨를 불러달라고 합니다."

그 말을 듣고 주객 모두가 자리에서 일어났다.

"아케치 씨, 가서 보고 오시기 바랍니다. 엄중하게 조사를 해주시기 바랍니다. 여기는 제가 맡겠습니다."

아케치는 자리를 뜨려다 무슨 이유에서인지 잠시 망설였다. 본능적으로 어떤 불안을 느낀 것이었다. 하지만 가지 않을 수도 없는 일이었다. 그는 미야자키 씨를 가만히 바라보며,

"그럼 따님을 잘 보고 계시기 바랍니다. 곁을 떠나서는 안 됩니다."

몇 번이고 다짐을 둔 뒤, 그는 서생의 안내에 따라 문 너머로 모습을 감췄다. 방에 남은 아버지와 딸은 새파래진 얼굴로 서로를 마주 본 채 한동안 말이 없었으나, 더는 참을 수 없었는지 잠시 후 유키에가 어린아이처럼 외쳤다.

"아버지, 저 무서워요."

그녀는 지금 당장이라도 쓰러질 듯 몸에 힘이 없었다.

"걱정할 거 없다. 내가 이렇게 곁에 있지 않냐? 그리고 이 방 주위는 형사와 서생들로 둘러싸여 있다고 해도 좋을 정도란다. 실제로 나쁜 놈은 뒷문을 통과하기도 전에 붙잡히고 말지 않았냐? 하하하하하, 그래, 조금도 걱정할 거 없다."

"그래도 전 왠지……, 아버지!"

유키에가 눈으로 평소 주고받던 신호를 보냈다. 열아홉 살이 된 유키에는 지금도 종종 아버지에게 어리광을 부리며 그 팔에 안기는 버릇이 있었다. 이 눈짓은 그렇게 하고 싶다는 신호였다.

그것을 본 미야자키 씨는 어떤 이유에서인지 약간 당황한 듯

한 기색을 보였다. 그리고 그녀의 요구를 들어주려는 듯한 모습을 조금도 보이지 않았다.

유키에는 이상하다고 생각했다. 이런 때 그런 요구를 한 것이 좋지 않았던 걸까 생각했으나, 바로 이런 때이기에 아버지의 힘찬 팔에 안기고 싶었다. 그녀는 모든 생각을 떨치고 성큼성큼 아버지 곁으로 다가가 아버지의 안락의자에 부드러운 몸을 억지로 밀어 넣듯 앉았다. 모시옷을 사이에 두고 아버지의 통통한 몸과 딸의 미끈한 피부가 밀착되었다. 유키에는 두려움 때문에 숨이 막힐 듯한 후텁지근함조차도 느낄 여유가 없었던 것이다.

미야자키 씨는 딸의 피부를 느끼자 이상하게도 더욱 당황하는 듯한 빛을 내보였다. 마치 그런 경험은 한 번도 해본 적이 없었던 사람처럼.

순진하기만 한 세상 속 아가씨는 뒤이어 자신의 창백해진, 그러나 포동포동한 뺨을 아버지의 입 앞으로 가져갔다. 어렸을 때 무엇인가에 겁을 먹으면 아버지는 그녀의 뺨에 입맞춤을 해 힘을 불어넣어 주었다. 그 습관이 지금도 남아 있는 것이었다.

미야자키 씨의 당황한 듯한 빛이 극도에 달했다. 딸의 이 순진하기만 한 행동들을 받아들일 수 없어서 어찌해야 좋을지 모르겠다는 듯한 태도였다. 하지만 그 다음 순간, 그의 뺨에 슥 홍조가 돌더니 눈이 불타오를 듯 번뜩였다.

백발인 미야자키 씨가 두 손을 어색하게 내밀어 딸의 부드러운 몸을 끌어안았다.

"어머!"

　유키에는 그렇게 해주기를 원했으면서도 어떤 이유에서인지 아버지의 포옹에 겁을 먹고 조그맣게 소리를 질렀다. 아버지의 촉감이 평소와는 어딘가 조금 달랐기 때문이었다. 그 순간, 아버지가 한 번도 본 적이 없는 타인처럼 여겨졌기 때문이었다.

　유키에의 희미한 저항을 느끼자 미야자키 씨는 더욱 광적으로 변했다. 그는 마른 입술에서 버석버석 소리를 내가며 딸을 안고 있는 팔에 한층 더 힘을 주었다. 그리고 피하려는 유키에의 입술로 자신의 입술을 가져갔다.

　아버지의 정욕에 불타오른 눈과 딸의 공포에 떨고 있는 눈이 한 치의 거리를 사이에 두고 서로를 뚫어져라 바라보았다.

　너무나도 커다란 격정에 소리를 낼 힘조차 잃은 듯 섬뜩한 침묵을 지킨 채 그들은 사력을 다해 몸싸움을 하고 있었다.

　참담한 격투 끝에 간신히 아버지의 손에서 벗어난 유키에는 머리카락도 옷자락도 흐트러진 모습으로 비틀비틀 문을 향해 달려갔다.

　그러나 미야자키 씨는 이미 그녀를 앞질러 가서 문을 등 뒤로 하고 앞을 가로막고 있었다.

"비켜주세요. 당신은 누구죠? 대체 누구죠?"

유키에가 아버지를 한껏 노려보며 위협을 당한 사람처럼 말했다.

"누구냐니? 네 아버지 아니냐."

"아니……, 아니에요……. 아버지가 아니에요……. 아아, 무서워라."

유키에는 머리가 이상해져버릴 것만 같았다. 틀림없이 아버지와 똑같은 얼굴을 가지고 있었지만, 그 사람은 어딘가 아버지가 아닌 듯했다.

깜짝 놀란 순간, 온 세상을 뒤덮을 듯한 기세로 끔찍한 형상을 한 백발귀(白髮鬼)가 달려들었다. 그녀는 이제 떨쳐낼 힘조차 남아 있지 않았다. 정신을 잃은 사람처럼 힘없이 상대가 하는 대로 당할 수밖에 없었다.

다시 몸을 꼼짝할 수도 없는 포옹, 얼굴로 쏟아지는 남자의 숨결, 아버지와는 다른 역겨운 냄새, 거기에 미끄럽고 축축한 입술의 감촉…….

불가사의한 힘

 뒷문의 소동이란, 노동자인 듯한 사내가 힐끔힐끔 저택 안을 들여다보고 있기에 감시하고 있던 형사가 붙잡아 조사를 하려 하자 갑자기 권총을 꺼내 맞선 일이었다. 용감한 형사 하나가 놈과 엉겨 붙었으나 단번에 나가떨어지고 말았다.

 놈은 권총을 겨누며 점점 저택 안으로 들어왔다. 소동이 커졌다. 집에 있던 남자들이 현장으로 달려갔다. 상대는 한 명이었으나 총을 들고 있었기에 섣불리 다가갈 수 없었다. 사람들은 그를 멀리서 둘러싸고 소란을 피웠다.

 그렇게 해서 놈을 붙잡은 것은 결국 20분쯤 흐른 뒤였는데, 마침내 세 형사가 놈을 묶어 경시청으로 끌고 갔다.

 그 모습을 바라보던 아케치 고고로는 문득 무시무시한 의심에 사로잡혔다.

'녀석은 대체 무엇을 위해서 여기까지 일부러 잡히러 온 걸까? 혹시…….'

그는 급히 서둘러 원래 있던 방으로 되돌아갔다.

복도에서 서생 하나가 감시를 하고 있었다. 조금 전 뒷문으로 달려갈 때 이 서생만은 자리를 지켜야 한다고 굳게 명령하고 갔던 것이었다.

아케치는 그를 보고 약간은 마음을 놓으며 문을 열었다. 그리고 방 안으로 한 걸음 들어섰는가 싶더니 곧바로 달려나와 감시를 하고 있던 서생의 어깨를 잡았다.

"이봐, 미야자키 씨는 어디 가셨지?"

"화장실입니다."

"지금?"

"네, 조금 전에 가셨습니다. 아아, 오고 계십니다."

복도 저편으로 미야자키 씨의 모습이 보였다.

"그 동안 이 방에 들어간 사람은 아무도 없었겠지?"

"네, 아무도."

미야자키 씨가 두 사람 옆까지 와서 말을 걸었다.

"아아, 아케치 씨. 괴한은 잡힌 듯하더군요."

"네, 그런데……."

"그런데?"

쓰네에몬 씨는 의아하다는 얼굴이었다.

"따님은 괜찮으십니까?"

"걱정하실 것 없습니다. 유키에에게는 아무런 일도 일어나지 않았습니다. 보십시오, 저렇게 멀쩡합니다."

미야자키 씨가 문 쪽으로 걸어가 그것을 열었다. 아케치도 그 뒤를 따랐다.

"아이고, 이런 버릇없는 아이를 봤나."

미야자키 씨가 웃는 얼굴로 말했다. 유키에는 등나무로 만든 안락의자에 몸을 묻은 채 깊이 잠들어 있었다.

"아케치 씨, 가엾게도 아주 피곤했었는지 잠을 자고 있습니다."

"잠을 잔다고요? 당신은 저게 잠을 자는 것처럼 보이십니까?"

아케치가 놀라 되물었다.

"잠을 자는 게 아니라면······."

하지만 말을 하는 동안 미야자키 씨도 딸의 모습이 이상하다는 사실을 깨달았다. 얼굴이 창백하게 변해버린 그가 방 안으로 서둘러 들어갔다.

"얘, 유키에, 유키에. 정신 차려라. 아버지다."

어깨를 흔들어도 흐물흐물 움직일 뿐, 아무런 반응이 없었다.

아케치도 안락의자 옆에 서서 유키에의 모습을 바라보고 있다가 갑자기 미야자키 씨의 팔을 잡고 속삭이는 목소리로 말했다.

"조용히. 어딘가에서 들려옵니다. 들어보세요, 이게 무슨 소리죠?"

귀를 기울이니 똑, 똑, 똑 비가 새는 것 같은 이상한 소리가 단속적으로 들려왔다.

방 전체를 둘러보았으나 어디에서도 물이 떨어지는 모습은 보이지 않았다. 게다가 소리는 바로 코앞에서 들려오고 있었다.

"앗, 피다."

유키에가 앉아 있는 등나무 의자 뒤로 돌아간 아케치가 외쳤다.

그곳을 보니 정확히 유키에의 몸 아래쪽, 의자의 밑에서부터 새빨간 핏방울이 바닥으로 떨어졌다가는 튕겨 오르고 있었다. 바닥에는 피가 조그만 웅덩이를 이루고 있었다.

유키에의 몸을 일으켜보니 아니나 다를까 정확히 심장 뒤쪽에 해당하는 부분의 등에 피투성이 단도의 손잡이만이 보였다. 그녀는 그 단도에 찔려 단번에 목숨을 잃고 만 것이었다.

"하얀 박쥐야."

단도의 빈 칼집에 새겨져 있는 기괴한 문장을 발견한 아케치가 중얼거렸다.

"있을 수 없는 일이야. 제가 화장실에 갔던 건 2분이나 3분밖에 되지 않습니다. 게다가 서생은 이 방에 들어온 사람이 아무도 없었다고 말하고 있습니다. 어떻게 해서, 어느 틈에……."

미야자키 씨는 딸의 죽음을 슬퍼하는 것도 잊은 채, 놈의 너무나도 빠른 솜씨에 넋을 놓고 있을 뿐이었다.

방을 지키고 있던 서생이 불려 들어왔다.

"분명히 이 방에는 아무도 들어오지 않았겠지?"

"네, 문 쪽을 향해서 복도에 서 있었으니 못 봤을 리 없습니다. 결코 빈틈은 없었습니다."

방 안의 격정적인 광경을 보고 서생이 새파랗게 질려서 대답했다.

"어떤 소리도 듣지 못했던 거지?"

아케치가 물었다.

"네, 문이 닫혀 있었고 4, 5m쯤 떨어져서 지키고 있었기에 아무런 소리도 듣지 못했습니다."

"이 방은 벽과 문 모두 두껍기 때문에 웬만한 소리는 밖으로 새어나가지 않습니다." 미야자키 씨가 설명하고, "이봐, 급히 서둘러서 의사와 경찰을 불러오도록 하게. 그리고 집사람에게는, 아아 지금이 아니어도 상관없어. 가능한 한 늦게 알리는 편이 좋을 거야."
라고 명령했다.

"저 서생은 믿을 만한 사람입니까?"

그가 방에서 나가는 것을 본 아케치가 물었다.

"우직할 정도입니다. 같은 고향 사람으로 오랫동안 보아온 사람입니다."

"따님에게 어떤, 그러니까 일종의 감정을 품고 있었다거나……."

"아니, 절대로 그럴 일은 없습니다. 저 사람에게는 약혼한 연인이 있습니다. 그 아가씨는 고향에 있지만 끊임없이 편지가 오가고 있을 정도로 아주 사이가 좋습니다."

"그렇다면 완전히 불가능한 일이, 있을 수 없는 일이 일어난 셈이로군요."

"하지만 불가능한 일이 어떻게 일어날 수 있었겠습니까? 어쩌면 범인은 저희들이 모르는 출입구를 가지고 있었을지도 모릅니다."

"그런 출입구는 이 하나밖에 없는 문 외에 절대로 있을 수 없습니다. 저는 진작부터 이 방을 꼼꼼하게 살펴보았습니다. 창에는 쇠창살이 있습니다. 벽에서도 벽장에서도 특별한 장치는 발견되지 않았습니다. 문만 지키면 된다는 사실을 알고 있었기에 따님을 보호하기 위해서 일부러 이 방을 고른 겁니다."

너무나도 곤혹스러운 나머지 아케치는 구원이라도 청하듯 미야자키 씨의 얼굴을 바라보았다. 명탐정에게는 어울리지 않는 그 이상한 몸짓은 벌써 두 번째였다.

"다시 말해서 이 범죄는 도저히 해결할 수 없는 것이라고 당신은 생각하고 계신단 말입니까?"

미야자키 씨가 불만스러운 빛을 띠며 말했다.

"그렇습니다. ……. 만약 그런 대답으로는 만족하실 수 없으시다면……."

"네? 그렇다면 뭔가……."

미야자키 씨가 결투라도 벌일 듯 무시무시한 눈빛으로 명탐정의 얼굴을 응시했다.

"소름 끼치는 일입니다. 아니, 오히려 우스운 일입니다. 하지만 동시에 산술적인 문제처럼 간단명료한 사실입니다. 유일하고 벗어날 수 없는 논리적 귀결입니다."

"그건?"

"그건 다시 말해서……." 아케치는 세 번째로 구원을 청하는 듯한 비참한 표정을 지었다. "믿을 수 없어. 저는 그 이론을 가리키고 있는 사실들을 믿을 수가 없습니다. 두렵습니다."

"말씀해보십시오."

"제가 이 방을 비운 동안 따님에게 다가갈 수 있었던 사람은 하늘에도, 땅에도 딱 한 사람밖에 없었다는 말입니다."

"딱 한 사람? 그건 결국 저를 말씀하시는 거로군요."

"그렇습니다. 당신입니다."

미야자키 씨가 묘한 표정으로 눈을 깜빡였다.

"그렇다면 당신은 딸의 친아버지인 제가 딸을 살해한 범인이라고 말씀하시는 겁니까?"

"불행하게도 저는 그것을 믿을 수가 없습니다. 하지만 모든 정황, 모든 논리가 그 유일한 사람을 가리키고 있습니다."

"당신, 진심으로 말씀하고 계신 겁니까?"

"진심입니다. 경멸해주십시오. 제게는 이 명백한 이론을 긍정할 용기가 없습니다. 거기에는 인간의 힘이 미치지 않는 신비한 힘이 작용하고 있습니다. 그 힘이 무엇인지 밝혀내지 못하는 한 저는 무력합니다."

영문을 알 수 없는 말을 하더니 아케치는 맥 빠진 듯 씁쓸한 표정을 지었다. 분함에 당장이라도 울음을 터뜨릴 것만 같은 어린아이의 표정이었다.

"당신 어떻게 된 거 아닙니까? 무슨 말씀을 하시는 건지 조금도 이해할 수가 없습니다."

미야자키 씨는 비아냥거리는 듯한 웃음을 지으며 이 유명한 사립탐정의 곤경에 처한 모습을 내려다보았다.

"하지만 저는 이 불가사의한 힘의 정체를 밝히지 않을 수 없습니다. 그러고 난 다음에 당신 앞에 머리를 숙여 오늘의 무례함을 사과하거나, 아니면 미야자키 쓰네에몬 씨를 붙들어다 단두대로 보내거나."

미야자키 씨는 이 무례한 말을 묵묵히 듣고 있다가 아케치에게는 대답하지 않고 벨을 눌러 서생을 불렀다. 서생인 아오야마가 들어온 것을 보고,

"이 미치광이를 당장 내쫓게."

라고 명령했다.

"아케치 선생님을 말입니까?"

"그래. 이 사람은 정신이 이상해졌어. 내가 딸을 죽인 사람이라는, 어처구니없는 폭언을 내뱉고 있어. 한시도 저택 안에 머물게 할 수 없어."

미야자키 씨가 참으로 냉정하게 말했다.

"그런 수고를 하실 필요는 없습니다. 저는 이만 실례하겠습니다."

아케치는 인사를 하고 문 밖으로 나갔다. 그는 혼자 있고 싶었다. 그리고 극도로 혼란스러워진 사고력을 가라앉힌 다음, 이 일련의 범죄사건을 다시 한 번 구석구석까지 되돌아봐야겠다고 생각했다. 뒤처리는 곧 도착할 경찰들에게 맡겨두면 되었다. 그는 그런 일에 신경을 쓰고 있을 때가 아니었다. 이 괴물처럼

무시무시하고 불가사의한 힘의 정체를 밝혀내는 일, 그의 머릿속은 오로지 그 한 가지 일로만 가득 차 있었다.

유령사내

있을 수 없는 일이 아주 간단하게 행해졌다.

지난 밤, 유령사내 일당이 미야자키 저택에서 사람 정도 크기의 짐을 짊어지고 나왔다. 그런데도 저택 안에서는 잃어버린 물건이 하나도 없었다. 있을 수 없는 일이었다.

유일한 출입구인 문 밖에서 믿을 수 있는 서생이 감시를 하고 있었다. 그 방 안에서 딸이 참살당했다. 그녀 주변으로 가까이 다가갈 수 있었던 유일한 사람은 다름 아닌 그녀의 친아버지였다. 아버지가 딸을 살해했다. 특별한 이유가 따로 발견되지 않는 한 있을 수 없는 일이었다.

이 두 가지 불가능한 일이 가능해지려면 거기에는 어떤 터무니없는 비밀이 내재되어 있지 않으면 안 되었다. 논리를 끝까지 밀고 나가면 딱 한 가지 결론에 도달하게 된다. 그 이외의 것으로는 절대로 해석할 방법이 없다. 그러나 그것은 상상만으로도 온몸의 털이 곤두설 만큼 끔찍한 것이었다.

아케치는 어떤 수단을 써야 할지 망설였다. 어디서부터 손을 대야 할지 알지 못했다. 이에 그는 궁여지책으로 특기인 변장술을 이용하여 양장을 입은 노인으로 변신, 거리를 헤매고 다니기 시작했다. 어떨 때는 번화가에서 번화가로 떠돌아다녔으며, 어떨 때는 미야자키 저택 주변을 어슬렁거렸고, 또 어떨 때는 이케부쿠로에 있는 예의 괴이한 집 부근을 돌아다녔다. 목적은 시나가와 시로와 똑같이 생긴 유령사내였다. 이 사내만 발견할 수 있다면, 그리고 몰래 미행할 수만 있다면 괴적의 본거지를 밝혀내 거기에 숨겨져 있는 커다란 비밀을 폭로하는 것도 불가능한 일은 아니었다.

미야자키 저택에서 살인사건이 일어난 이후 일주일쯤, 그는 그렇게 인내심을 가지고 돌아다녔다. 그러던 어느 날, 마침내 목적했던 유령사내를 발견하는 행운을 붙잡을 수 있었다.

한 레스토랑에서 저녁을 먹고 있을 때, 등 뒤에서 이상한 기척이 느껴져 휙 돌아보니 거기에 시나가와 시로의 얼굴이 있었다. 하마터면 깜빡하고 인사를 할 뻔했으나 그는 간신히 참고 모르는 척 자리에서 일어났다.

진짜 시나가와 시로일지도 몰랐다. 그렇지 않을지도 몰랐다.

그는 그것을 확인하기 위해서 레스토랑의 전화실로 들어갔다. 객석에서 상당히 떨어져 있기에 상대방이 들을 염려는 없었다. 진짜 시나가와 시로의 전화번호를 알려주고 가슴을 두근거리며 기다리고 있자니 시나가와 시로는 과연 집에 있었다. 수화기 너머에서 의심의 여지도 없는 과학잡지 사장의 목소리가 들려왔다. 한두 마디 이야기를 나누고 전화를 끊은 그는 다시 원래의 자리로 돌아와 유령사내가 식사를 마치기를 기다렸다. 물론 미행을 할 생각이었다.

마침내 미행이 시작되었다.

괴물은 레스토랑에서 나와 밤의 상점이 늘어서 있는 활기찬 거리를 어슬렁어슬렁 걸어갔다. 식후의 산책이리라. 만약 잡으려고만 한다면 거리의 군중 모두 아군이 되어줄 테니 식은 죽 먹기일 것이다. 그러나 아케치는 유령사내 하나만의 체포로는 만족할 수 없었다. 놈의 본거지를 확인해야 한다, 서두를 때가 아니다, 지금은 오직 느긋하게 녀석의 뒤를 쫓아야 한다고 생각했다.

몇 번이고 몇 번이고 모퉁이를 돌아서 괴물은 끝도 없이 걸어갔다. 악당 특유의 조심스러움으로 그는 모퉁이를 돌 때마다 미행하는 사람이 없는지 뒤를 돌아보았다. 그럴 때마다 아케치가 잽싸게 몸을 숨겼기에 그는 안심하고 걸어갔다. 그러나 몇 번째인가의 모퉁이를 돌 때, 아케치가 무엇인가의 뒤에 숨으려는 순간을 간발의 차로 발견하고 말았다. 변장을 하고 있기는 했으나 상대방은 마음에 켕기는 것이 있는 범죄자였다. 냄새 나는 행동을 놓칠 리 없었다. 마침내 미행을 들켜버리고 말았다.

그곳은 전차가 지나는 거리로 빈 자동차들이 오가고 있었다. 녀석 틀림없이 택시를 불러 세울 것이라 생각하며 지켜보고 있자니 아니나 다를까 차 한 대가 그 앞에 멈춰 섰다. 늦어서는 안 된다며 아케치도 뒤따라온 차를 불러 세웠다.

"저 차의 뒤를 따라가 줘."

이렇게 말하며 차에 오르려던 아케치는 무슨 생각을 했는지 순간적으로 생각을 바꿔 그 차를 그냥 보내버렸다.

앞에 있던 차도 이미 출발했다. 그런데 이건 또 어떻게 된 일이란 말인가? 틀림없이 그 차에 타고 있어야 할 유령사내가 길을 가로질러 달려가고 있지 않은가? 다시 말해서 그는 차에 타는 척하고 차 안을 통과해서 반대편 문으로 뛰어내린 것이었다. 자동차를 이용한 곡예였다. 아케치는 그런 생각을 얼른 꿰뚫어보고 부주의하게도 자동차의 뒤를 따라가는 우를 범하지 않은 것이었다.

놀라울 정도의 민첩함. 괴물은 도로 건너편에서 벌써부터 다른 자동차를 세웠다. 조금 전과는 반대 방향으로 달리는 차였다.

아케치도 뒤질 수 없다는 듯 한 대의 차로 뛰어들었다. 유령사내도 이번에는 차를 빠져나가는 곡예를 부리지는 않았다. 이렇게 해서 자동차 추격전이 시작되었다.

달리고 달리다 보니 어느 틈엔가 낯익은 거리를 지나고 있었다. 처음에는 별 생각 없이 창밖을 바라보고 있던 아케치도 그곳이 너무나도 잘 알고 있는 길과 일치한다는 사실을 깨달았기에 '어, 이건 좀 이상한데.'라고 생각하지 않을 수 없었다.

마침내 앞선 차는 생각했던 대로 그 집 앞에서 멈춰 섰다. 그 집이란 다름 아닌 진짜 시나가와 시로의 집이었다.

유령사내는 차에서 내리더니 집의 문을 열었다. 할멈이 맞으러 나왔다. 그는 할멈에게 무슨 말인가를 한 뒤 아무렇지도 않게 안으로 모습을 감추었다.

'뭐야. 아까부터 미행한 게 그럼 진짜 시나가와였던 거야?'라고 실망했으나 다시 생각해보니 아무래도 납득이 가지 않는 부분이 있었다. 시나가와라면 어째서 자동차를 빠져나가는 곡예를 부렸던 것일까? 또 조금 전 전화를 받은 것은 대체 누구였단 말인가? 하지만 만약 유령사내라면 설마 이렇게 시나가와의 집으로 도망칠 리가 없었다. 천하의 아케치도 여우에 홀린 듯한 기분이었다.

어쨌든 살펴봐야겠다는 생각에 안내를 청해 응접실로 들어갔다. 과학잡지의 사원 시절에 익숙하게 보아 온 응접실이었다. 다다미를 깐 일본식 방에 의자, 테이블을 늘어놓아 서양풍으로 꾸민 방이었다. 시나가와 시로는 그곳의 커다란 소파에 앉아 손님을 기다리고 있었다.

"아아, 역시 당신이었군요. 알고 계시겠죠? 아케치 고고로입니다. 제가 커다란 실수를 했습니다. 당신을 예의 유령사내라 착각해서⋯⋯. 그렇다면 조금 전 전화를 받으신 게 당신이 아니었단 말입니까?"

"네? 전화라고요? 뭔가 착각을 하고 계신 듯합니다. 저는 전화를 받은 기억이 없습니다."

이런 이야기를 나누고 있을 때 참으로 어처구니없는 일이 일어났다. 장지문 바깥에서 또 다른 시나가와 시로의 목소리가 들려온 것이었다.

"나는 저녁부터 외출 같은 거 하지 않았잖아. 지금 내가 돌아왔다니, 할멈은 내가 안쪽 방에서 자료 조사를 하고 있었다는 사실을 몰랐어? 그 돌아왔다는 나는 지금 어디에 있어?"

야단을 맞고 있는 것은 할멈이었다. 그런데 야단치는 내용이 참으로 이상했다.

그렇다면, 하고 깜짝 놀란 아케치가 자리에서 벌떡 일어나 눈앞에 있는 시나가와에게 달려들려 했다.

그런데 가짜 시나가와가 무슨 일 있었냐는 듯 웃고 있었기에 맥이 빠져버리고 말았다. 이 무슨 대담함이란 말인가?

그 순간 장지문 밖의 목소리가 상기된 얼굴로 달려 들어왔다. 방 안을 보니 한 명은 자신과 조금도 다르지 않은 사내, 또 한 명은 낯선 노인이었다.

"당신들 대체 뭐 하는 사람들이야."

그가 위협적인 투로 외쳤다.

"앗, 이거 정말 이상하군. 이놈, 내가 집을 비운 동안 숨어들어서 주인 행세를 하고 있었구나. 네놈이야말로 대체 누구냐? 아니, 그건 묻지 않아도 잘 알고 있어. 네놈이로군, 오래도록 나를 괴롭혀온 괴물이."

지금 막 집으로 돌아온 가짜 시나가와가 천연덕스럽게 외쳤다.

이제야 사태를 짐작할 수 있었다. 뻔뻔하기 짝이 없는 유령사내는 아케치의 추적을 따돌리지 못하고 순간적인 기지를 발휘하여 진짜 시나가와의 집으로 도망쳐 들어온 것이었다. 이 무슨 대담함이란 말인가. 하지만 기상천외한 생각이었다. 나란히 늘어놓고 보아도 구분이 가지 않는 두 시나가와가 서로 상대방이 가짜라고 말다툼을 하고 있었다.

그러는 사이에 진짜 시나가와가 마침내 아케치의 변장한 모습을 알아보았다.

"아아, 아케치 씨 아닙니까? 이게 대체 어떻게 된 일입니까? 당신 앞에 있는 게 바로 그 유령사내입니다."

그러자 가짜 시나가와도 지지 않고 떠들어댔다.

"어? 당신, 아케치 씨였습니까? 그렇다면 아까부터 제 뒤를 따라오신 건 저를 유령사내라고 오해하셨기 때문이었군요. 바로 제가 진짜 시나가와 시로입니다. 이 사람은 제가 집을 비운 동안에 저인 척하고 들어와서 또 뭔가 나쁜 짓을 꾸미려 했던 겁니다. 어서 이 녀석을 붙잡으세요."

듣고 있자니 어느 쪽의 말이 진짜인지 알 수 없게 되어버리고 말았다.

"그렇다면 당신은 어째서 자동차를 빠져나가 저를 따돌리려 했던 겁니까?"

"저는 요즘 한껏 겁에 질려 있습니다. 그런데 노인으로 변장한 당신을 전혀 알아보지 못했기에 하얀 박쥐 일당이 또 뭔가 나쁜 짓을 시작한 것이 아닐까 오해를 했습니다. 제가 정말 유령사내라면 이런 곳에 올 리 없습니다. 여기 외에도 달아날 곳은 얼마든지 있을 겁니다."

듣고 보니 일단 그럴듯하기는 했다. 아케치는 두 시나가와를 가까이서 바라보고 있었고, 그 가운데 하나가 하얀 박쥐의 수괴라는 사실도 알고는 있었지만 과연 어느 쪽이 그인지 확신을 할 수 없었기에 갑자기는 어떻게 손을 쓸 수가 없었다.

그러나 이 한심스러운 연극은 오래 계속되지 않았다. 문득 한 가지 생각이 떠오른 아케치가 전에부터 집에 있던 시나가와를 한쪽 구석으로 끌고 가서 또 한 명의 시나가와에게는 들리지 않도록 속삭이는 듯한 목소리로 야마다라는 가명으로 잡지사에서 근무하던 때의 자잘한 일에 대해서 하나하나 물어보았다. 시나가와는 막힘없이 거기에 대답했다. 이제는 분명해졌다. 이 사람이 바로 시나가와 시로였다.

하지만 거기에 아주 작은 틈이 있었다. 두 사람이 이야기에 정신을 팔고 있는 동안 안락의자에 앉아 있던 유령사내가 살금살금 자리에서 일어나 발소리를 죽여 장지문 밖으로 모습을 감춰버리고 만 것이었다.

명탐정 유괴사건

 과학잡지 사장인 시나가와 시로와 똑같이 생긴 도둑놈이 있다는 동화 같은 사실이 언제부턴가 아주 크고 어처구니없는 사건으로 번져버리고 말았다.
 사건이 완전히 마무리 지어진 뒤, 내각 총리대신인 오카와라 고레유키 씨는(오카와라 씨도 이 사건의 피해자 가운데 한 명으로, 소중한 외아들을 잃기까지 했는데) 어느 절친한 사람에게 이렇게 이야기한 적이 있었다.
 "아케치 고고로 군은 일본의, 아니 세계 전 인류의 은인이야. 만약 그가 이번의 커다란 음모를 미연에 방지하지 못했다면 우리 일본은, 아니 영국이든 미국이든, 프랑스도 이탈리아도 독일도, 어쩌면 러시아까지 그 황제를, 그 대통령을, 그 정부를, 그 군대를, 그 경찰력을, 즉 국가 자체를 잃었을지도 몰라. 신문 기사를 금지하고 풍설의 유포를 엄금했기에 일반 사람들은 아무것도 모르지만, 그들 하얀 박쥐단의 음모는, 예를 들자면 코페르니쿠스의 지동설, 다윈의 진화론, 혹은 총포의 발명, 전기의 발견, 항공기계의 창조 등과 비교할 만큼 우리 인류의 신앙이든 생활이든, 모든 것을 근저에서부터 뒤흔들 만큼의 것이었어.

노동자의 자본가에 대한 투쟁 따위, 심지어는 허무주의도, 무정부주의도, 이 커다란 음모에 비하자면 아주 하찮은 일개 작은 사건에 지나지 않아. 그들은 폭약보다도, 전기력보다도 훨씬 더 전율할 만한 현실적 무기를 가지고 전 세계에 악마의 나라를 세우려 했는데 그게 반드시 허황된 꿈만은 아니었기 때문이야.

하지만 사실이 미연에 발각되어 하얀 박쥐 일당들은 지금 형장의 이슬로 사라져버리고 말았어. 그들의 죽음과 함께 그들의 본거지, 그들의 제조공장은 흔적도 없이 불태워졌고 백년, 천년에 한 번 나올까 말까 한 커다란 음모도 결국은 싹이 트려는 단계에서 잘려버리고 말았어. 인류를 위해서 더없이 축복해야 할 일이야."

대략 이런 의미의 말이었다.

그 말을 전해 들은 사람들은 심지가 굳은 오카와라 수상으로 하여금 이와 같은 말을 하게 만든 커다란 음모의 내용에 생각이 이르러, 한층 더 오싹함을 느낄 정도였다. 그러나 그건 나중의 일.

 한편, 앞 장에서 아케치 고고로에게 미행당하던 가짜 시나가와가 궁여지책으로 진짜 시나가와의 집으로 달아나, 그 집의 한 방에서 한 치의 차이도 없는 얼굴을 나란히 한 두 사람이 내가 진짜 시나가와 시로라고 강력하게 주장하여 천하의 명탐정도 어찌해야 좋을지 몰랐었다는 사실은 이미 이야기했는데, 점점 조사를 해나가는 동안 마침내 자신의 껍데기가 벗겨질 듯하자 가짜 시나가와는 그 자리에서 더는 버티지 못하고 빈틈을 이용해 몰래 달아나버리고 말았다.

 진짜 시나가와의 심문에 정신을 팔고 있던 아케치 고고로가 문득 정신을 차리고 보니 또 다른 시나가와의 모습이 보이지 않았다. '그렇다면 녀석이 가짜였군.'이라고 생각하여 단번에 밖으로 달려 나가보니 100m쯤 앞을 달려가는 사람의 모습. 그렇게 해서 다시 추격전이 벌어졌다.

 모퉁이를 돌고 돌아 큰길로 나섰을 때 괴물의 모습을 잃고 말았다. 마침 거기에 손님을 기다리는 자동차가 있어서 운전수에게 물어보니, 운전수가 이상할 정도로 고개를 숙인 채 모자의 챙 아래서 그 사람이라면 조금 전 저쪽으로 달려간 자동차에 탔다고 하기에 아케치도 당연히 그 손님을 기다리던 차에 올라 추격해달라고 명령했다. 언제나처럼 자동차 추격전이 벌어졌다.

10분쯤 달리자 한적한 주택가로 접어들었다. 그런데 이게 어찌 된 일이란 말인가? 아케치가 타고 있던 자동차가 갑자기 방향을 바꾸어 한층 더 한산한 골목으로 미끄러져 들어갔다.

"이봐, 뭐 하는 거야? 앞의 자동차는 똑바로 달려갔잖아."

아케치가 소리치자 운전수가 휙 뒤를 돌아보았다.

"앗, 네놈은."

"하하하하하, 한 방 먹으셨군. 아니, 움직이지 않는 게 좋을 거야. 자, 이걸 좀 보라고."

의자 위로 권총의 총구가 불쑥 나와 있었다. 안타깝게도 아케치는 아무런 무기도 준비하지 못했다.

나중에 안 사실이지만, 그 아슬아슬한 순간에 놈은 기민하게도 조금 전 차를 버리고 간 일당의 자동차에 운전수인 척 올라타, 빌린 외투로 몸을 감싸고 빌린 모자를 깊숙이 눌러쓴 채 아케치가 그물에 걸려들기를 가만히 기다리고 있었던 것이었다. 정말 놀라울 정도의 민첩함이었다.

괴물은 권총을 겨눈 채 운전석에서 내려 객석으로 들어갔다.

"아무리 몸부림을 쳐봐야 이렇게 한적한 거리에서 도와주러 올 사람은 아무도 없어. 그래도 혹시 모르니 조금 참아줬으면 해."

권총 때문에 꼼짝달싹 못 하게 되어버린 아케치의 눈앞으로 불쑥 내밀어진 하얀 물건, 어느 틈에 준비했는지 마취약이 밴 손수건이었다.

아케치가 가만히 당하고 있을 리 없었다. 한쪽 문을 열어 반대편으로 뛰어내리려 했다.

"이런 어리석은 사람을 봤나. 스스로 고통을 원할 줄이야."

이렇게 말하며 놈은 천천히 총구를 겨누더니 지금 막 뛰어내리려 하는 아케치의 오른쪽 다리를 쐈다. 평 하는 이상한 소리. 그러나 타이어가 터진 소리만큼도 크지 않았다. 무릇 권총이란 그렇게 커다란 소리를 내지는 않는 법이다.

차에서 몸을 반쯤 내민 채 쓰러져 괴로워하고 있는 아케치의 얼굴 앞으로 다시 한 번 둥글게 뭉친 손수건, 역겨운 냄새. 그러나 이번에는 더 이상 저항할 힘이 없었다. 코에 댄 마취약에 악당이 원하는 대로 아케치는 힘없이 의식을 잃고 말았다.

가짜 시나가와가 축 늘어진 탐정의 몸을 안아 올려 의자 위에 눕히고 피가 흐르고 있는 발의 상처를 아케치의 손수건으로 감싸주며 혼잣말처럼 중얼거렸다.

"아케치, 네가 따라와 준 덕분에 커다란 수고를 덜게 됐어. 이번 일로 연명부의 순서를 바꾸지 않아도 되게 생겼어. 너 설마 잊은 건 아니겠지? 그 연명부에 적혀 있던 번호를. 첫 번째는 이와부치 방직의 사장인 미야자키 쓰네에몬. 그리고 두 번째가 사립탐정 아케치 고고로. 그러니까 이번에는 네 차례였던 거야. 하하하하하."

낮은 소리로 웃으며 원래 있던 운전석으로 돌아간 악당이 아무 일도 없었다는 듯 차분한 얼굴빛으로 핸들을 쥐고 스타터를 밟았다.

차는 인적조차 없는 한적한 주택가를 똑바로 달려 어디인지도 알 수 없는 곳으로 떠나갔다.

트렁크 속의 경시총감

그로부터 일주일쯤 지난 어느 날의 일, 아케치 고고로가 낡은 인력거 한 대에 아주 커다란 트렁크를 싣고 경시청을 방문했다.

"아아, 아케치 군 아닌가? 자네 호텔로 찾아가 봐도 없어서 어디 갔나 걱정하던 참이었어. 뭔가 수확이 좀 있었던 모양이군. 이봐, 그 커다란 트렁크는 대체 뭐야?"

현관의 커다란 홀에서 마주친 나미코시 경감이 말을 걸었다.

"아주 중요한 증거물건이야. 나중에 얘기할게. 어쨌든 우선은 아카마쓰 총감님을 좀 뵙고 싶어. 자리에 계시는가?"

"응, 지금 총감실에서 이야기를 나누고 나온 참이야. 형사부장님도 같이 있어."

"그럼 순사에게 이 트렁크 옮기는 걸 좀 도와달라고 부탁해주게. 총감실로 옮겨주었으면 해."

"그렇게 하지. 거기 자네들, 이 차부를 좀 도와주도록 하게."

나미코시 씨는 마침 홀에 있던 경관 2명에게 이렇게 명령한 뒤, "안타깝게도 나는 황궁 행차의 경호 때문에 서둘러야 할 일이 있어. 총감실에서 자세한 이야기를 하고 있게. 나도 시간이 되면 이야기를 들으러 갈 테니."

나미코시 경감과 헤어진 아케치 고고로는 커다란 트렁크를 따라 총감실로 올라갔다.

"우리도 자네를 찾고 있던 참이었네, 아케치 군."

총감이 그의 얼굴을 보자 호탕하게 말했다.

"예의 하얀 박쥐 사건에 조금의 진척도 없어서 말이지. 그건 그렇고 묘한 물건을 가지고 왔군. 그 트렁크는 뭐지?"

"뭔가 말씀을 나누시던 중 아니셨습니까?"

아케치가 총감과 마주 앉아 있는 형사부장을 바라보며 물었다.

"아니, 우리 이야기는 지금 막 끝난 참이야."

"그렇다면 참으로 실례되는 말씀입니다만, 총감님 한 분께만 드리고 싶은 말씀이 있으니 잠시……."

"이봐, 이봐, 아케치 군. 여기에 있는 건 자네도 알고 있는 형사부장 아닌가? 어찌 그런 실례되는 말을 하는가?"

"하지만 매우 중대한 일이기 때문에 사실은 총감님께 말씀드리기조차 망설여질 정도입니다. 실례합니다만 잠시 사람들을 물려주셨으면……."

아케치는 아주 말하기 어려운 모양이었다.

"아케치 군, 오늘은 너무 조심하는데." 형사부장이 웃으며 자리에서 일어났다. "어쨌든 저는 다른 곳에도 볼일이 있으니 다음에 다시 오도록 하겠습니다. 그럼 아케치 군, 잘 부탁하네."

그는 이렇게 말하고 총감실 밖으로 나갔다.

"그럼 들어보기로 할까. 그 중대한 사건이라는 건 대체 어떤 일인가?"

아카마쓰 총감은 이 천재 탐정의 기발한 소행을 매우 재미있어하고 있었다.

"사람들을 완전히 물려주시기 바랍니다."

아케치는 강경했다.

"그럼," 총감이 더욱 재미있어하며, "이보게, 자네. 잠시 자리를 비워주게."

총감실 입구의 자리에서 접수를 담당하고 있던 자가 자리를 떠났다. 이제 남은 것은 글자 그대로 두 사람뿐이었다.

"문의 열쇠를 가지고 계신가요?"

"열쇠? 자네, 문을 잠그겠다는 말인가? 이거 참." 총감이 미소 지으며, "아마 그 접수 책상의 서랍에 있을 걸세."

열쇠를 찾아낸 아케치는 안에서 문을 잠갔을 뿐만 아니라 열쇠구멍에 열쇠를 꽂아놓은 채 자리로 돌아왔다.

"이 트렁크 안의 물건을 봐주셨으면 합니다."

"아주 큰 물건이군. 열어보게."

국내여행에는 거의 사용되지 않는, 갑옷 궤만큼이나 커다란 대형 트렁크로 사람 한 명쯤은 들어갈 수 있을 정도의 크기였다.

"너무 놀라지 마십시오. 전혀 뜻밖의 것이 들어 있으니."

아케치가 트렁크의 열쇠를 돌리며 마치 마술사가 비밀 상자를 열어 보일 때와 같은 표정으로 말했다.

그 순간, 아카마쓰 총감의 머릿속으로는 '사체'라는 관념이 번뜩였다. 그러자 트렁크 뚜껑 너머로 그 속에 웅크리고 있는 피투성이의 섬뜩한 고깃덩어리가 눈에 생생하게 보이는 듯한 느낌이 들었다. 제아무리 대담한 총감이라 할지라도 얼굴 근육이 조금은 경직되지 않을 수 없었다.

짤깍, 자물쇠 열리는 소리가 들리고 트렁크의 뚜껑이 1cm, 2cm 천천히 열리기 시작했다. 가장 먼저 나타난 것은 훈장이 번쩍번쩍 빛나는 경찰관의 제모였다. 그리고 제모 아래로 동글동글 살찐 얼굴, 콧수염, 금색으로 번뜩이는 견장, 고급 경찰관의 검은 양복, 비좁은 듯 비스듬히 누워 있는 군도.

지금은 틀림없이 해가 창밖에서 반짝반짝 빛나고 있는 대낮이었다. 또한 아카마쓰 총감은 결코 꿈을 꾸고 있는 게 아니었다. 하지만 꿈이나 환상이 아니라면 이렇게 무시무시한 일이 벌어질 수 있을까? 천하의 호걸 정치가도 앗 하고 한마디 외친 채, 눈은 트렁크 속 인물에 못 박혀버렸으며 몸은 돌처럼 굳어버린 듯 움직일 수 없게 되어버리고 말았다.

아케치 고고로는 트렁크의 뚜껑을 활짝 열고 먹잇감을 가만히 노려보는 뱀과 같은 눈으로 총감의 표정을 바라보았다.

두 사람은 30초 정도 그렇게, 잘 만들어진 실물인형처럼 움직이지도 말을 하지도 않았다.

"하하하하하, 아케치 군, 어쩌자고 이런 짓궂은 장난을 하는 건가?" 간신히 기운을 회복한 총감이 미소인지 울상인지 분간할 수 없는 표정으로 애써 목소리를 높였다. "나와 닮은 인형을 만들어서 놀라게 하다니."

과연 트렁크 속의 인물은 아카마쓰 경시총감과 똑같은 얼굴의 인형이었다. 살찐 몸, 둥근 얼굴, 애교 있게 보이는 콧수염, 동글동글 둥근 눈, 모자도, 제복도, 군도도, 구두도 하나같이 전부 총감과 똑같았으며 머리카락의 숫자까지 똑같지 않을까 의심이 들 정도였다.

"인형처럼 보이십니까?"

아케치가 표독한 목소리로 말했다.

"조금 더 자세히 보시기 바랍니다."

악몽에라도 시달리는 듯한 기분으로 총감은, 자신과 한 치의 차이도 없이 너무나도 잘 만들어진 실물인형을 들여다보았다.

들여다보고 있자니 경시총감의 심장마저도 덜컥 목구멍 부근까지 튀어오를 만큼 섬뜩한 사실을 알게 되었다.

그건 살아 있었다. 인형이 아니었다. 틀림없이 숨을 쉬고 있었다. 비좁다는 듯 구부리고 있는 복부가 가만히 물결치고 있지 않은가? 끔뻑끔뻑 눈까지 껌뻑이고 있지 않은가?

총감은 너무나도 뜻밖의 일에 어떻게 해야 좋을지 생각할 힘조차 잃은 채, 트렁크 속 또 한 명의 총감을 멍하니 바라보고 있었다.

인형의 둥근 뺨이 꿈틀꿈틀 경련을 시작했다. 놀라 숨이 멎은 순간 그 경련이 점점 심해지는가 싶더니 입술이 슥 젖혀지고 하얀 이가 드러나고 그 얼굴이 갑자기 히죽히죽 웃기 시작했다.

그것을 본 50세의 총감은 어린아이처럼 우는 얼굴이 되어 멈칫멈칫 뒷걸음질을 쳤다.

그와 동시에 트렁크 속 사내가 깜짝상자 속의 뱀처럼 갑자기 벌떡 일어났는가 싶더니 두 팔을 벌려 총감을 덮치려는 듯 달려갔다.

머리끝에서부터 발끝까지 똑같이 생긴 두 총감의 몸싸움이 벌어졌다. 하지만 그건 꿈도 아니었고 연극도 아니었다. 대낮의 경시총감실에서 벌어진 일이었다. 배를 움켜쥐고 깔깔 웃고 싶어질 만큼 우습고, 하지만 그와 동시에 온몸의 털이 곤두설 만큼 섬뜩한 일이기도 했다.

달려든 쪽의, 그러니까 가짜 총감이 너무나도 황당한 일에 어찌해야 좋을지 모르고 있던 진짜 총감의 뒤로 돌아가 두 팔을 뒤로 꺾어버렸다.

그러나 과연 산전수전 다 겪은 노련한 정치가였다. 총감은 그 정도의 공포에 직면했으면서도 볼썽사납게 아우성치는 짓만은 하지 않았다. 그는 가만히 마음을 진정시키며 팔을 뒤로 꺾인 채 조금씩 조금씩 데스크 옆으로 다가가 간신히 움직일 수 있는 오른쪽 손가락으로 몰래 탁상 위의 벨을 누르려 했다.

"잠깐, 그건 좀 곤란합니다. 아카마쓰 씨, 그 벨은 목숨과 바꾸셔야 할 겁니다."

한발 앞서 눈치를 챈 아케치가 권총을 겨누며 총감을 위협했다.

"아케치 군, 이게 대체 어떻게 된 일이지? 자네는 언제부터 우리의 적이 된 건가?"

"하하하하하, 제가 아케치 고고로로 보이십니까? 조금 더 눈을 크게 뜨고 보시기 바랍니다. 자."

아케치가 얼굴을 우물우물해 보였다.

"앗, 자, 자네는 대체 누구지?"

아케치가 왼손으로 주머니 속에 들어 있던 커다란 모시 손수건을 꺼내 총감의 눈앞에서 하늘하늘 흔들어보였다. 놀랍게도 그 손수건의 한쪽 구석에는 하얀 박쥐 모양의 낯익은 문장.

"음, 이놈들."

총감이 전신의 힘을 짜내 등 뒤에 있는 적을 뿌리치려 했다. 그러나 괴물에 의해 뒤로 꺾인 팔은 조금도 풀리지 않았다. 이제는 절체절명의 순간이었다. 커다란 소리로 외쳐 사람을 부르는 수밖에 없었다. 그런 생각을 하고 있다는 사실을 안색을 통해 읽어낸 가짜 아케치 고고로가 한시의 틈도 주지 않고 흔들고 있던 손수건을 말아 쥐어 총감의 입가를 힘껏 눌렀다. 순간적으로 입을 막은 것이었다.

순식간에 손발이 묶여 트렁크 속에 웅크려 앉게 된 것은, 이번에는 진짜 아카마쓰 총감이었다. 몸부림을 치려 해도, 소리를 지르려 해도 더는 어찌해볼 수 없는 상황이었다.

"이제 아시겠습니까, 아카마쓰 씨. 저희의 프로그램은 예정대로 착착 진행되고 있습니다. 첫 번째는 미야자키 쓰네에몬, 두 번째는 아케치 고고로, 세 번째는 아카마쓰 경시총감. 다시 말해서 오늘, 당신 차례가 온 겁니다."

가짜 아케치 고고로가 선언했다.

이상한 비유지만 사과 껍질을 벗기지 않고 알맹이만을 몇 개로 떼어내는 것이 가능할까? 가능한 일이다. 바늘과 실만 있으면 간단히 할 수 있는 일이다. 그러나 얼굴에서부터 체형까지 조금도 다르지 않은 사람을 마음대로 만들어내는 이 하얀 박쥐단의 놀라운 마술은, 사과 정도의 문제가 아니었다. 그 어떤 바늘과 실을 가지고 있다 할지라도 그런 터무니없는 일이 가능할 리가 없다.

괴담이거나, 그도 아니라면 동화 속 이야기다. 만약 이것이 현실 속 일이라고 한다면 그 뒤에는 사고력을 훨씬 뛰어넘는 무엇인가가 존재하지 않으면 안 된다. 그러나 옛날부터 위대한 발견이나 발명은 그것이 공표되는 순간까지도, 전 세계의 상식이 불가능하다고 생각했으며 괴담이나 동화 속 얘기라고 비웃은 종류의 일이었다는 사실도 다시 한 번 생각해볼 필요가 있을 것이다.

그야 어찌 됐든 트렁크의 뚜껑이 덮이고 짤깍 자물쇠가 잠겼다. 현 내각의 거성, 정4위 훈3등 경시총감 아카마쓰 몬타로 씨가 이제는 트렁크 속에 담긴 하나의 살아 있는 짐이 되어버리고 만 것이었다. 뚜껑을 닫을 때 아케치가 만약을 대비해서 마취를 맡게 했기에 짐은 이제 조금도 움직이지 않았다.

이상한 방법으로 사무의 인계를 마친 신임 경시총감은 총감의 커다란 안락의자에 떡하니 앉아 탁상 위에 있던 전 총감의 잎궐련을 자르더니 느긋하게 보랏빛 연기를 내뱉었다.

가짜 아케치가 살아 있는 짐이 담긴 트렁크 위에 걸터앉아, 말만은 정중한 투로 신임 총감에게 말했다.

"그럼 각하, 이 트렁크는 일단 제 호텔에 보관해두기로 할까요?"

이에 대해서 신임 총감이 부임 후 처음으로 입을 열었다.

"아아, 그렇게 해주게. 그런데 그 짐을 나르려면 문을 열어야겠지."

놀랍게도 목소리까지 아카마쓰 몬타로 씨와 똑같았다.

"하하하하하, 참으로 옳으신 말씀입니다."

아케치가 웃으며 일어나 문 쪽으로 가서 열쇠를 돌리고 걸쇠를 풀었다. 그리고 신임 총장이 벨을 누르자 조금 전의 접수 담당관이 안으로 들어왔다.

"그래, 누군가에게 도움을 청해서 이 트렁크를 밖으로 들고 나가게. 그리고 참, 아케치 군, 차를 대기시켜 놓았는가?"

"네, 인력거를 대기시켜 놓았습니다."

"그럼, 그 인력거에 실어주도록 하게. 알겠는가?"

접수 담당관이 공손하게 물러났다.

이렇게 해서 아무런 어려움도 없이 신구 경시총감의 경질이 행해졌으며, 아케치 고고로는 아무것도 모르는 척 진짜 총감을 실은 인력거를 따라서 어디인지 모를 곳으로 떠나가버리고 말았다.

자선병 환자

　실업계의 거물인 미야자키 쓰네에몬 씨가 머리끝부터 발끝까지 가짜로 사실은 하얀 박쥐단의 일원이라면, 그 인망과 헤아릴 수 없을 정도의 자산을 운용함으로 해서 일종의 산업동란을 불러일으키는 것은 그다지 어려운 일이 아니다.
　이미 나타난 한 가지 예를 들자면 가짜 미야자키 씨가 거의 무모함에 가까운 직공들의 요구를 무조건 승인했다는 사실이 업계 일반의 커다란 타격이 되어 떠들썩한 여론을 불러일으켰으며 동업종 조합들의 내분을 빚었다. 그뿐만 아니라 당시의 생산품 시가로는 채산 불능, 전 방적사업의 성립조차 위태롭게 하여, 극단적으로 말하자면 일본의 동업자는 전멸할 수밖에 없는 위기에 봉착했다고까지 말할 수 있었다. 물론 당사자인 미야자키 씨가 모든 비난의 표적이 되고 동업자의 원한의 대상이 되었다는 사실은 말할 필요도 없을 것이다. 딸이 살해당한 것은 동정받을 만한 일이지만 그렇다고 해서 사후에 이르러 직공들의 요구를 받아들일 필요는 없지 않은가, 오히려 공장을 폐쇄했어야 했다는 것이었다. 하지만 우습게도 그 미야자키 씨는 사실 악당이었다. 사업계의 지위를 잃든지 말든지, 회사가 이익을 창출하든지 말든지, 그런 것은 전혀 문제가 되지 않았다. 그는 유산사회로부터 마귀 같은 짐승이라는 소리를 들으면서도 철면피처럼 무관심하게 그 말을 한 귀로 듣고 한 귀로 흘렸다.

그런데 이 사건으로 타격을 입은 것은 단지 동업자들뿐만이 아니었다. 일본의 전 산업계에 지금까지 전례가 없을 정도의 노동자 횡포시대가 오는 것이 아닐까 의심이 들 정도였다. 왜냐하면 이와부치 방적의 노동쟁의가 끝나고 채 일주일도 지나지 않아서 전국 각지의 여러 제조공업에서 이미 5개의 쟁의가 발생했기 때문이었다. 그들은 이와부치 방적의 실례에서 재미를 붙여 우쭐해진 것이었다. 쟁의로 먹고사는 사람들이 그런 마음을 이용해서 일으킨 선동이 힘을 얻은 것이었다.

그러자 묘하게도 그것이 어떤 지방에서 일어난 쟁의든 직공의 요구서가 제출됨과 동시에 이와부치 방적 때와 마찬가지 협박장이 사업 수뇌자의 집에, 누가 가져온 것인지도 모르게 나타났다. 딸이나 아들, 혹은 부인의 목숨을 가져가겠다는 바로 그 문구였다.

실제로 벌어진 미야자키 씨 딸의 예로 겁을 먹고 있던 자본가들은 결국 직공들의 요구를 들어줄 수밖에 없었다. 그렇게 하지 않으면 공장을 폐쇄할 수밖에 없었다.

이러한 기세로 연달아 쟁의가 발생하고 연달아 노동자들의 요구를 들어준다면 극도의 물가폭등을 초래하거나, 생산 공업이 전멸할 판이었다.

신경과민의 논설기자는 벌써부터 그것을 걱정하는 논조를 내비쳤으며, 여론은 점점 높아져만 가고 있었다. 상공회의소가 움직이기 시작한 어느 날의 내각회의에서는 이 일이 각료들의 가장 커다란 화제가 되었다.

이제 하얀 박쥐 문장은 부르주아에게 공포와 증오의 상징이 되었다. 또한 한편으로는 유리한 입장에 선 것처럼 보이는 노동자들도 하얀 박쥐단의 진의를 알 수 없었기에 마음 한구석에서는 두려움을 느끼지 않을 수 없었다. 누가 뭐래도 상대는 도둑질과 살인을 저지르는 단체였다. 그들의 폭력을 빌려 쟁의에 성공한 것이니 이는 노동자계급의 명예훼손이라고 주장하는 정의파까지 등장하기 시작했다. 학자, 논객은 한목소리로 잔악한 하얀 박쥐단이 전멸하기 전까지는 전국의 노동자들이여, 결코 경거망동해서는 안 된다고 충고했다.

방적회사를 교란시킨 자, 살인귀 집단을 어째서 방임하는 것인가, 정치가들은 잠을 자고 있는 것인가, 경찰은 무엇을 하고 있는 것인가 하며 결국 비난의 화살은 경찰로 향했다. 그 가운데서도 하얀 박쥐의 본거지인 도쿄의 경시청이 집중포화의 대상이 되었다.

그런데 참으로 어처구니없게도 그 괴적 퇴치의 책임자인 도쿄 경시청 최고지휘자는 어느 틈엔가 가짜로, 더구나 누가 봐도 구분할 수 없는 쌍둥이와 같은 괴적의 일원으로 바뀌어 있었다. 다시 말해서 하얀 박쥐단은 그들에게 있어서 가장 크고 유일한 적인 경시청을 일찌감치 점령해버린 것이었다.

가짜 아카마쓰 몬타로 씨는 관저로 돌아가면 전 총감의 부인과 침실을 함께했으며, 청에 들어와서는 부하들의 눈을 교묘하게 속였는데, 가짜라고는 하지만 진짜 뺨칠 정도로 그 수완은 얕잡아볼 수 없는 것이었다.

가짜 총감의 책상에는 결재해야 할 중요 서류 외에도 시민들의 비난과 공격이 담긴 투서가 산더미처럼 쌓여 있었다. 그는 매일 정시에 출근해서 서류에 무턱대고 도장을 찍는 것과, 이 흥미진진한 투서를 읽는 것이 일이었다. 당시 총감실을 찾은 청 안의 사람들은 그가 아주 재미있다는 듯 싱글벙글 웃으며 총감을 질타하는 투서를 탐독하는 모습을 보고 이 노정치가의 대담함에 경탄하곤 했으나, 사실은 조금도 놀랄 만한 일이 아니었다. 그는 경찰 당국자의 무능을 진심으로 재미있어하며 투서를 보낸 사람들과 함께 비웃고 있었을 뿐이었으니.

그가 경시청의 내부 사정에 익숙해져감에 따라서 밤낮으로 그의 머릿속을 괴롭힌 것은, 부장이네 과장이네 각 서의 서장이네 하는 사람들을 어떤 명목으로 경질할까, 그리고 어떤 식으로 경질해야 경찰의 능력을 가장 저하시킬 수 있을까 하는 중대한 문제였다. 그러나 가짜 총감의 음모가 어떤 형태로 나타났는지, 또 그 결과 거의 무경찰 상태와 다를 바 없는 도쿄에 어떤 전율할 만한 재앙이 일어나기에 이르렀는지 등등은 훗날의 이야기다.

한편 경시총감 다음으로 하얀 박쥐단의 마수가 뻗칠 곳은 그들의 프로그램에 따르자면 내각총리대신인 오카와라 고레유키 씨의 관저였다.

오카와라 백작 일가는 몇 년 전에 부인을 잃은 뒤부터 양자인 슌이치와 친딸인 미네코 두 사람을 제외하면 육친은 없고, 그 외에는 하인뿐인 쓸쓸한 가정이었다. 부인과의 사이에 오랫동안 자녀가 없었기에 친척인 슌이치를 양자로 맞아들인 것이었는데 그로부터 몇 년 뒤에 갑자기 미네코가 태어났다. 이에 미네코와 양자인 슌이치를 맺어주기로 해서 자칫 복잡해지기 쉬운 상속문제를 미연에 방지했다. 다행히 당사자들도 이 결혼에 불만은 없었으며 지금은 약혼을 한 상태였다.

미네코는 아름다운 용모와 뛰어난 지혜를 가진 참으로 훌륭한 백작의 딸이었다. 늦둥이로 태어난 외동딸이었기에 극도로 애지중지 키워서인지 딱 한 가지 묘한 결점(혹은 장점)을 가지고 있었다. 그것은 보통의 정도를 넘어서 자비심이 깊다는 사실이었다. 이것이 어째서 결점인가 하면, 그녀의 자비심은 너무나도 엉뚱한 형식으로 나타나는 경우가 많았기 때문이었다.

예를 들어 어떨 때 그녀는 길가의 거지에게 자신이 입고 있던, 지금 막 찾아온 값비싼 맞춤 코트를 벗어 입혀준 채 서둘러 집으로 돌아온 적도 있었다. 아니, 조금 더 심할 때는 할머니 거지를 자동차에 태워 저택으로 데리고 와서는, 당시 아직 살아 있던 어머니에게 이 할머니 거지를 집에서 돌봐주자고 조른 적도 있었다.

미네코의 커다란 자비심은 동족 사이에서뿐만 아니라, 신문·잡지의 가십을 통해 세상 일반에서도 화제가 되었으며, 세상을 떠난 백작 부인은 이 광기 어린 듯한 딸의 미덕을 유일한 걱정거리로 삼고 있을 정도였다.

만약 오카와라 백작의 집에 괴적 하얀 박쥐가 파고들 틈이 있다고 한다면, 딸의 이러한 기벽이 유일한 것이었을지도 모른다. 그만큼 이 대정치가의 생활에는 허점도 빈틈도 없었다. 그뿐만이 아니라 하얀 박쥐 일당은 종전의 수법을 봐도 알 수 있는 것처럼(예를 들어서 가짜 시나가와가 일부러 진짜 시나가와의 집으로 도망쳐 들어가 한 치의 차이도 없는 두 얼굴을 늘어놓아 아케치 고고로를 야유한 것처럼) 굳이 기상천외한 수단을 골라 그 기괴한 착상을 과시하는 듯한 이른바 범죄자의 허영심을 한껏 가지고 있었다.

그러던 어느 날, 백작의 딸인 미네코가 저택의 서재에서 생각에 잠겨(왜냐하면 약혼자인 슌이치가 당시 간사이 쪽으로 여행을 하고 있었기에) 멍하니 창밖을 바라보고 있자니 널따란 정원의 숲과도 같은 나무들 안쪽에서 비틀비틀 나타난 기묘한 사람이 있었다.

언뜻 보기에 딸과 비슷한 나이의 여자였는데 누가 봐도 거지 이상은 아닌 듯 몸에 걸치고 있는 것이라고는 옷이라기보다, 누더기라기보다, 차라리 실오라기라고 말하는 편이 더 어울릴 만한 것이었다. 발에는 아무것도 신지 않았으며 머리카락은 산발이어서 귀신처럼 얼굴 앞으로 늘어져 있었다.

평범한 아가씨라면 그런 침입자를 본 순간 안으로 도망치거나 사람을 불렀을 테지만, 미네코는 평범한 아가씨가 아니었다. 물론 처음에는 무서운 생각이 들어 창문을 닫으려 했으나 그 다음 순간, 타고난 이상할 정도의 자비심이 모락모락 머리를 쳐들기 시작했다.

미네코는 그 거지 아가씨가 다가오기를 가만히 기다리고 있었다. 이럴 때 사용할 수 있는 가장 큰 자비의 말을 머릿속에서 찾으며.

마침내 창 아래에 다다른 거지가 거기에 멈춰 서서 백작의 딸을 빤히 바라보다 차림새와는 달리 아름다운 목소리로 말했다.

"아가씨, 어째서 달아나지 않으시는 거죠? 무섭지 않으신가요?"

아아, 이 여자는 자신의 처지 때문에 마음이 비뚤어져 있는 거다, 그래서 이런 비아냥거리는 듯한 말을 하는 거다, 라고 백작의 딸은 마음속으로 생각했다. 이에 가능한 한 다정한 목소리로 우선,

"넌 어디로 들어온 거니?"
라고 물어보았다.

"문으로······. 하지만 잘 곳이 없으면 어디가 됐든 가릴 순 없잖아요. 저, 어젯밤에는 정원 구석에 있는 창고에서 잤어요."

뜻밖에도 품위 있는 말을 쓰고 있었다. 이 아이는 태어날 때부터 거지는 아니었던 듯해, 라고 백작의 딸은 생각했다.

"배고프지? 그런데 몸을 의지할 만한 사람이 아무도 없는 거니? 아버지나 어머니나."

"아무도 없어요. 고아예요. 그리고 배는 말씀하신 대로 아주 고파요."

"그럼 사람들 눈에 띄어서는 안 되니 이 창문으로 들어오렴. 지금 내가 뭐 먹을 것 좀 찾아가지고 올 테니."

"아무도 오지 않을까요?"

"괜찮아. 지금 이 집에는 나 혼자밖에 없고 나머지는 하인들뿐이니까."

그건 사실이었다. 아버지인 백작은 수상 관저에 있고 비서와 집사도 모두 그쪽으로 가서 딸의 자선행위를 막을 무서운 하인은 한 사람도 없었다. 백작의 딸 자신도 평소에는 관저에 머물며 아버지의 수발을 드는 역할을 맡고 있었다.

잠시 후, 어디서 찾아가지고 온 것인지 미네코가 비스킷이 든 깡통과 다기를 가지고 들어와서, 더럽다고도 생각지 않고 거지 아가씨를 멋진 의자에 앉게 한 뒤 그 앞의 테이블에 비스킷 깡통을 놓고 기괴하기 짝이 없는 다담회를 열었다.

거지는 배가 아주 고팠었는지 허겁지겁 비스킷 대여섯 개를 한꺼번에 입에 넣었는데 그때 이마 위로 늘어져 있던 머리카락을 귀찮다는 듯이 쓸어 올렸기에 처음으로 그녀의 얼굴을 분명하게 볼 수 있었다.

이 얼마나 아름다운 거지인지. 더러운 옷과는 달리 얼굴만은 지저분해져 있지도 않았으며 영양부족 때문에 초췌해져 있지도 않았다. 가지런한 이목구비와 새하얀 피부. 그러나 미네코가 그렇게도 깜짝 놀란 것은 거지 아가씨가 뜻밖에도 미인이었기 때문이 아니었다.

"어머, 너……."

조금 전에 거지가 나타났을 때조차 꿈쩍도 하지 않았던 아가씨가 자신도 모르게 자리에서 벌떡 일어나 문 쪽으로 달아나려 했을 정도였다.

"아아, 기뻐라. 아가씨의 눈에도 역시 그렇게 보이시나요?" 거지 아가씨가 아주 기쁘다는 듯 외쳤다. "전 더 이상 바랄 게 없어요. 이렇게 볼품없는 거지가 총리대신이자 백작님이신 분의 따님과 똑같이 생겼다니."

실제로 이 두 사람, 백작의 딸과 거지 아가씨는 한 사람이 단발에 빛나는 옷, 한 사람은 산발에 거적 같은 누더기를 걸쳤다는 점 외에는 키에서부터 얼굴 생김새까지 쌍둥이라고 해도 좋을 정도로 꼭 닮아 있었다.

"참으로 황송한 얘기지만, 전 훨씬 전부터 아가씨가 저와 판박이처럼 아주 닮았다는 사실을 알고 있었어요. 만약에 저 아가씨를 만나서 한 마디라도 이야기를 나눌 수만 있다면, 그것만이 제 평생의 소원이었어요. 그 소원이 이루어졌으니 이렇게 기쁜 일도 없을 거예요."

거지는 눈에 한가득 눈물을 머금고 있었다.

"어머나, 세상에 이렇게 신기한 일이 또 있을까?"

미네코가 지금까지보다 10배나 더 깊은 자비심을 품게 되어 탄식하듯 말했다.

처지에는 하늘과 땅만큼이나 차이가 있는 두 아가씨였으나 단번에 자매처럼 사이가 좋아졌다.

미네코의 물음에 따라서 거지 아가씨는 자신에 관한 이야기를 자세히 들려주었다. 그 내용을 여기에 적을 필요는 없을 테지만 그녀가 살아온 이야기는 참으로 가엾은 것이었다.

품위 있는 말을 썼으며 얼굴도 아름답고 성격도 그렇게 비뚤어져 있는 것 같지 않았다.

미네코는 벌써부터 새로운 친구가 한 명 더 늘어나기라도 한 것처럼 들떠 있었다.

신상에 관한 음울한 이야기가 끝나자 거지 아가씨도 고귀한 아가씨와 친구처럼 시간을 보내고 있다는 기쁨에 점점 쾌활해졌고, 고귀한 아가씨도 가슴 먹먹하고 눈물 나는 이야기에 진력이 나서 장난을 치기 시작했다.

"아아, 좋은 생각이 났어. 정말 멋진 일이야. 얘, 나 지금 아주 아주 재미있는 놀이를 생각해냈어." 미네코가 눈을 반짝이며 외쳤다.

"어머, 아가씨와 제가 무엇인가를 하며 논다고요?"

거지가 깜짝 놀라 되물었다.

"그래, 맞아. 나 어렸을 때 말이지『거지왕자』라는 동화를 읽은 적이 있었어. 그래서 생각이 난 거야. 저기 말이지……."
하고 무엇인가를 소곤소곤 속삭였다.

"어머, 황송하게도. 그런 일이……."

거지 아가씨는 너무나도 당황스러운 말에 멍해져서 뭐라 사양해야 좋을지도 모르겠다는 듯한 태도였다.

아아, 미네코의 유별난 자비심이 터무니없는 장난을 생각해낸 것이었다. 그 결과 그렇게 커다란 사건이 일어나게 될 줄은 꿈에도 생각지 못하고.

거지 아가씨

 백작의 딸이 기발한 장난을 생각해냈다. 이 거지 아가씨에게 자신의 옷을 입히고 자신은 거지의 누더기를 입어 『거지왕자』라는 소설의 흉내를 내보겠다는 것이었다. 미네코의 극단적인 자비심이 이 가엾은 거지 아가씨에게 한때나마 백작의 딸이 된 꿈을 꾸게 해주고 싶다고 생각한 것이었다.

 두 사람은 거울 앞에서 서로의 옷을 바꿔 입었다. 거지 아가씨는 백작의 딸이 직접 들고 온 대야로 더러워진 손을 씻고 얼굴에 화장을 했다.

 "얘, 머리를 짧게 깎아도 괜찮겠니?"

 거지가 고개를 끄덕이자 백작의 딸은 머리 모양까지 자신과 조금도 다르지 않은 단발로 짧게 잘라주었다. 상당히 애를 먹기는 했으나 비전문가의 솜씨치고는 꽤나 그럴듯했다.

이번에는 백작의 딸 차례였다. 그녀는 거지의 누더기를 입고 머리를 헝클어뜨린 다음 거울을 보았다.

"어머나, 이렇게 아름다운 거지가 세상에 어디 있어요? 얼굴에 이 눈썹먹을 얇게 발라드릴까요? 그러면 진짜 같을 거예요. 누가 봐도 화족의 딸이라고는 생각지 않을 거예요."

거지가 신이 나서 이런 말까지 했으나 미네코는 오히려 재미있다는 듯, 여학교 때의 가장무도회 등을 떠올리며 거지의 말대로 얼굴 전체에 눈썹먹을 바르게 했다.

분장을 완전히 마친 두 사람이 어깨를 나란히 하고 거울 앞에 섰다.

"아무리 봐도 모르겠어. 내가 너고 네가 나라는 사실은."

"어머, 황송해라. 저는 이제 죽어도 여한이 없어요. 잠시나마 대신님의 딸이 되었다고 생각하면."

"얘, 그렇게 기쁘니?"

백작의 딸이 된 거지보다 거지가 된 미네코가 더 기뻐하는 듯했다. 그녀는 한동안 거울을 바라보고 있다가 무슨 생각을 했는지 큭큭 웃으며,

"얘, 조금 더 얌전한 표정으로 서생이나 하녀들이 있는 저쪽 방을 둘러보고 오렴. 만약 조금도 의심을 받지 않고 돌아오면, 글쎄, 뭔가 선물을 줄게."

거지 아가씨는 어떻게 그런 일을, 하며 뒷걸음질 쳤으나 백작의 딸이 문을 열고 밀쳐내듯 했기에 어쩔 수 없이 복도로 나가 쥐 죽은 듯 고요한 저택 안을 부엌 쪽으로 걸어갔다.

복도의 모퉁이를 돌아선 순간 맞은편에서 다가오던 서생과 마주쳤다. 그를 본 거지 아가씨가 갑자기 꺅 비명을 지르며 서생을 향해 달려갔다. 달아나려 했으나 너무 당황한 것이었을까? 그렇다고 하기에는 모습이 아무래도 이상했다. 그 다음 순간, 참으로 놀라운 일이 시작되었다.

"어서 이리 와봐. 큰일 났어. 내 방에 말이지, 거지 여자가 들어와서 방을 휘젓고 다니고 있어. 얼른, 얼른 그 사람을 내쫓아줘."

미네코로 분장한 거지 아가씨가 서생에게 어처구니없는 부탁을 했다.

"네? 거지가? 아가씨의 방에? 터무니없는 녀석이로군. 여기서 기다리고 계세요. 바로 내쫓아버릴 테니까요."

서생이 아무런 의심도 없이 복도를 한달음에 달려 아가씨의 방으로 가보니 시커먼 얼굴의 더러운 거지 여자가 뻔뻔스럽게도 아가씨의 의자에 걸터앉아 한가롭게 차를 마시고 있지 않겠는가.

"이놈, 넌 대체 누구지? 여기가 어딘 줄 알아? 우물쭈물하고 있으면 경찰에 넘기겠어."

서생이 아무리 무섭고 사나운 태도로 호통을 쳐도 뻔뻔하기 짝이 없는 거지 여자는 겁을 먹지 않았다.

"어머, 왜 그렇게 화를 내는 거지? 잠깐 장난을 쳐본 것뿐이야. 그렇게 화낼 것까지는 없잖아."

서생은 어이가 없었다.

"뭐라고! 잠깐 장난으로 남의 방에 들어온다면 누가 가만있겠어. 어서 나가. 나가지 않으면 이렇게 해주겠어."

그는 다짜고짜 거지 여자(실은 백작의 딸인 미네코)의 뒷덜미를 잡아 있는 힘껏 창밖으로 밀쳐버리고 말았다.

미네코는 크게 분개해서 서생의 무례함을 야단쳤으나 아무런 효과도 없었다. 장난이 너무 지나쳤던 것이었다. 두 사람의 분장이 너무나도 완벽했기에 서생조차 구분을 하지 못하는 것이었다. 이런 사실을 깨달은 백작의 딸이 더 이상 화를 내지 않고 차분하게 설명하기 시작했으나 서생은 도무지 들어주지 않았다. 미친 사람 취급을 하며 상대하려 들지도 않았다. 당연한 일이었다. 설령 거지의 얼굴이 백작의 딸과 닮았다 할지라도 진짜 백작의 딸은 복도에서 기다리고 있었다. 설마 백작의 딸이 거지로 분장하리라고 누가 상상이나 하겠는가? 게다가 백작의 딸로 분장한 거지 아가씨가 그렇게 옷을 바꿔 입은 적은 없었다, 얼굴이 비슷하다는 점을 이용해서 거지가 말도 안 되는 트집을 잡는 것이라고 그럴듯하게 말했기에 상대방이 한층 더 미친 사람처럼 보였다.

아무리 설명을 해보아도 소용없었기에 가엾은 미네코는 결국 서생과 문지기에 의해서 거칠게 문 밖으로 내쫓기고 말았다.

그렇게 되자 집 안에서 곱게만 자란 백작의 딸은 아무런 생각도 떠오르지 않았다. 그저 화가 날 뿐이었다. 너무 흥분한 나머지 하고 싶은 말도 제대로 할 수 없었다. 어찌해야 좋을지 몰라 문 앞에 서 있자니 머릿속에 자연스럽게 떠오르는 것은 자비심 깊은 아버지, 백작이었다. 그래, 아버지라면 설마 딸을 못 알아보시지는 않겠지. 아버지를 찾아가기로 하자. 그게 좋겠어. 이렇게 마음을 정하고 그리 멀지 않은 곳에 있는 수상 관저로 터벅터벅 걷기 시작했다.

길을 가던 사람들이 고개를 돌려 쳐다보며 지나갔다. 어딘가 품위가 있고 아름다워 보이는 거지였기 때문이었다. 그러나 미네코에게는 꿈에도 생각지 못했던 모욕의 길이었다. 그대로 땅바닥에 주저앉아 울고 싶은 마음을 간신히 달래가며 걸었다.

이삼백 미터쯤 걸어갔을 때, 요란한 경적소리에 놀라 길가로 비켜서며 바라보니 낯익은 저택의 자동차. 누굴까 의아히 여기는 사이에 자동차는 멀리 떨어져 지나쳐버리고 말았다. 미네코는 깨닫지 못했으나 그 차에는 백작의 딸로 둔갑한 조금 전의 거지가 타고 있었다. 행선지는 마찬가지로 수상 관저. 기민한 그녀는, 미네코보다 앞질러 가서 미네코가 아버지인 백작과 만나는 것을 막아야겠다고 생각한 것이었다.

잠시 후, 거지 여자가 된 미네코가 관저의 문 앞에 다다랐을 때 지시를 받은 문지기 아저씨는 만반의 준비를 하고 기다리고 있었다.

문으로 들어서려는 거지 아가씨를 밀쳐내고 그가 말했다.

"역시나 나타나셨군. 너에 대해서는 나도 이미 잘 알고 있어. 한 발짝도 문 안으로는 들일 수 없어."

밀려 넘어진 미네코는 너무나도 황당한 일에 일어설 힘조차 나지 않아 그대로 땅바닥에 얼굴을 대고 분해서 엉엉 울고 말았다.

순간적으로 떠오른 『거지왕자』 장난이 이렇게까지 그 이야기의 줄거리와 똑같이 전개될 줄은 꿈에도 생각지 못했었다. 하지만 어쩌면 이렇게 되는 것이 당연한 운명이었을지도 몰랐다. 세상에 나와 그 아이처럼 똑같이 생긴 두 사람이 존재하고 있다는 사실을 누가 믿기나 하겠는가. 대결을 한다 할지라도 두 사람이 똑같은 사실을 주장한다면 지금 백작의 딸의 지위에 있는 쪽이 이길 것은 너무나도 자명한 일이었다. 바로 그렇기 때문에 이야기 속 왕자님도 그렇게 고생을 한 것 아닌가. 이런 생각이 들자 더욱 희망이 끊어져버린 듯하여 미네코는 그저 우는 것 외에는 달리 도리가 없는 듯 여겨졌다.

마취제

지금부터는 이야기의 속도를 조금 더 빨리 해야겠다. 같은 얘기를 언제까지 계속해봐야 끝도 없기 때문이다.

그 이후 미네코 양은 어떻게 되었을까? 하얀 박쥐단의 음모가 멋지게 맞아떨어졌기에 그녀는 장난으로 시작한 분장이 원인이 되어 결국은 거지들의 무리에 몸을 두는 운명을 맞이하게 되었다. 거지로 몰락해버린 백작 딸의 신기하고도 가슴 아픈 이야기, 그것을 자세히 기술하면 아마도 한 편의 기이한 이야기가 완성될 테지만 지금은 그럴 만한 여유가 없다.

그 이튿날, 미네코의 약혼자인 슌이치가 오사카의 호텔에서 기괴한 죽음을 맞이했다. 물론 이것도 하얀 박쥐단의 마수가 뻗친 것이었는데 그들은 백작의 딸을 바꿔치기한 사실을 간파할 수 있는 사람은 약혼자인 슌이치밖에 없다, 우선은 이 훼방꾼을 제거하지 않으면 최후의 목적인 오카와라 백작에 대한 음모에 안심하고 착수할 수 없을 것이라고 생각한 것이다.

한편 연달아 일어난 두 사건에서 열흘 정도 지나 슌이치의 장례식도 끝났을 무렵, 오카와라 수상 관저에서 갑자기 발생한 기괴하기 짝이 없는 일.

어느 날 저녁, 한없이 길고 길었던 내각회의가 끝나고 돌아가는 각료들을 배웅한 수상은 평소와 달리 커다란 피로감이 밀려왔기에 자신의 방으로 들어가 의자에 늘어져버리고 말았다. 양자인 슌이치의 변사가 백작의 사생활에 슬픈 공허를 가져다준 것이었다. 그는 수상으로서의 격무에 조금이라도 틈이 생기면 어느 틈엔가 그 공허에 빠져버리고 마는 자신을 발견했다.

게다가 그에게는 묘하게 마음에 걸리는 일이 한 가지 더 있었다. 조금 전 회의를 시작하기 전에 노무라 비서관이 속삭인, 일신상의 안전과 관련된 중대한 일이었다. 그는 그 말을 들은 순간 비서관의 머리가 이상해진 것 아닐까, 혹은 한낮의 꿈이라도 꾸고 있는 게 아닐까 의심했다. 무슨 말도 안 되는 소리를 하는 거냐고 호통을 칠까도 싶었다. 그러나 오랫동안 사람을 보아온 백작의 눈에 노무라의 태도와 말투가 아무래도 허튼 것처럼 보이지는 않았다.

지금까지 현실에서 일어난 일에는 두려움을 느낀 적이 없었던 대정치가도 이 묘한, 악몽과도 같은 감정을 어떻게 처분해야 좋을지 곤혹감을 느끼고 있었다. 말도 안 되는 소리라며 웃어넘기기는 쉬운 일이었다. 그러나 노무라 비서관의 머리가 설마 이상해진 것은 아니리라. 나는 그 사람이 말한 대로 기묘한 연극을 하지 않으면 안 되는 것일까?

백작이 생각에 잠겨 있을 때, 그가 지금 환상 속에서 그려보고 있던 바로 그 인물이 들어왔다. 딸인 미네코였다.

"홍차를 가져왔어요."

미네코가 정숙하게 말했다.

무슨 이유에서인지 백작은 깜짝 놀란 듯 딸을 가만히 바라보았다.

"너 미네코지? 틀림없이 미네코지?"

"어머, 무슨 말씀을 하시는 거예요, 아버지."

딸은 방울소리처럼 웃어 보였다.

백작이 딸의 손에서 홍차 용기를 받아들고 입으로 가져가며,

"너, 이걸 아버지께 먹이려는 거냐?"

라고 묵직한 힘이 느껴지는 목소리로 확인하듯 물었다.

그러자 이번에는 미네코의 얼굴이 새파랗게 질리더니 아주 당황한 듯한 모습을 보였으나, 아주 짧은 순간에 원래의 냉정함을 되찾았다.

"어머, 이상한 말씀만 하시네요. 아버지, 오늘은 많이 피곤하신가 봐요."

백작은 역시 미네코를 가만히 바라본 채 입술 끝에 섬뜩함이 느껴지는 옅은 미소를 지으며 홍차 잔에 입을 댔다.

두툼한 입술 앞에서 홍차 잔이 점점 기울어져갔다. 목젖이 꿀꺽꿀꺽 위아래로 움직였다. 백작은 짧은 시간 동안에 그것을 전부 마셔버리고 말았다.

미네코가 두리번두리번 방 안을 둘러보며 어째서인지 차분하지 못한 모습으로 백작 앞 의자에 앉아 있었다. 얼굴은 새파랗게 질려 있었으며 부들부들 떨려오는 몸을 아무리 진정시키려 해도 어찌할 수가 없는 모양이었다.

바로 그때 노무라 비서관이 들어왔다. 그는 백작이 이미 홍차를 마셔버렸다는 사실을 확인하고 딸과 얼른 묘한 눈짓을 주고받은 뒤, 곧 아무 일 없었다는 듯 태도를 바꾸어 백작 앞으로 다가가 말했다.

"지금 막 내무대신이 보낸 사람이 왔습니다. 급히 봐주시길 바란답니다."

내민 한 통의 편지. 백작은 그것을 뜯어 읽기 시작했으나 두어 줄도 읽지 못하고 그의 이마가 묘하게 흐려지더니 편지를 들고 있던 손이 힘없이 떨어져갔다.

"무슨 일이십니까, 각하. 어디 몸이라도 안 좋으십니까?"

"아버지. 아버지."

비서와 딸이 동시에 달려가 백작의 거구를 지탱하려 했으나 백작은 이미 비몽사몽 부자연스러운 잠에 빠져버리고 말았다.

그 모습을 본 비서가 문으로 달려갔기에 관저 안의 사람들을 부르려는 줄 알았더니, 그게 아니라 오히려 방 안에서 문을 잠가버리고 말았다.

백작은 어느 틈엔가 의자에서 미끄러져 내려 바닥 위에 누워 있었다.

"계획한 대로 됐네요."

딸 미네코가 연극의 독부와도 같은 말을 했다.

"당신의 솜씨에는 정말 놀랐습니다. 이것으로 네 명째를 해치운 셈입니다."

노무라 비서관이 말했다. 네 명째란 하얀 박쥐단 인명부의 네 번째라는 의미였다.

아아, 이 무슨 기괴하기 짝이 없는 사실이란 말인가? 놈들은 내각총리대신을 쓰러뜨리기 위해서 우선 그 딸을 바꿔치기하고 다음으로 양자인 슌이치를 살해하고 어느 틈엔가 노무라 비서관까지 바꿔치기한 것이었다. 진짜 노무라 씨는 오래도록 백작의 은총을 입은 청렴결백한 선비, 범죄단에 가담할 인물이 아니었다. 여기에 있는 비서관은 노무라 씨를 쏙 빼닮은 다른 사람임에 틀림없었다.

"잠깐 도와주시기 바랍니다."

가짜 비서관이 가짜 백작의 딸을 재촉해서 힘없이 잠에 빠져 있는 백작의 몸을 한쪽 구석에 있는 벽장 앞까지 끌고 갔다. 비서가 열쇠로 문을 열었다. 백작의 몸을 그 안으로 밀어 넣었다.

"나머지는 저 혼자서도 충분합니다. 당신은 창밖을 감시해주세요."

그는 이렇게 말하고 벽장의 새카만 어둠 속으로 모습을 감췄다. 거기에는 미리 넣어두었던 관 같은 상자가 있었다. 그 안에는 하얀 박쥐단에서 파견한 가짜 오카와라 백작이 숨어 있었다. 가짜 백작이 상자에서 나온다. 가짜 비서와 둘이서 진짜 백작을 상자에 넣는다. 뚜껑을 닫고 열쇠를 채운다. 이렇게 하면 별 어려움 없이 총리대신 바꿔치기가 끝나는 것이다. 진짜 총리대신을 가두어놓은 상자는 벽장 속에 그대로 숨겨두었다가 기회를 봐서 가지고 나가기로 되어 있었다.

어둠 속에서 바스락거리던 가짜 비서관이 마침내 거기서 나오자 그 뒤를 따라서 모습을 드러낸 것은 참으로 신기하게도, 지금 마취약 때문에 깊이 잠들었던 백작이 멀쩡하게 눈을 뜨고 나온 것이라고밖에는 여겨지지 않을 정도로 어디를 봐도 오카와라 수상 본인이었다.

"어머, 아버지."

미네코가 감탄한 듯 외치고 그 인물 곁으로 다가갔다.

"그래, 미네코냐."

가짜 백작은 등장하자마자 곧바로 연극을 시작했다.

"그런데 각하, 조금 전 내무대신이 보낸 편지에 대한 답은 어떻게 하시겠습니까?"

가짜 비서가 공손하게 말했다. 세 폭짜리 가짜 병풍이었다.

"그렇지. 편지에 대한 답장도 좋지만 우선은 경시총감에게 전화를 걸어주게. 벌써 퇴근했다면 관저로 전화를 걸게. 그리고 총감이 심취해 있는 사립탐정 아케치 고고로를 데리고 여기로 얼른 와달라고 해주게. 아, 잠깐만. 약간 중대한 사건이 벌어졌으니 솜씨 좋은 부하도 대여섯 명 데리고 오라고 말하도록. 상대는 꽤나 만만치 않은 녀석이라고."

수상 스스로가 이처럼 이상한 명령을 내린 것은 전례 없는 일이었다. 하지만 어차피 상대는 가짜 총감, 가짜 사립탐정이었다. 한통속에게서 온 전화이니 당장 달려올 것이 뻔했다.

그런데 백작은 무엇 때문에 총감과 아케치를 부르는 걸까? 둘뿐이라면 그나마 이해가 가지만 힘이 센 경관 몇 명을 데리고 오라는 건 아무래도 좀 이상했다. 대체 여기서 무슨 일을 시작할 생각인 걸까? 딸 미네코는 이상히 여기지 않을 수 없었다. 그런 일은 예정된 계획에 없었기 때문이었다.

그러나 노무라 비서관은 아무런 의심도 들지 않는 듯, 문을 열어 전화실로 갔다가 곧 돌아와서는,

"총감은 바로 올 겁니다."

라고 보고했다.

드러난 음모

 백작과 비서관이 다른 응접실에서 기다리고 있자니 30분쯤 지나서 경시총감 일행이 우르르 들어왔다.

 테이블을 둘러싸고 의자에 앉은 것은 백작, 노무라 비서, 아카마쓰 경시총감, 아케치 고고로 네 사람, 따라온 경관들은 현관 밖에서 대기하고 있었다.

 아케치 고고로가 입구 쪽으로 가서 복도를 둘러보고 아무도 없다는 사실을 확인한 뒤 문을 잠그고 자리로 돌아오며,

 "그런데 따님인 미네코는?"

이라고 백작과 비서에게 물었다.

 "역시 마음에 걸리나요? 요시에 씨는 아무 탈도 없이 저쪽 방에 계십니다."

 노무라 비서가 생글생글 웃으며 대답했다. 이게 어떻게 된 일

이란 말인가? 백작의 딸 미네코가 어느 틈엔가 요시에라 불리고 있었다. 요시에라면 이 이야기의 전반부에 종종 얼굴을 내민 아오키 아이노스케의 아내의 이름 아니었던가. 어쩌면 그녀는 '한 손 미인' 사건으로 이미 세상을 떠났을지도 모를 사람이었다.

"그런데 아주 급한 용건이라는 건 뭐지, 백작?"

경시총감이 평소와는 전혀 다른, 무례하기 짝이 없는 말로 백작에게 물었다. 물론 그는 백작을 이미 가짜와 바꿔치기했다는 사실을 노무라 비서에게서 들어 알고 있었던 것이었다.

"응, 사실은 아주 커다란 범죄자가 이 관저 안에 있어. 그놈을 즉각 체포해줬으면 해서."

백작이 차분하게 말했다.

"범죄자? 도둑놈인가? 그런 놈을 잡기 위해서 총감이 직접 출마한다는 건 좀 우스운 얘기 아닌가? 이봐 백작, 조금 더 자중하지 않으면 탈을 쓰고 있다는 사실이 들통날지도 몰라."

"도둑놈 따위로 자네를 부르거나 하지는 않아. 국사범이야. 아니, 국사범이라는 말로도 부족하지. 공산당보다도, 혁명보다도 훨씬 더 무시무시한 범죄야."

"이봐, 백작. 겁주지 말라고. 장난도 적당히 해야지. 기껏 불러놓고는."

경시총감은 웃음을 터뜨렸다.

"아니, 농담을 하고 있는 게 아니야. 어쨌든 자네가 데리고 온 부하들을 이 방으로 불러 모으도록 하게."

"이봐, 정말이야?"

아카마쓰 총감이 도움을 청하듯 노무라 비서를 보았다.

"정말이야. 우리끼리 잠깐 상의할 일이 있어. 이것도 다 단의 일 가운데 하나야. 경관들을 부르도록 하게."

"그럼 서생에게 명령하도록 하게."

마침내 총감도 수긍했기에 노무라 비서가 바로 호출 벨을 눌렀다.

잠시 후, 다섯 명의 건장하고 날래 보이는 순사가 들어왔다.

"오카와라 백작님. 그런데 그 범죄라는 건?"

아카마쓰 씨가 경관 앞이었기에 말투를 바꾸어 물었다.

"범죄라는 건 조금 전에도 말한 것처럼 매우 중대한 국사범입니다. 정부를 전복시키고 전국에 일대 소란을 불러일으키려 하고 있는 놀라운 음모입니다."

이 말을 들은 총감이 이상하다는 듯한 얼굴을 했다. 백작이 하얀 박쥐단에 대해서 이야기하고 있는 것이라고밖에는 여겨지지 않았기 때문이었다.

"그런데 범인이 이 관저에 숨어들었단 말씀이십니까? 그건 대체 어디입니까?"

"여기입니다. 이 방입니다."

총감과 아케치는 두리번두리번 방 안을 둘러보았다. 그러나 특별히 사람이 숨어 있을 만한 곳도 보이지 않았다.

"아카마쓰 씨. 경관들에게 체포 준비를 시키시기 바랍니다. 그리고 범인 체포를 명령하시기 바랍니다."

백작이 위엄 있는 목소리로 말했다.

"누구를 말입니까?"

"오노무라 조이치와 아오키 아이노스케, 두 사람입니다."

옆에 있던 노무라 비서가 외쳤다.

그 말을 들은 아카마쓰 총감과 아케치 고고로가 자리에서 벌떡 일어나 창백해진 얼굴로 모두를 둘러보더니 자신도 모르게 몸을 사리며 외쳤다.

"그건 대체 누구를 말하는 겁니까? 그런 놈들이 여기에 있단 말입니까?"

노무라 비서도 두 사람에게 맞서려는 듯 자리에서 일어났다. 그리고 한쪽 구석에 늘어서 있던 경관들에게 손짓을 하며 외쳤다.

"모두, 경시총감과 아케치 고고로를 체포하게. 이놈들은 총감도 아니고 아케치 탐정도 아니야. 오노무라, 아오키라고 하는 하얀 박쥐의 단원이야. 아니 뭘 우물쭈물하고 있는 거야. 얼른 잡아."

그러나 경관들은 망설일 수밖에 없었다. 이들이 정말 가짜일까? 수개월 동안 자신들의 우두머리로 섬겨온 이 인물이 하얀 박쥐단원이라니, 어찌 믿을 수 있겠는가.

"아하하하하, 자네 머리가 이상해진 것 아닌가? 오카와라 백작님, 이 열병 환자를 내쫓아주시기 바랍니다. 이런 말을 듣고도 당신은 아무 생각도 없으신 겁니까?"

총감이 큰소리로 외쳤다.

"저도 노무라 군과 같은 생각입니다. 이보게 경관들, 오카와라의 명령일세. 이 두 사람을 체포하도록."

"잠깐, 잠깐만 기다려주십시오. 제가 아카마쓰가 아니라는 말씀이십니까? 이거 재미있군요. 어째서 제가 아카마쓰가 아니라는 건지 그 이유를 밝혀주시기 바랍니다."

"너는 오노무라 조이치이기 때문이야."

노무라 비서가 대답했다.

"오노무라 조이치? 들어본 적도 없는 이름이야. 하지만 만약 그런 사람이 있다 한들 그 오노무라가 어떻게 해서 아카마쓰와 같은 얼굴을 하고, 그것도 경시청의 총감실에 머물 수 있단 말이지? 언제 오노무라가 아카마쓰로 바뀐 거란 말인가? 여우나 너구리도 아닐 테고, 그렇게 한 치도 다르지 않은 사람이 이 세상에 둘이나 있다는 게 말이나 되나? 허황된 소리도 적당히 해두는 게 좋을 거야."

아카마쓰 씨는 조금 전의 허둥대던 말투도 잊은 듯, 버럭 화를 내 보였다. 이것이 마지막 수단이다, 설령 정체가 들통났다 할지라도 이 한 가지 사실만은 누구도 설명할 수 없을 것이다, 그러니 끝까지 우기면 상대방은 손을 쓸 수 없을 것이다, 라고 지레짐작한 것이었다.

"이봐, 오노무라. 너는 내가 누구라고 생각하고 있는 거지?"

"나는 오노무라가 아니야. 그리고 자네는 노무라 군 아닌가."

"진짜 노무라 비서관이 네놈의 음모를 꿰뚫어볼 수 있을 거라고 생각하는 건가?"

아카마쓰 씨는 갑자기 말문이 막혀버리고 말았다. 이게 대체 어떻게 된 일이란 말인가? 노무라 비서관은 물론 가짜와 바뀌어 있을 터였다. 게다가 그 가짜 역할을 맡은 사람은 누구보다도 신뢰할 수 있는 단원 가운데 한 명, 다케다라는 공산주의자였다. 그 사람이 어째서 이런 말도 안 되는 배신을 시작한 걸까? 오카와라 수상 역시 마찬가지, 가짜 딸과 가짜 비서관이 마취제를 먹여 가짜와 바꿔치기한 뒤 아닌가? 그런데 뜻밖에도 이런 장면을 연출하다니, 대체 어떻게 된 일이란 말인가?

그렇다면 노무라 비서관은 가짜가 아닌가 싶었으나 조금 전의 말을 생각해보니 그것도 아닌 듯했다. 진짜도 아니고, 대역을 맡은 다케다도 아니라면 이 사람은 대체 누구란 말인가?

"너는 누구지? 대체 누구야?"

아카마쓰 씨가 어리둥절해서 소리를 질렀다.

악마 제조공장

"나는 아케치 고고로야."

노무라 비서는 이렇게 말하며 정교한 가발과 가짜 눈썹과 입에 물고 있던 솜을 제거하고 얼굴을 슥슥 문질렀다.

"어때? 너희들 공장의 인간 개조술과 나의 변장술, 어떤 게 더 편리하다고 생각하지? 하하하하."

놀라운 일이었다. 그렇게 말하며 웃은 것은 틀림없이 명탐정인 아케치 고고로였다. 얼굴의 주름에서부터 입술의 곡선, 눈의 크기, 목소리에 이르기까지 거기에 있던 노무라 비서관의 모습은 어디에서도 찾아볼 수 없었다.

"나는 너희들의 소굴에 잡혀 있었어. 바로 그렇기 때문에 너희 하얀 박쥐의 음모는 하나에서부터 열까지 전부 알고 있어. 아오키 요시에가 오카와라 아가씨로 몸을 바꿔서 백작에게 마취제를 먹게 할 것이라는 사실도 알고 있었어. 그 여자가 가지고 있던 마취제를 무해한 가루약으로 바꿔놓고 백작께 부탁해서 일부러 잠든 척해달라고 한 거야. 그리고 백작의 몸을 벽장 속 상자 안에 있는 가짜와 바꿔치기하는 척만 하고 어둠을 이용해서 바꾸지 않은 거야. 그러니까 그 상자 안에는 지금도 너희들의 친구가 갇혀 있는 셈이지."

자리에 있던 사람들은 명탐정의 이 극적인 출현에 놀라 앗 하고 소리를 질렀다.

아카마쓰 씨는 자신도 모르게 옆에 있던 가짜 아케치 고고로를 보았다. 어디 한 군데 다른 곳이 없었다. 아케치 고고로와 아케치 고고로가 마주 서서 상대방을 노려보고 있는 것이었다. 그러나 누구보다도 놀란 것은 가짜 아케치 고고로로 변신한 아오키 아이노스케였다. 그가 만약 진정한 악당이었다면 진짜 아케치에게 너야말로 가짜라며 끝까지 우겨댔을 테지만. 그랬다면 이 조금도 다르지 않은 두 사람의 진위 판별은 거의 불가능했을지도 몰랐으나 독자도 알고 계신 것처럼 아오키는 단지 엽기적인 것을 극단적으로 좋아할 뿐, 실제로는 매우 소심한 사람이었기에 그렇게까지는 하지 못하고 가장 먼저 그 방에서 달아나려 했다.

아오키가 달아나려 하자 악당 오노무라 조이치도 혼자 버틸 용기는 나지 않았기에 그의 뒤를 따라서 문 쪽으로 달리기 시작했다.

"뭘 멍하니 서 있는 거야. 모두, 저 녀석을 잡아."

아케치가 외쳤으나 너무나도 놀라운 일에 꿈이라도 꾸고 있는 듯한 기분이었기에 경관들은 놈들을 쫓으려 하지도 않았다. 앞을 가로막으려는 사람이 없었기에 둘은 순식간에 문 앞에 이르러 얼른 문을 열고 복도로 단번에 뛰쳐나가려 했다. 그러나 뛰쳐나가려던 두 사람은 무엇을 보았는지 깜짝 놀라며 그 자리에 돌처럼 굳어버리고 말았다.

"총감 각하, 저로서도 어쩔 수가 없습니다. 모쪼록 무례함을 용서해주시기 바랍니다."

복도에서 비아냥거리는 듯한 굵은 목소리가 들려왔다. 바라보니 문 바로 바깥을 가로막고 서 있는 친숙한 얼굴의 나미코시 호랑이 경감. 그의 손에서는 권총의 총구가 섬뜩하게 번뜩이고 있었다. 빈틈이 없는 아케치 고고로가 만일의 사태에 대비해서 친구를 은밀히 불러두었던 것이다.

이렇게 해서 하얀 박쥐의 일당인 오노무라, 아오키, 다케다(예의 상자 속에 숨어 있던 가짜 오카와라 백작) 세 사람은 별 어려움 없이 체포할 수 있었으며, 다섯 명의 경관이 그들을 포박해서 다른 방으로 끌고 갔다.

당당하고 굽힐 줄 모르는 당대 최고의 대정치가였으나 그런 오카와라 백작도 이런 이상하기 짝이 없는, 어떤 악몽에서도 거의 볼 수 있을 것 같지 않은 기괴한 사건을 접하게 된 것은 태어나서 이번이 처음이었다. 그는 악당들이 체포되는 모습을 직접 보았지만 아직도 여전히 현실 속 일이라고는 믿겨지지 않았으며, 마치 꿈속에서의 일처럼 느껴졌기에 당연히 걱정해야 할 딸 미네코의 일조차 머릿속에 떠오르지 않을 정도였다.

"있을 수 없는 일입니다. 이 공포는 개인적인 공포가 아닙니다. 인류의 공포입니다. 세계의 공포입니다."

아케치가 계속해서 말하는 것을 백작이 끊고 말했다.

"믿을 수 없네. 그건 신께서 용납하시지 않을 일이야. 녀석들도 자네와 마찬가지로 일종의 변장술을 쓰고 있는 것 아닐까?"

"결코 그렇지 않습니다. 그들은 진짜로 용모가 변해 있는 것입니다. 예를 들어서 아오키 부부 같은 사람들이 어찌 저의 변장술을 흉내라도 낼 수 있겠습니까? 저는 적어도 10년 동안의 끊임없는 연구와 연습을 쌓아서 간신히 뜻대로 얼굴의 주름까지 바꾸는 방법을 습득한 것입니다. 풋내기인 그들이 할 수 있는 일이 아닙니다. 그들의 방법은 저처럼 자유자재로 모습을 바꿀 수 있는 것이 아닙니다. 결정적인 것입니다. 일단 용모를 바꾸고 나면 영원히 그대로 계속됩니다."

"꿈이야. 모두가 꿈을 꾸고 있는 거야."

"아니, 꿈이 아닙니다. 저는 그들의 제조과정을 어느 정도까지는 설명할 수 있습니다. 하지만 그보다는 그들의 공장을 한번 보여드리고 싶습니다. 이런 비유를 말씀드리는 것은 실례일지 모르겠으나, 각하께서는 아마도 간세이[23] 이전에 비행기를 제작했던 오카야마의 표구사 고키치에 대해서 들으신 적이 없으실 겁니다. 그는 새를 본떠 종이로 만든 날개로 지붕 위에서 뛰어내렸습니다. 물론 사람들은 이 엉뚱한 행동을 보고 크게 웃었습니다. 고을 관리는 그를 추방형에 처했습니다. 비행기뿐만이 아닙니다. 라디오나 텔레비전도 예전의 유토피아 작가들이 그것을 묘사했을 때는 언제나, 언제나 커다란 웃음거리가 되었습니다. 일고의 가치도 없는 어리석은 사람의 꿈이라고 치부했습니다."

아케치가 여기까지 이야기했을 때 관저 안 어딘가에서 비단을 찢는 듯한 여자의 비명이 들려왔다.

"가보세, 나미코시 군."

아케치는 경감과 함께 방 밖으로 달려나갔다.

"큰일 났습니다. 아가씨의 방에서."

끝까지 듣지 않고 서생의 안내를 받아 아가씨의 방으로 달려갔다. 높다랗게 외치는 소리, 우당탕 무엇인가가 부딪치는 소리.

---

23) 일본의 연호. 1789~1801.

아케치가 벌컥 문을 열었다. 방 한가운데서 강아지처럼 서로 엉켜 붙은 2개의 몸뚱이. 한 명은 백작의 딸인 미네코. 한 명은 낯선 여자 거지였다. 그런데 신기하게도 비명을 지르고 있는 것은 아가씨가 아니라 혐오스러운 여자 거지였다.

구두를 신은 토끼

 그 모습을 본 나미코시 호랑이 경감이 갑자기 달려들어서 거지 아가씨의 뺨을 힘껏 올려붙였다.
 "단단히 묶도록 해."
 경감이 부하 순사에게 명령했다.
 "잠깐 기다려, 나미코시 군. 폭력을 써서는 안 돼. 자네가 지금 때린 게 누구라고 생각하는가? 백작의 따님이야."
 아케치가 주의를 주었으나 경감은 아직 자세한 내막까지는 알지 못했다.
 "무슨 소리를 하는 건가? 따님을 때렸을 리가 있겠어. 이 거지 아가씨야. 이 거지가 따님에게 무례한 짓을 했기 때문이야."
 "자네가 따님이라고 한 건 저 여자를 말하는 건가?"
 아케치가 가리킨 곳에 새파랗게 질린 얼굴로 서 있는 것은 누가 봐도 백작의 딸이었다.

"저 여자라니, 저분이 따님이 아니라는 말인가?"

"자네 혹시 하얀 박쥐단의 마술을 잊은 건 아니겠지? 저건 말이지 아오키 아이노스케의 아내인 요시에라는 여자야……. 아, 도망치기 시작했다. 무엇보다 결정적인 증거야."

창으로 뛰쳐나가려던, 미네코로 변신한 요시에를 한 순사가 붙들었다.

과연 얼굴을 보니 미네코임에 틀림없었으나 그 더러운 거지 아가씨가 딸이라는 말을 들었을 때는 아버지인 오카와라 백작조차 쉽게는 믿을 수 없을 정도였다.

"악마 제조공장이 이 세상에 내보낸 가짜 인물은 전부 해서 6명입니다. 그 가운데 3명은 보신 대로 처치를 했습니다. 나머지 3명은 아오키 아이노스케의 친구로 과학잡지의 사장인 시나가와 시로와, 이와부치 방적의 사장인 미야자키 쓰네에몬과, 백작님의 비서인 노무라 고이치입니다만, 가짜 노무라 비서관은 나미코시 군이 경시청의 지하실에 가두어두었습니다. 가짜 미야자키 쓰네에몬은 경시청의 다른 부대가 체포를 하러 갔으니 지금쯤은 이미 몸이 묶였을 겁니다. 나머지 시나가와 시로는 하얀 박쥐단의 두목이라고 할 수 있는 인물인데 그 녀석을 체포하는 일과, 또 하나 마음에 걸리는 것은 놈들의 소굴에 갇혀 있는 진짜 경시총감과 미야자키 씨와 노무라 비서관입니다. 저희는 한시라도 빨리 이 세 사람을 구출해야 합니다."

아케치가 설명했다.

"물론 당장 그 일에 착수해야겠지. 그와 동시에 이 놀라운 음모가 신문기자에게 새어나가 세상에 알려지는 것을 극력 저지하는 것이 절대로 필요하네. 그런데 놈들의 소굴로 보내야 할 사람의 숫자는?"

오카와라 백작이 한없이 긴장한 얼굴로 물었다.

"놈들은 6명입니다. 그 가운데 반수는 범죄 의지가 전혀 없으니 정확히 말하자면 3명이라고 할 수 있습니다. 저항력은 거의 없습니다. 놈들과 같은 숫자나, 혹은 두어 명쯤 더 많은 숫자만 있으면 충분합니다."

이에 협의를 한 결과 형사부 수사과장과 나미코시 경감과 힘세고 날랜 형사 6명과 아케치 고고로, 9명이 놈들의 체포에 나서기로 했다.

자동차 3대가 경시청을 출발해서 아케치의 지휘에 따라 교외에 위치한 이케부쿠로로 질주했다.

자동차가 멈춘 곳은 독자 여러분도 기억하고 계시리라. 예전에 아오키 아이노스케가 유령사내를 미행했다가 참혹한 살인 장면을 엿봤던 그 기묘한 외딴집이었다.

여전히 빈집처럼 인기척이 느껴지지 않는 낡은 서양식 집이었다. 입구의 문을 미니 간단하게 열렸다. 이게 그 괴적의 은신처란 말인가? 그렇다고 하기에는 너무나도 개방되어 있고 부주의한 은신처 아닌가?

사람들은 어두컴컴하고 먼지로 가득한 집 안으로 우르르 몰려 들어갔다.

몇 개의 방을 지나 뒷문에서 가까운 방 하나를 나서자 거기에 지하실로 가는 계단이 이어져 있었다.

한낮임에도 어두웠기에 아케치가 준비해온 손전등을 휘두르며 앞장서서 내려갔다. 내려선 곳은 창고처럼 벽돌로 만들어진 조그만 방이었다. 서양에서는 셀러라 불리는 곳이었다. 빈 나무통, 석탄 가마니, 부서진 의자, 여러 가지 잡다한 도구들이 뒤죽박죽으로 던져져 있었다. 이 서양식 집의 이 지하실, 특별히 이상할 것도 없었다.

"자 드디어 놈들 은신처의 입구에 도착했습니다. 무기를 준비해주시기 바랍니다."

아케치가 속삭이는 듯한 목소리로 말했다. 무기란 권총을 말하는 것이었다.

"이보게, 그런데 지하실은 이 방이 전부로 특별히 빠져나갈 만한 길도 없는 듯한데 여기가 은신처의 입구라니, 무슨 의미인가?"

수사과장이 이상하다는 듯 물었다.

"바로 그게 이 은신처가 안전한 이유입니다. 지하실의 안쪽에 또 다른 방이 있으리라고는 누구도 상상할 수 없을 테니까요. 하지만 이 벽은 막혀 있지 않습니다."

아케치가 조그만 목소리로 설명하며 정면의 벽돌 하나를 뽑아 그 구멍에 손을 넣고 무엇인가 했는가 싶자 놀랍게도 벽의 일부가 문처럼 슬슬 열리더니 커다란 구멍이 하나 생겨났다.

구멍 안쪽에서 희미한 불빛이 흘러나왔다.

아케치를 선두로 모두가 권총을 손에 들고 어둠 속 가느다란 길을 안쪽으로 안쪽으로 더듬어가자 막다른 곳에 다시 문이 있었다. 아케치는 일동을 어둠 속에서 기다리게 한 뒤 홀로 그 문을 열고 안으로 들어갔다.

널따란 방에 사람의 모습이 가득 늘어서 있었다. 예전에 아오키 아이노스케가 눈가리개를 하고 온 곳도 이 방이었다.

"아오키 군 아닌가? 무슨 일이지? 뭔가 급한 일이라도 생겼는가?"

방 안쪽에서 한 남자가 뛰쳐나와 말을 걸었다. 시나가와 시로였다. 말할 것도 없이 가짜로 예의 유령사내였다.

아케치는 상대방이 무슨 소리를 하는 건지 순간적으로는 이해할 수 없었으나 문득 깨닫고 나니 아주 우스운 착오가 일어났다는 사실을 알 수 있었다.

유령사내는 그를 '아오키 군'이라고 불렀다. 아오키 아이노스케라는 뜻이다. 아무리 촛불 아래라고는 하지만 사람의 얼굴을 알아보지 못할 정도로 어둡지는 않았다. 결코 잘못 본 것이 아니었다. 아오키라고 부르는 것이 당연한 일이었다.

왜냐하면 아오키 아이노스케는 이제 원래의 모습을 잃고 아케치 고고로로 개조되었으니 아케치를 아오키라고 착각하는 것도 당연한 일이었다. 게다가 유령사내는 아오키인 가짜 아케치가 체포되었다는 사실은 알 수도 없었으며, 다른 한쪽의 아케치가 이 빈집을 빠져나갔다는 사실도 아직 깨닫지 못했으니. 지금 밖에서 들어온 것이 가짜 아케치, 즉 아오키 아이노스케라고 착각한 것도 당연한 일이었다.

그 사실을 깨달은 아케치는 웃음을 참고, 순간적인 기지로 놈들이 종종 써왔던 트릭을 역이용해서 마치 아오키인 양,

"큰일 났습니다. 경찰이 이 은신처를 알아냈습니다. 아니, 알아냈을 뿐만 아니라 벌써 적의 첩자가 모습을 바꿔 여기로 들어와 있습니다."

라고 다급하게 속삭였다.

"뭐, 경찰의 첩자가?"

가짜 시나가와의 얼굴빛이 슥 바뀌었다.

"그놈은 어디에 있지?"

"여기에 있습니다."

"여기라니?"

"이 방에 있습니다."

"이봐, 지금 농담이나 하고 있을 때가 아니야. 이 방에는 자네하고 나 외에 아무도 없잖아. 아니면 저 인형들 사이에 녀석이 있다는 말인가?"

유령사내가 기분 나쁘다는 듯 늘어서 있는 알몸뚱이 인형들을 둘러보았다.

밀랍인형들이 검은 눈을 말똥말똥 뜬 채 마치 살아 있는 사람처럼 이쪽을 빤히 바라보고 있었다. 그 사이에 진짜 사람이 섞여 있어도 전혀 구분해낼 수 없을 정도였다.

"인형으로 변장한 게 아닙니다. 훨씬 더 그럴듯한 변장입니다."

아케치가 생글생글 웃으며 말했다.

"훨씬 더 그럴듯한 변장! 자네 대체 무슨 말을 하고 있는 건가?"

두목은 말로 표현할 수 없는 공포를 느끼기 시작했다. 뭔가 정체를 알 수 없는, 섬뜩하기 짝이 없는 일이 일어나기 시작했다는 예감에 사로잡혀 겁먹은 눈으로 상대방을 응시했다.

"하하하, 모르시겠습니까?"

아케치가 점점 정체를 드러내기 시작했다.

"그러니까 자네는 그 첩자가 이 방에 있다는 말이지? 그런데 이 방에 있는 사람은 단 2명. 나와 자네뿐이야. 그렇다면……."

가짜 시나가와는 말을 더듬었다.

"이제야 아셨습니까?"

"있을 수 없는 일이야. 자네 머리라도 이상해진 건가?" 두목이 새파래진 얼굴로 외쳤다. "녀석은 안쪽의 방에 감금되어 있어. 조금 전에도 방 안을 뚜벅뚜벅 돌아다니는 것을 분명히 확인하고 왔어. 녀석이 밖에서 들어올 리가 없잖아. 자네는 아오키야. 다른 한쪽이 아니야."

"그런데 아오키가 아니라는 증거로, 보세요. 나는 당신을 체포하려 하고 있어요. 자, 이렇게."

아케치는 이렇게 말하며 상대방의 등을 툭툭 두드렸다. 가짜 시나가와는 그것이 손가락이 아니라 훨씬 더 딱딱한 것, 예를 들자면 권총의 총구 같은 것이라는 사실을 느꼈기에 가슴이 덜컥 내려앉았다.

"여러분, 그만 들어오셔도 됩니다."

아케치가 커다란 목소리로 부르자 기다리고 있던 경관들이 우르르 들어왔다. 하얀 박쥐의 두목은 이렇게 해서 별 어려움도 없이 체포되고 말았다.

소란스러운 소리를 듣고 그곳으로 달려온 나머지 단원 2명도 그 자리에서 체포해버렸다. 그 가운데 1명은 예전에 아사쿠사 공원에 종종 모습을 드러냈던 가면처럼 아름다운 얼굴의 청년이었다.

일동은 세 체포자를 끌고 더욱 안쪽으로 들어갔다. 도중에 단단히 문을 잠가놓은 조그만 방이 있어서 귀를 기울여보니 안에서 뚜벅뚜벅 사람이 걷고 있는 듯한 소리가 들려왔다.

그 소리를 들은 가짜 시나가와가 이해할 수 없다는 듯한 표정을 지었다. 그는 그 방 안에 진짜 아케치가 있다고 생각하고 있는 것이었다.

"저 소리 말인가?" 아케치가 큭큭 웃으며 설명했다. "저건 말이지, 너희가 실험용으로 기르고 있는 토끼야. 토끼가 내 구두를 신고 뛰어다니고 있는 거야."

놈들의 소굴에는 이상한 외과병원이 있고 거기서 실험용으로 쓸 토끼를 기르고 있었다. 그 가운데 한 마리가 발에 구두가 묶인 채 아케치를 대신하고 있었던 것이다.

놈은 벌어진 입을 다물지 못했다.

"자, 이번에는 너희들 차례야. 너희들이 만든 감옥에서 잠시 조용히 있으라고."

아케치가 형사들을 지휘해서 세 사람을 그 조그만 방에 가두게 하고 밖에서 문을 잠근 뒤, 만약을 위해 문 앞에 형사 1명을 보초로 남겨두었다.

인간 개조술

 터널 같은 복도를 한 번 돌아들자 쇠창살에 가로막힌 10평 정도의 널따란 방이 나타났다.

 방 안에는 병원처럼 침대가 늘어서 있고 붕대로 얼굴을 감은 세 사람이 침대에 누워 있었다. 그 머리맡에는 전기치료기 같은 것, 메스가 놓인 선반, 약병이 놓인 선반, 그 외에도 뭔지 모르겠으나 반짝반짝 빛나는 여러 가지 섬뜩한 기구들이 빼곡하게 늘어서 있었다.

 그 속을 부지런히 돌아다니는 세 사내. 그 가운데 한 사람은 부스스한 백발. 얼굴을 덮은 하얀 수염, 로이드안경 안쪽에서 번뜩이는 눈, 어딘가 불안한 듯 광기 어린 모습의 노인으로 외과 의처럼 하얀 수술복을 입고 있었다. 감옥 병원의 원장이라도 되는 듯한 모습이었다. 다른 두 사람도 역시 수술복을 입고 있기는 했으나 아직 청년에 불과해서 조수인 듯했다.

아케치가 가짜 시나가와에게서 빼앗은 열쇠로 쇠창살을 열고 일동을 기묘한 병원 안으로 안내했다. 두 조수는 경관의 모습에 놀라 방의 구석으로 달아나서는 몸을 웅크렸으나 원장인 백발노인은 꿈쩍도 하지 않고 일동 앞에 버티고 서서 섬뜩한 목소리로 외쳤다.

"이봐, 너희들은 뭐야? 함부로 들어와서는 안 돼. 중요한 일에 방해가 된다는 걸 모르겠어?"

"아닙니다, 오카와 박사님. 방해를 하려고 온 것이 아닙니다. 저희는 선생님의 놀라운 사업을 참관하러 온 자들입니다. 높으신 말씀을 들으러 온 자들입니다."

아케치가 정중하게 말했다.

"음, 그런가. 그렇다면 특별히 꾸짖지는 않겠네만, 자네들은 내 학설을 들으러 왔다고 했는데 다소나마 의학적 지식은 가지고 있는가?"

"아닙니다, 의학자는 아닙니다. 이 분들은 경시청 사람들입니다. 그러니까 직책상 선생님의 발명이 어떤 것인지를 일단 들어두려는 것입니다."

"아아, 관리들이로군. 관리들이 내 발명을 보러 오는 건 당연한 일이지. 왜 찾아오지 않는지 이상히 여기고 있을 정도였으니.

알겠네. 전문가가 아닌 사람들도 알아들을 수 있도록 설명해주기로 하지."

참으로 이상한 문답이었다. 모두는 무슨 소리인지 전혀 짐작할 수 없어 눈을 껌뻑이고 있었으나 아케치가 작은 목소리로 설명하는 것을 듣고 마침내 사정을 이해할 수 있었다.

오카와 박사는 10년 전까지만 해도 대학교수로 세상에도 이름이 알려진 사람이었으나 교직에서 물러나 어떤 기묘한 연구에 몰두하고 있다는 소문을 남긴 채 세상에서 잊히고 말았다. 어디서 무엇을 하고 있는지 아는 사람은 아무도 없었다.

그의 연구는 인간의 용모를 마음대로 바꾸는 방법, 즉 '인간 개조술'이라고 부를 만한 것으로 의학과 미용술을 하나로 합친 일종의 이상한 제목이었는데, 이 광기 어린 일을 섬뜩하게 여겨 돌아보는 자조차 없었을 때 우연히 박사와 알게 되어 그 실력을 믿고 박사를 도와 '인간 개조술'을 완성케 한 뒤 한바탕 일을 꾸며보겠다는 허황된 생각을 한 사람이 있었다.

그는 궁핍함의 밑바닥에 있던 박사에게 생활비와 연구비를 공급했다. 10년 가까운 세월, 끊지 않고 계속 공급했다.

행인지 불행인지 1년쯤 전에 오카와 박사의 이 기괴한 연구가 멋지게 완성되었다. 어떤 사람을 전혀 다른 사람으로 만들어내는 일, 또 어떤 사람과 한 치의 차이도 없는 사람을 만들어내는 일, 모든 것이 자유자재였다.

그러나 연구를 완성한 순간 기력이 완전히 쇠한 것인지, 혹은 악마의 일이 신의 분노를 산 것인지 오카와 박사는 머리가 이상해져버리고 말았다. 그는 광인이 되었다. 그러나 미쳤으면서도 신기하게도 인간을 개조하는 시술만은 잊지 않았다. 완성한 대발명을 묵묵히 수행하는 일종의 기계가 되어버리고 만 것이었다.

박사에게 자금을 공급한 사내에게 있어서 이 박사의 발광은 오히려 다행스러운 일이었다. 그는 당장에 낡은 서양식 집을 사들이고 그 지하실을 확장해서 악마 제조공장을 만들었다. 기괴한 감옥 병원을 만든 것이었다.

오카와 박사는 지하실의 감옥에 갇혀버렸다. 그러나 그 감옥에는 인간 개조술에 필요한 모든 기구와 약품이 갖춰져 있었으며 실험에 쓸 살아 있는 인간까지 공급되었다. 미친 박사는 기꺼이 시술에 종사했다. 그는 자신의 시술이 어떤 용도로 쓰이는지는 조금도 알지 못한 채, 단지 기술을 위한 기술에만 몰두했기에 감옥 병원의 원장이라는 자리에 만족했다.

박사에게 자금을 공급하고 박사의 발명을 이용한 사내는 말할 것도 없이 가짜 시나가와, 즉 하얀 박쥐단의 두목이었다. 그는 자신의 몸을 첫 번째 실험재료로 삼아 과학잡지의 사장인 시나가와 시로로 변신하는 시술을 받았는데, 그것이 완성되자 이 이야기의 앞부분에 상세히 기술한 대로 어떨 때는 영화에, 어떨 때는 신문의 사진에 얼굴을 내밀었고, 또는 소매치기를 저질렀으며, 혹은 타인의 아내를 훔치는 등 여러 가지 기괴한 실험을 행해서 오카와 박사의 시술이 세상 사람들을 완전히 속일 수 있는지 없는지를 확인한 뒤, 마침내 안전하다고 판단되자 여기에서 그 목적을 밝히기에 망설여지는 자신의 마지막 대음모에 착수한 것이었다.

악행에 가담할 사람을 얻기란 참으로 간단한 일이었다. 하룻밤 사이에 천하의 대부호가 되고 일국의 재상이 되기를 거부할 사람은 없었다.

그때 아케치가 이런 자세한 이야기를 한 것은 아니었다. 단지 오카와가 정신이 이상해진 대발명가라는 사실만을 간단히 설명했을 뿐이었다. 그는 그에 이어서 이런 말을 했다.

"오카와 박사가 완성한 것은 악마의 기술입니다. 한시도 이 세상의 빛을 보게 해서는 안 될 지옥의 비밀입니다. 이 시술실은 바로 파괴되어버리고 말 것입니다. 박사는 진짜 감옥에 갇히게 될 것입니다. 내일부터는 보고 싶어도 볼 수 없는 신비일 겁니다. 저는 이번 기회에 마술의 정체를 엿보고 마술사의 학설을 들어두고 싶습니다."

누구도 반대하는 사람은 없었다. 백발의 미친 박사가 안내하는 대로 모두는 늘어선 침대의 머리맡으로 다가갔다.

박사는 여러 가지 시술도구와 약품을 가리키며 청산유수처럼 자신의 신기한 인간 개조술을 설명했다. 시술의 솜씨 외에는 광인과 다를 바 없는 노인이었기에 무슨 말을 할 때나 어딘가 지옥의 사전이라도 찾아보지 않으면 이해할 수 없을 것 같은 이상한 말들이 한마디씩 뒤섞여 있어서 잘 알아들을 수 없는 부분이 많았으나 그 대략은 다음과 같은 것이었다.

"경찰 나리들이라고 하시니 변장술에 대해서는 잘 알고 계시겠지. 가발을 쓰기도 하고 수염을 붙이기도 하고 안경을 끼기도 하는 등의 흔한 수법이야. 그런데 만약 가발도 쓰지 않고 수염도, 안경도 사용하지 않고 사람의 얼굴을 있는 그대로 온전히 바꿀 수 있다면 어떻겠는가? 어린애 장난 같은 변장술 따위는 완전히 필요 없어지게 될 걸세. 내 방법은 그 타고난 사람의 얼굴을 완전히 다른 것으로 개조하는 것일세. 진정한 의미에서의 변장술이지. 남자든 여자든 상관없어. 아주 추하게 태어난 사람은 평생 수치심을 느낄 수밖에 없어. 사랑에는 실패하고 사람들에게는 멸시를 받아 결국에는 세상을 저주하게 되지. 지금까지 그들을 돕는 방법으로는 단지 여러 가지 화장법이 있었을 뿐이야. 화장이란 결국 겉모습을 감추는 것이지 절대로 민얼굴이 아름다워지는 것은 아니야. 눈도 커지지 않고 코도 오뚝해지지 않고 입도 작아지지 않아. 하지만 나의 개조술이 그 불가능한 일을 해낸 거야. 다시 말해서 나의 방법은 참된 의미에서의 화장술이야."

미친 오카와 박사의 연설은 이런 식으로 시작되었다.

인간 용모의 기조를 이루는 것은 골격과 살집이다. 용모를 바꾸기 위해서 우선 골격부터 바꾸지 않는다면 거짓말이다. 뼈를 붙이고 뼈를 깎는 오늘날의 외과 의학에서 그건 불가능한 일이 아니다. 알기 쉬운 예로 말하자면 치근막염 수술, 축농증 수술에서처럼 일상적으로 뼈 깎아내기를 실행하고 있지 않은가? 단지 용모만을 바꾸기 위해서 뼈를 깎고 뼈를 붙이는 대담한 외과 의사가 없는 것일 뿐이다. 오카와 박사는 그걸 보란 듯이 하는 것이다.

살집을 바꾸기란 훨씬 더 쉬운 일이다. 영양공급의 조절로 살을 찌우거나 빼는 것도 한 방법이지만, 훨씬 더 빠르고 손쉬운 방법이 있다. 그건 실제로 코를 높이는 데 사용되고 있는 파라핀을 주사하는 것이다. 볼을 통통하게 하기 위해서 솜을 무는 대신 그 부분에 파라핀을 주사하면 된다. 이마나 턱도 전부 마찬가지다.

하지만 현재의 코를 높이는 방법에서도 알 수 있듯이 파라핀 주사는 변형되기 쉽다. 오랜 시간이 지나면 파라핀이 피부 내부에서 떡처럼 굳어서 이상한 모양이 된다. 또한 온도가 높아지면

흐물흐물해져서 손가락으로 누르면 쑥 들어가기도 한다. 그런 방법으로는 안 된다.

오카와 박사의 방법은 종횡으로 얽혀 있는 피부조직 안에 아주 가느다란 파라핀 선을 따로따로 몇 번이고 주입해서 파라핀의 육질화를 꾀해 영원히 같은 모양을 유지하게 하는, 결코 떡처럼 되거나 녹아 흘러내리는 일이 없는 방법이었다.

비만한 살은 구강 안에서부터의 지방 적출수술로 교묘하게 변형시킬 수 있다. 이렇게 골격과 살집을 생각한 대로 변형하면 그것만으로도 이미 그 사람의 용모는 현저하게 바뀌지만 물론 그것만으로는 충분하지 않다. 다음으로는 머리카락의 변형, 변색이 필요하다. 머리 모양을 바꾸기 위해서는 식모술, 탈모술이 응용되어야 한다. 머릿결을 바꾸기 위한 특수 전기장치가 있으며, 염색제를 이용하고 모발의 색소를 뽑아내 적절하게 새치를 만드는 시술이 행해진다.

눈썹과 수염에 대해서도 마찬가지로 탈모, 식모, 변색 방법이 있다.

눈꺼풀의 변형, 쌍꺼풀을 만드는 것 등은 실제로 외과의에 의해서 행해지고 있는 일이나, 오카와 박사는 그 수술을 더욱 확장해서 눈썹의 식모술, 눈가의 확대·축소, 둥근 눈, 가느다란 눈, 자유자재로 변형이 가능했다.

코는 앞서 이야기한 개량 융비술(隆鼻術)과 연골 절제를 이용해 마음대로 변형했으며, 입도 눈처럼 크기를 마음대로 바꿀 수 있었다.

구강 내부, 특히 치열의 변형은 용모 변형에 있어서 매우 중요하다. 이를 뽑거나 심거나 치열을 변형하는 수술은 실제로 치과 의사에 의해서 어느 정도까지는 행해지고 있으나 오카와 박사는 그것을 더욱 확대하고 거기에 깊이를 더했다.

피부의 색이나 광택은 전기적, 혹은 약품 시술로 어느 정도까지는 바꿀 수 있으나 그 이상은 역시 외용 화장료를 쓰지 않을 수 없었다.

이렇게 요약을 해놓고 보면 '오카와 박사의 인간 개조술'은, 그 개개의 원리에 있어서는 특별히 창의적인 점이 보이는 것은 아니었다. 단지 지금까지는 그 어떤 사람도 손을 대지 않았던 종합의술을 창시한 것에 지나지 않았다. 정형외과와 안과와 치과와 이비인후과와 미안술, 화장술의 최신 기술에 다시 한층 새로운 기술을 더하고 그것을 조합하여 용모 개조라는 종합적 기술을 완성한 것일 뿐이었다. 그러나 기성 의술을 그렇게까지 총망라하여 오로지 용모 변형을 위해서만 종합적으로 이용하려 한 사람은 지금껏 아무도 없었다. 게다가 하나하나 떨어져 있을 때는 그다지 눈에 띄지 않았던 각종 의술을 하나의 목적으로 집중시키면 이렇게까지 놀라운 성과를 이룰 수 있으리라고, 과연 누가 상상이나 했겠는가?

실재하는 사람을 모델로 하여 그와 완전히 똑같은 용모를 창조하기 위해서는 모델과 가장 가까운 신장, 골격, 용모를 가진 사람을 소재로 찾아야 한다. 오카와 박사는 마치 지문 연구가가 지문 모양을 분류한 것처럼 인간의 두부 및 안면의 형태도 백수십 개의 표준형으로 분류했다. 모조인간을 만들기 위해서는 모델과 소재가 그 동일 표준형에 속해 있어야 한다. 예를 들어 가짜 아케치 고고로를 만들기 위해서는 아케치와 가장 비슷한 용모, 풍채를 가진 인물(아오키 아이노스케가 그랬다)을 찾아내 박사 스스로가 모델 근처로 접근해서 마치 화가가 모델을 바라보는 것처럼 그를 바라보고 병원으로 돌아와 몇 종인가의 모델의 사진을 앞에 놓고 수술에 들어가야 했다. 이른바 일종의 인간 사진술이다.

알기 쉽게 정리하자면 대충 위와 같은 내용을 오카와 박사는 일종의 이상한, 기괴한, 광기 어린 표현으로 들려주었다. 사람들이 그것을 듣고 뭐라 표현할 수 없는, 악몽에 시달리는 것과 같은 이상한 기분에 빠졌다는 사실은 말할 필요도 없으리라.

대단원

"그럼 여기에 있는 세 사람도 선생님의 수술을 받았겠군요."
아케치가 물었다.

세 사람이란 진짜 아카마쓰 총감과 미야자키 쓰네에몬 씨와 노무라 비서관이었다. 가짜를 만들어 세상에 내놓은 이상 진짜를 전혀 다른 사람으로 개조하지 않으면 위험하다. 놈이 그 사실을 깨닫지 못했을 리 없었다.

"응, 이제 막 착수했을 뿐이야. 피부의 색을 바꾸기 위해서 약을 발랐는데 하도 발버둥을 쳐서 수면제를 주사했어."

"얼굴의 붕대를 풀어봐도 되겠습니까?"

"아니, 그건 안 돼. 지금 붕대를 풀면 도로 아미타불이야. 약제의 효력이 사라져버리고 말아. 풀어서는 안 돼."

약제의 효력이 사라지는 건 이쪽이 바라던 일이었다. 박사가 무슨 말을 하든 붕대를 풀지 않을 수 없었다.

아케치가 형사들에게 눈짓을 해서 박사가 방해하지 못하도록 붙들고 있게 한 뒤 박사의 말에는 신경도 쓰지 않고 붕대를 풀기 시작했다.

"이놈, 안 된다고 했잖아. 그만두라니까, 이놈아."

백발의 늙은 박사가 형사에게 잡힌 두 손을 뿌리치려 발을 구르며 무시무시한 표정으로 외쳤다.

"조용히 해. 아니면 따끔한 맛을 보게 해주겠어."

형사가 함께 외쳤다.

"흠, 더는 못 참아."

박사가 짐승처럼 울부짖으며 형사에게 맹렬히 달라붙었.

무시무시한 격투가 시작되었다. 광인은 꽤나 드센 법이어서 형사 2명이 맞서도 좀처럼 진정을 시킬 수가 없었다.

그러나 닥치는 대로 소란을 피우다 발이 미끄러진 바람에 박사는 침대의 철제 난간에 있는 힘껏 뒷머리를 부딪치고 말았다.

박사는 헉 하는 신음소리와 함께 쓰러진 채 한동안 일어날 기운도 없는 듯했는데 형사들이 달려가 안아 일으키자 마침내 얼굴을 들고 갑자기 해죽해죽 웃기 시작했다. 반미치광이가 완전히 미쳐버리고 만 것이었다.

한편 세 사람의 붕대가 풀리고 수면제의 효력도 약해져 조금 전의 격투 소동에 의식을 회복한 그들의 얼굴에는 아직 아무런 변화도 일어나지 않은 상태였다. 원래 그대로의 총감과 부호와 비서관이었다.

바로 그때,

"놈들이 달아났다. 빨리 와줘."

라는 요란한 외침.

놈들을 가두어두었던 조금 전의 작은 방 쪽이었다. 지키고 있던 형사가 소리를 지른 것이었다.

모두가 깜짝 놀라 그쪽으로 달려나가려던 순간, 뜻밖에도 세 악당이 이쪽으로 달려왔다. 밖으로 달아나 봐야 소용없는 일이라고 포기한 것일까?

이놈들 하며 한 무리의 형사들이 놈들을 향해 달려들었다.

나중에 알게 된 일이지만, 그 작은 방의 문은 안에서도 열쇠로 열 수 있게 되어 있는데 그 열쇠를 놈들도 하나 가지고 있었던 것이었다. 그들은 서로서로 밧줄을 풀어준 뒤 그 열쇠로 문을 열어 지키고 있던 형사를 쓰러뜨리고 빠져나온 것이었다.

그런데 그들은 왜 밖으로 달아나지 않고 안쪽으로 달려들어온 것일까?

아아, 그랬다. 그들에게는 최후의 수단이 남아 있었던 것이었다.

보라. 가짜 시나가와가 죽음을 각오한 끔찍하고 광기 어린 표정으로 지하 굴의 한쪽 구석에 버티고 서서 검은 원통형 물건을 높이 치켜들고 있지 않은가?

꼬리처럼 보이는 도화선이 지글지글 타고 있었다.

"자, 이 지하에서 당장 도망치도록 해. 당장 나가지 않으면 모두 죽을 거야."

놈이 부르르 떨리는 입술로 외쳤다.

깜짝 놀라는 사람들, 개중에는 벌써부터 입구 쪽으로 달려나간 사람도 있었다.

"아니, 도망칠 필요 없습니다. 이봐, 내가 그 장난감을 알아보지 못할 거라 생각했는가? 반짝반짝 불타고 있군. 하지만 불에 타는 건 도화선의 끝부분뿐이야. 화약 부분은 물에 흠뻑 젖어서 완전히 못 쓰게 되었다는 사실을 모르고 있는 건가?"

아케치가 비웃었다. 그는 이곳에서 빠져나가기 전에 이 위험물을 발견했기에 미리 손을 써두었던 것이다.

"잘 보라고. 도화선에 붙은 불의 색깔이 점점 이상해지기 시작했잖아. 아이고, 이상할 정도로 연기가 나는군. 슉 소리가 났는데. 다시 봐, 불은 벌써 꺼져버렸어."

놈은 붉으락푸르락 부어오른 얼굴로 발을 동동 굴렀다.

"이 악마의 소굴을 폭파시킨다는 건 좋은 생각이야. 실제로 이런 혐오스러운 장소는 산산이 파괴해버리는 게 제일 좋아. 하지만 지금은 때가 아니야. 사람까지 희생양이 되어야 한다는 건 견딜 수 없는 일이니."

이렇게 해서 하얀 박쥐 일당은 전부 체포되고 말았다. 미친 박사의 조수로 일하던 두 청년도 예외는 아니었다.

완전히 미쳐버린 오카와 박사는 악마 감옥 병원에서 정신병원의 우리 속으로 옮겨졌다.

악당들의 소굴은 '인간 개조술'의 기구, 약품과 함께 어느 날 밤 불에 타 재가 되어버리고 말았다. 악마의 음모는 흔적도 없이 사라지고 말았다.

그리고 이 한 편의 이야기는 아무런 증거도 없는 황당무계한 꿈을 기술한 것이라 여겨져도 달리 할 말이 없다.

용모를 자유자재로 바꾸는 기술.

있는 그대로의 얼굴을 이용한 변장술.

그런 것이 이 세상에서 행해진다면 인간 생활에 어떤 끔찍한 동란이 일어나게 될지. 생각하기만 해도 전율을 금할 길이 없지 않은가?

꿈속 이야기로 충분하다.

꿈속 이야기로 충분하다.

옮긴이 **박현석**
대학 졸업 후 일본으로 건너가 유학 및 직장 생활을 하다 지금은 전문번역가로 활동 중이며 우리나라에 아직 소개되지 않은 유명 작가들의 작품을 소개하기 위해서 출판을 시작했다. 번역서로는 『판도라의 상자』, 『갱부』, 『혈액형 살인사건』, 『사형수와 그 재판장』, 『불령선인 / 너희들의 등 뒤에서』, 『젊은 날의 도쿠가와 이에야스』, 『다자이 오사무 자서전』, 『붉은 흙에 싹트는 것』, 『운명의 승리자 박열』, 『붉은 수염 진료담』 외 다수가 있다.

엽기의 끝

1판 1쇄 인쇄 2018년 7월 15일
1판 1쇄 발행 2018년 7월 20일

지은이 에도가와 란포
옮긴이 박현석
펴낸이 박현석
펴낸곳 玄 人

등 록 제 2010-12호
주 소 서울시 도봉구 덕릉로 62길 13, 103-608호
전 화 010-2012-3751
팩 스 0505-977-3750
이메일 gensang@naver.com

ISBN 979-11-88152-71-1

* 잘못 만들어진 책은 교환해 드립니다.
* 이 책 내용의 일부 또는 전부를 재사용하시려면 반드시 玄人의 동의를 얻어야 합니다.